Titel des Originals «*Kaikaku at its worst: How greedy shareholders and incompetent managers can ruin a company*» - von Robert F. Carter. – Übersetzung ins Deutsche [Schweiz]: Robert F. Carter

«Kaikaku: vernichtend – wie habgierige Gesellschafter und inkompetente Manager ein Unternehmen ruinieren können»

© 2022 Robert F. Carter

ISBN Softcover: 978-3-347-68257-3
ISBN Hardcover: 978-3-347-68259-7
ISBN E-Book: 978-3-347-68262-7

Druck und Distribution im Auftrag des Autors:
tredition GmbH, Halenreie 40-44, 22359 Hamburg, Germany

Das Werk, einschliesslich seiner Teile, ist urheberrechtlich geschützt. Für die Inhalte ist der Autor verantwortlich. Jede Verwertung ist ohne seine Zustimmung unzulässig. Die Publikation und Verbreitung erfolgen im Auftrag des Autors, zu erreichen unter: tredition GmbH, Abteilung "Impressumservice", Halenreie 40-44, 22359 Hamburg, Deutschland.

Über den Autor und sein Unternehmen

Robert F. Carter schloss an der Universität Zürich in Wirtschaftswissenschaften und Arbeitspsychologie ab. Nach fast einem Vierteljahrhundert als Geschäftsführer verschiedener industrieller Produktionsgesellschaften in der Schweiz, Ungarn, Deutschland, Malaysia, Vietnam und Mexiko machte er sich mit 50 Jahren als freiberuflicher Unternehmensberater und One-to-One Executive Coach selbstständig. Robert traf Marianna vor mehr als 30 Jahren (Parallelen zu Robin Hood und Lady Marian sind zufällig, aber zutreffend). Bald darauf läuteten die Hochzeitsglocken. Beide sind stolz auf ihre Söhne Daniel und Benjamin.

Roberts Unternehmen, Coaching for ReThink GmbH (https://www.coachingforrethink.ch/), Roggwil, Schweiz, will seinem Namen alle Ehre machen, indem es neue Denkprozesse bei seinen Kunden anregt, fordert und fördert. Bei Coaching for ReThink glauben wir nicht an das alte Sprichwort «*ein rollender Stein setzt kein Moos an*», sondern glauben, dass «*wer rastet, der rostet*». Und an das was Henry Ford sagte: «*Denken ist die härteste Arbeit, die es gibt, was wahrscheinlich der Grund ist, warum sich so wenige daran beteiligen*».

Coaching for ReThink steht für:

Credo: *«Wir glauben, dass niemand für das Geschlecht, das Land und die Hautfarbe verantwortlich gemacht werden kann, in die er hineingeboren wurde. Wir glauben stattdessen, dass jeder für die Überzeugungen, an denen er festhält, verantwortlich gemacht werden kann.»*

Vision: *«Wir wollen, dass Menschen Abläufe vereinfachen und Flow© erreichen».*

Mission: *«Unsere Mission ist es, stetig auf unsere Vision hinzuarbeiten – ein Unterfangen, das der Überschneidung paralleler Linien ähnelt! Aber dann ist ja der Weg das Ziel.»*

Vorwort

Die Schilderungen auf den folgenden Seiten basieren auf realen Ereignissen in verschiedenen Unternehmen, die in einer Vielzahl von Branchen und mehreren Ländern tätig sind. Einige Freiheiten mussten genommen werden, um die Identitäten der Protagonisten und Antagonisten in den Beispielen zu schützen. Während die Protagonisten vielleicht gerne etwas kostenlose Werbung für ihre Fähigkeiten bekommen hätten, hätten die Antagonisten (da unter dem Mandela-Effekt leidend) individuelle und Sammelklagen wegen Verleumdung gegen mich eingereicht. – Nun, sie können ihre Identität aus freien Stücken immer noch preisgeben, da Anmassung, wie Sie sehen werden, blind und taub, aber leider für den darunter Leidenden, nicht stumm machen. – Ausserdem handelten nicht alle Antagonisten mit der Absicht, das Unternehmen zu zerstören, sondern handelten wie Karl Kraus sagte:

«Das Gegenteil von Gut ist nicht schlecht, sondern gut gemeint».

Dies stimmt mit dem Sprichwort: *«Der Weg zur Hölle ist mit guten Absichten gepflastert»* überein.

Um Identitäten weiter zu tarnen und die Geschichten leichter lesbar zu machen, indem Begriffe wie «*Bei Firma A war es üblich, ...* » und «*Bei Firma B dachten sie wirklich, dass ...*», habe ich eine Firma erfunden, in der die schlimmsten *Kaikaku*-Entscheidungen getroffen wurden: Chaos GmbH, weil dieser

Name nicht nur den Modus Vivendi, sondern auch den Modus Operandi der Gesellschaft sehr gut vermittelt.

Einerseits brauchte das Treiben bei der Chaos GmbH ein bisschen Dramatisierung, um den Geschichten mehr Schwung zu verleihen. Andererseits mussten die Beschreibungen der Auswirkungen einiger Entscheidungen und Handlungen der Antagonisten gemildert werden, weil ich zusammenzuckte und körperliche Schmerzen verspürte, wenn sie, einmal in Worte gefasst, sich in ihrer schieren Grösse der Dummheit offenbarten – oder um es diplomatischer zu formulieren, in ihrer schieren Irrationalität.

Der Untertitel dieses Buches, «*(Kaikaku) vernichtend: Wie habgierige Gesellschafter und inkompetente Manager ein Unternehmen ruinieren können*», bedarf einer Erklärung.

Der erste Teil, «*(Kaikaku) vernichtend*», signalisiert:

1) Tragische Ereignisse → Vernichtend kann kein Vorbote von Erfolg, Ruhm und Freude sein;
2) Untergang und Zerstörung → Vernichtend bedeutet immer, dass etwas zerstört und dass etwas negiert wird.

Der zweite Teil, «*habgierige Gesellschafter*», löst mindestens zwei ziemlich bösartige Emotionen aus:

1) Neid → Die Annahme, dass Gesellschafter reich sind, dürfte nicht weit hergeholt sein; daher wird der Leser vermuten, dass die Geizhälse den Hals nicht vollkriegen können;

2) Schadenfreude → «*Habgierig*» signalisiert, dass «*sie viel haben, aber noch mehr wollen*» und, so Gott will, alles verloren haben.

Der dritte Teil, «*inkompetente Manager*», erweckt:

1) Die Besserwisser → Sie haben und werden in ihrem Leben nichts bewegen, aber sie wissen ganz genau, wie etwas gemacht werden muss;
2) Die Böswilligen → «*Natürlich sind alle Grosskopferte inkompetent! – Wie sind die Mächtigen gefallen – Gut, dass sie entlarvt wurden*»;
3) Die Kämpfer für eine klassenlose Gesellschaft → Sozialisten, Kommunisten und Anarchisten, die jeden in einer Autoritätsposition mit Argwohn betrachten.

Der vierte Teil, «*ein Unternehmen ruinieren*», ist leicht verständlich und bedarf deshalb keiner weiteren Erklärung.

Nun, lieber Leser, wissen Sie, was ich von Ihnen halte – nein, bitte, es ist nur ein (ziemlich schlechter) Scherz! Mit dem Titel dieses Buches habe ich in Ihnen ausgelöst, worauf die Medien Sie seit Jahrzehnten konditionieren: Sensationslust.

Bitte vergleichen Sie den aktuellen Titel mit: «*Die Geschichte eines mittelständischen Unternehmens: Eine Abhandlung aus akademischer Sicht*», was auch Emotionen und Bedenken auslöst, wie zum Beispiel:

1) Langeweile → Kann irgendetwas langweiliger und öder sein als der Geschichtsunterricht in der Schule?
2) Langatmigkeit → Eine Abhandlung befasst sich formal und methodisch mit einem Thema; weder

Formalität noch Methoden lassen sich in wenigen, prägnanten Sätzen ausdrücken, oder?

3) Theorielastigkeit → «Akademisch» hat etwas Realitätsfremdes, etwas schwer Begreifbares an sich, nicht wahr?

Ich hoffe, dass mir nach dieser Gegenüberstellung vergeben wird, dass ich den Titel dieses Buches so gewählt habe, wie ich es getan habe ...

Das Hauptthema dieses Buches ist jedoch *Kaikaku* (japanisch für «radikaler Wandel»), was eine Zweischneidigkeit mit sich bringt:

1) Schwert → Bringt Verderben, wenn damit absichtlich und/oder gedankenlos herumgefuchtelt wird; und
2) Skalpell → Bringt Heilung, wenn es kompetent und professionell gehandhabt wird.

Daher hängt alles von Ihren Absichten und Ihrer Geschicklichkeit ab. Wenn Sie die besten Absichten haben und in jahrelanger Praxis genügend Fähigkeiten erworben haben, wird *Kaikaku* die gewünschten Ergebnisse liefern. Wenn Sie zwar die besten Absichten haben, aber nicht über die notwendigen Fähigkeiten verfügen, radikale Veränderungen erfolgreich umzusetzen, führt *Kaikaku* zu Leid und Verderben.

Aussenstehende (d. h. jeder, der Ihre Gedanken nicht lesen kann) können nur die Ergebnisse der Art und Weise sehen, wie Sie *Kaikaku* anwenden. Wenn Sie also lautere Absichten haben, müssen Sie:

1) Ihre Absichten kommunizieren und um Feedback bitten, damit Sie sicherstellen können, dass jeder Sie als kurativ und nicht als destruktiv wahrnimmt;
2) Führungskonzepte anwenden – eines der einfachsten ist das in der Schweizer Armee verwendete «kommandieren, kontrollieren, korrigieren». Obwohl dieses Konzept durch seine Einfachheit besticht, hat es in kein Lehrbuch der Betriebswirtschaftslehre geschafft. Das muss mit den drei identischen Anfangsbuchstaben zusammenhängen ...; und
3) Den Rat von Winston Churchills beherzigen: «*Wie schön eine Strategie auch sein mag, Sie sollten sich gelegentlich die Ergebnisse ansehen.*»

Hätten die Antagonisten in diesem Buch mindestens einen der drei oben genannten Vorschläge berücksichtigt, hätte eine Menge finanzieller Schaden und emotionales Leid verhindert werden können, und die Chaos GmbH wäre nicht den Bach abgegangen.

Zur besseren Lesbarkeit wird im gesamten Buch die männliche Geschlechtsform verwendet – ausserdem waren alle Unternehmen, die zu Chaos GmbH zusammengefasst wurden, vollständig männlich dominiert. Daher wäre die Einführung weiblicher Manager, nur um den Gender-Bewussten zu gefallen, eine grobe Verletzung der Wahrheitstreue und würde Managerinnen einen Bärendienst erweisen. In meiner illustren Karriere habe ich noch nie ein Unternehmen in Trümmern erlebt, in dem Frauen das Sagen hatten. Daher gilt diese zutreffende Beobachtung:

«*Männlich dominierte Unternehmen sollten erkennen, dass die Prinzipien einer Organisation, die zu einer Paviantruppe passt (höchster Testosteronspiegel beim männlichen Leitertier einer Truppe), möglicherweise nicht die effizientesten für die Führung eines komplexen Unternehmens sind.*» – Anonymus

Dies stimmt mit der «*Lehman-Sisters-Hypothese überein: Weil Frauen risikoscheuer sind als Männer, werden von Frauen geführte Unternehmen kaum jemals bankrottgehen.*» Dies ist ein Auszug aus dem Abschnitt Glossar/Quellen dieses Buches, den ich Ihnen dringend empfehle, da er Themen und Ausdrücke erklärt, die hier verwendet werden.

(Anmerkung für die Ausgabe in deutscher [Schweiz] Sprache: Im Buch sind Beträge in £ ausgewiesen. Das hat nur etwas mit meinen Vorlieben für das Vereinigte Königreich zu tun. Ich habe bewusst auf Umrechnung in CHF oder € verzichtet, da es auch «GE» [für «Geldeinheit»] getan hätte. Die Zahlen auf schweizerische Verhältnisse umrechnen wollte ich auch nicht, da ich nicht-Schweizer Lesern eine Herzbaracke ersparen wollte – Es geht ja nur, um Verhältnismässigkeiten aufzuzeigen. Obwohl in der Schweiz die Begriffe «Geschäftsführer», «Führungskraft» und generell «Führer» eher verpönt sind, verwende ich diese Begriffe bewusst...)

Kapitel 1

> *«Reichtum überlebt nie drei Generationen.»*
> *«Reisfelder zu Reisfeldern in drei Generationen.»*
> *«Hemdsärmeln zu Hemdsärmeln in drei Generationen.»*
> *«Clogs zu Clogs in nur drei Generationen.»*
> *«Von Ställen zu Sternen zu Ställen.»*
> Chinesisches, Japanisches, Nordamerikanisches, Englisches und Italienisches Sprichwort
>
> Nur 30 % der wohlhabenden Familien sind in der Lage, Reichtum auf die zweite und nur 10 % auf die dritte Generation zu übertragen. Weltweit gibt es eine Ausfallrate von 70 % bei Vermögensübergängen, unabhängig von Land, Steuergesetzen oder Wirtschaftszyklus.
>
> Wieso wird so viel Familienvermögen zerstört?
>
> 1) 60 % wird durch mangelnde Kommunikation und Vertrauens innerhalb der Familie zerstört;
> 2) 25 % wird durch schlecht geschulte Erben zerstört;
> 3) 12 % wird durch andere Faktoren wie Steuern oder rechtliche Probleme zerstört;
> 4) 3 % wird durch das Versagen von Finanzfachleuten zerstört, Steuer-, Unternehmensführungs- und Vermögenserhaltungsfragen richtig zu verstehen. Einfacher: inkompetente «Experten».

Der Fluch der dritten Generation traf auch die Chaos GmbH. Meine Erfahrung zeigt, dass, wenn ein Unternehmen die dritte Generation überlebt – und sei es auch nur durch die sprichwörtliche Haaresbreite – so ist die vierte Generation wieder daran interessiert, Dinge zu verwirklichen und im Unternehmen aktiv zu arbeiten.

Die Familienmitglieder der dritten Generation scheinen grössere Egos zu haben als ihre Vorfahren, insbesondere wenn es darum geht, über Nebensächlichkeiten nachzudenken und um nach langen, sinnlosen Diskussionen dafür zu sein, dass sie dagegen sind. Sobald das Ego jedoch den gesunden Menschenverstand übernimmt, ist das Spiel vorbei! Egomanie hat so eine verheerende Wirkung auf das Unternehmen, dass ich den Gesellschaftern der Chaos GmbH folgenden Satz sagte:

«*Als Individuen haben Sie einen IQ von weit über 100. Sobald Sie aber in einer Gesellschafterversammlung sitzen, fallen Ihre IQs auf zwei Ziffern, beginnend mit – im besten Fall – einer "7"!*» (siehe Glossar/Quellen). Was mich die Fassung verlieren liess, war, dass sie sich alle einzeln über den besten Weg einig waren, aber sobald sie sich in der Gesellschafterversammlung einigen mussten, weigerten sie sich, dies zu tun. Dies stimmt mit dem überein, was Mrs. Banks im Disney-Film *Mary Poppins* (1964) über Männer sang: «*Obwohl wir Männer einzeln verehren, sind wir uns einig, dass sie als Gruppe ziemlich dumm sind*».

Bei anderen Gesellschafterversammlungen der Chaos GmbH bemerkte ich zum Vorsitzenden:

«*Herr XYZ, Sie verwenden Schuldscheine wie Konfetti. Das scheint nicht der beste Weg zu sein, um Tochtergesellschaften finanziell zu unterstützen.*» Der Vorsitzende unterzeichnete harte Patronatserklärungen und Mezzaninen zu Dutzenden für Kredithaie, die bereit waren, leistungsschwache Tochtergesellschaften der Chaos GmbH zu finanzieren. Diese Kredithaie waren eigentlich bekannte Banken, die Mezzanine-Kredite zur Verfügung stellten. Sobald sie alle Gebühren, Zuschläge etc. addiert hatten, musste die Chaos GmbH zwischen 15 % und 20 % p. a. Zinssatz für diese Darlehen ausgeben. Weniger respektvolle Menschen als ich würden so einen Vorsitzenden als «*Vollpfosten*» bezeichnen ...

«*Das Ei des Kolumbus!*» – meine säuerliche Bemerkung, nachdem der Vorsitzende auf einer Budgetbesprechung die Kongregation wissen liess, wie eine höhere Gewinnspanne erreicht werden kann: durch Erhöhung der Verkaufspreise bei zeitgleicher Verringerung der Einkaufspreise. Sein fragender Blick liess mich hinzufügen: «*Ich wollte einfach Ihre bahnbrechende Idee kommentieren, Herr XYZ*».

«*Vetternwirtschaft: Wir fördern hier fast so oft Familienwerte wie Familienmitglieder*» – [Larry Kersten] – flüsterte ich dem Geschäftsführer einer Tochtergesellschaft der Chaos GmbH zu, als wir von der Beförderung eines Cousins dritten Grades des Enkels des Unternehmensgründers erfuhren.

Wucherzinsen zu akzeptieren und Binsenweisheiten von sich zu geben, sind klare Anzeichen für verschiedene Grade der Irrationalität, die laut Duden «*vernunftwidrig, vom Verstand nicht fassbar, dem logischen Denken nicht zugänglich»* ist. «*Gibt es ein Heilmittel gegen Irrationalität?*», fragen Sie sich vielleicht. Nun, ich bezweifle es. Wenn es ein Heilmittel gegen Irrationalität gäbe, hätten die Eltern von *X Æ A-12* es vielleicht genommen oder es wäre ihnen geraten worden, es zu nehmen, bevor sie ihr Kind so exzentrisch benannt haben. Ein solches Heilmittel würde jedoch nie an Nachfrage mangeln: Politiker, Mainstream-Medienjournalisten und ihre «Experten» müssten mindestens einmal im Monat gegen Irrationalität geboostert werden ...

In Kapitel 2 werfen wir einen Blick auf die Möglichkeiten, die die Gesellschafter bei der Gründung der Chaos GmbH hinsichtlich der Stimmrechte innerhalb der Gesellschafterversammlung und des Verhaltenskodex in Bezug auf die Grundlagen der Unternehmensführung gehabt hätten.

In Kapitel 3 untersuchen wir den Einfluss des Managements, des Beirats und des Betriebsrats auf den Untergang der Chaos GmbH. Beispiele aus dem wirklichen Leben beschreiben, was falsch gemacht wurde, und nach jedem Beispiel wird eine Erklärung gegeben, wie ein solches katastrophales Verhalten hätte verhindert werden können.

In Kapitel 4 werfen wir einen Blick auf den Lebenszyklus eines Unternehmens vom Start-up bis zur Nachfolgeregelung und zeigen auf, was von Anfang an zu tun ist, um zu verhindern, dass aus einem Start-up eine Chaos GmbH wird. Jeder Gründer muss sein Unternehmen an einen Nachfolger übergeben, auch wenn es leider an einen Konkursverwalter gehen sollte. Wir werfen einen Blick auf die Optionen und wie diese Aufgaben angegangen werden können, um die besten Ergebnisse zu erzielen.

Im Abschnitt Analyse und Schlussfolgerung skizzieren wir die Ursachen von Untergang und Leid bei der Chaos GmbH.

Kapitel 2

Eine Krise kommt selten aus heiterem Himmel, sondern resultiert aus Nachlässigkeit: mangelnde Wachsamkeit, Konzentration und Disziplin; und eine heftige Dosis Irrationalität. Fast alle Krisen können durch die tägliche Praxis von *Hansei* (japanisch für «*Selbstreflexion*») und *Kaizen* (japanisch für wörtlich «*das Schlechte vertreiben*», aber normalerweise in «*kontinuierliche Verbesserung*» übersetzt) verhindert werden. Eine Nichts-tun-Politik und/oder ständiges ego-getriebenes Gezänk über den besten Weg nach vorne führen zu dysfunktionalen Prozessen, unzufriedenen Stakeholdern (Gesellschafter, Mitarbeitenden, Kunden, Lieferanten etc.) und, ohne positiven *Kaikaku*, zu Insolvenz, Konkurs oder Zwangsverkauf des Unternehmens.

> **Eine Randnotiz für die mein erstes Buch gelesen haben:**
>
> Ja, es wäre möglich gewesen, die Chaos GmbH im Eigentum der irrationalen dritten Gesellschafter-Generation zu halten. Die Mittel zu diesem Zweck hätten «*Kaikaku: belebend – Wie rationale Stakeholder radikalen Veränderungen zustimmen um ein Unternehmen zu retten*» erfordert – ich hoffe, ich finde genügend Beispiele für ein solches Verhalten in den KMUs, die ich berate, um ein solches Buch zu schreiben...
> (Fast) alle der *Kaikaku-Tiefen* in meinem ersten Buch ereigneten sich in Unternehmen, die von Gesellschaftern der dritten Generation geführt wurden. Eine Ausnahme bestätigt jedoch die Regel: Bei diesem Unternehmen hatten sich die

Gesellschafter der dritten Generation entschieden, die Verantwortung für die Unternehmensführung kurzerhand an die nächste Generation zu übergeben. Das heisst, die alten geschäftsführenden Gesellschafter schlüpften in die Rollen von Frühstücks-Direktoren, und ihre Söhne übernahmen nach und nach die Verantwortung für das Tagesgeschäft und begannen die einvernehmlich vereinbarte mittel- und langfristige Strategie für das Unternehmen umzusetzen. Da sich die Väter nur noch marginal ums Unternehmen kümmerten, war auch Kompetenzgerangel kaum an der Tagesordnung.

Die Irrationalität der dritten Generation kann jeden Versuch vereiteln, dass auch nur ein Gesellschafter als Retter des Unternehmens fungiert. Da die Inkompetenz des bestehenden Managements die Ursache für den Untergang der Chaos GmbH ist, gibt es für die Rettung nur einen praktikablen Ansatz: Nur ein Restrukturierungsgeschäftsführer (Chief Restructuring Officer, CRO) kommt als Retter in Frage, aber nur einer, der sich auf keinen Fall als Erfüllungsgehilfe der Gesellschafter und der Mitglieder des Beirates sieht.

Der CRO ist zweifellos der Dreh- und Angelpunkt von *«Kaikaku: belebend – Wie rationale Stakeholder radikalen Veränderungen zustimmen um ein Unternehmen zu retten»*, wenn er

1) alle Beteiligten vereinen kann;
2) die richtigen Kaikakus initiiert und umsetzt;
3) bis zum *point of no return* bleibt;
4) de jure und de facto der CRO ist.

> Nur so ist es möglich, die Chaos GmbH für kommende Generationen von Gesellschaftern zu retten ... Von den oben genannten Punkten bedürfen nur 3) und 4) einer Erklärung. Der *point of no return* muss als Zeitpunkt definiert werden, an dem der Verkauf oder die Liquidation der verbleibenden Vermögenswerte der Chaos GmbH unvermeidlich ist. Bis zu diesem Datum und dieser Uhrzeit muss alles getan werden, um das Unternehmen für die jetzigen Gesellschafter zu retten, indem inkompetente Manager entlassen, *Muda, Muri, Mura* radikal reduziert und positive *Kaikakus* umgesetzt werden. Der CRO muss uneingeschränkt als Chef der Mission «Rettet die Chaos GmbH» agieren können. Alle Machtspiele hinter den Kulissen sind schädlich für das Unterfangen. Ein CRO ist ein Interim Manager. Die Verantwortlichen hatten genug Zeit gehabt, sich den Herausforderungen mit ihrem eigenen Verstand zu stellen, bevor sie um externe Hilfe baten – «*Warum sich einen Hund zu tun und dann selber weiter bellen?!*»
> Für einen CRO (*Chief Restructuring Officer*) ist es wichtig, alles zu versuchen um das Unternehmen zu retten und dafür zu sorgen, dass das zu Erledigende sofort umgesetzt wird.

Alles begann – wie bei so vielen erfolgreichen Unternehmen – mit einem genialen Ingenieur, der sein Leben (und das seiner Familie) der Erschaffung hochmoderner und massgeschneiderter Produkte widmete, nach denen sich die Kunden sehnten, auch wenn sie mehrere Monate über den versprochenen Liefertermin hinaus darauf warten mussten. Kaum war der Zweite Weltkrieg vorbei, nahm der geniale Ingenieur sein

Projekt dort auf, wo er es vor dem Krieg stehen lassen musste, und legte in seiner Garage den Grundstein des Unternehmens.

Alles war knapp. Um über die Runden zu kommen, war eine kreative Ehefrau erforderlich – ein wesentlicher Bestandteil jedes erfolgreichen Unterfangens, der jedoch in Biographien männlicher Helden aller Art leider nur selten erwähnt wird. Die Jungvermählten machten sich daran, der Welt ihre Produkte vorzustellen, zuerst in der kleinen Stadt, in der sie lebten, dann, als das Geschäft wuchs (und die Familie – das Paar war mit vier entzückenden Kindern gesegnet; ein paar weitere Erben kamen später aus weiteren Ehen dazu), im ganzen Land, dann in Europa und schliesslich in der ganzen Welt.

Die Zeit verging wie im Flug. Die Kinder wurden erwachsen, und das junge Paar wurde zu Achtzigjährigen, die zu alt waren, um das Tagesgeschäft alleine zu bewältigen. Die ersten beiden weitreichenden Entscheidungen mussten getroffen werden:

1) Wer sollte das Unternehmen in Zukunft leiten?
2) Was sollte mit den Gesellschaftsanteilen passieren?

Im Nachhinein weiss man alles besser: Die Entscheidung, die Leitung des Unternehmens an den Erstgeborenen zu übergeben und die Anteile zu gleichen Teilen unter den Nachkommen aufzuteilen, liess glorifizierte Unternehmensgründer plötzlich wieder wie echte Menschen erscheinen. Es ist zweifelhaft, ob dies die beste Lösung war. Oder war sie nur die einfachste? Es regelte sicherlich Angelegenheiten über die Anteile, auf die die Erben Anspruch hatten, schnell und zur Zufriedenheit aller.

Dies machte weitere Überlegungen über die Auswirkungen einer solchen Entscheidung obsolet.

Diese Entscheidung, die in ihrem Wesenskern erzkonservativ ist, muss nicht zwangsläufig zu einer Katastrophe führen, wenn einige sehr grundlegende Vorsichtsmassnahmen zum Thema Stimmrecht und Verhalten in Bezug auf die Geschäftsführung des Unternehmens getroffen werden.

Werfen wir einen Blick auf die Stimmrechte:

1) Die einstimmige Zustimmung aller Gesellschafter sieht aus jedem philosophischen Blickwinkel hervorragend aus, aber im wirklichen Leben kann es manchmal schwierig sein, sich eine eigene Meinung zu bilden. Für jede Entscheidung immer alle Parteien in Übereinstimmung zu haben, ist Wunschdenken und daher völlig jenseits der Machbarkeit;
2) Die Beschränkung der Stimmrechte nicht geschäftsführender Gesellschafter ist ein Schritt in Richtung Realität. Es ist jedoch rechtlich knifflig, weil etwaige – auch vereinbarte – Stimmrechtsbeschränkungen die Rechte des Inhabers an seinem Eigentum einschränken. Das Recht auf Eigentum ist jedoch der Grundstein des Kapitalismus und damit des allgemeinen Wohlstands. Bei Streitigkeiten werden die Eigentümer alles tun, um ihre Eigentumsrechte zu schützen;
3) Das Stimmrecht uneingeschränkt zu lassen – mit Ausnahme der einfachen Mehrheit, d. h. 50 % der Stimmen plus einer Stimme – hält Anwälte, Staatsanwälte und Richter in Schach, setzt aber das Schicksal des Unternehmens (sowie das seiner Mitarbeitenden und ihren

Familien) dem gesunden Menschenverstand der Gesellschafter aus. – «*Gesunder Menschenverstand ist wie ein Deodorant – Die Menschen, die es am nötigsten haben, benutzen es nie.*» - Anonymus;

4) Werden die Stimmrechte der nicht geschäftsführenden Gesellschafter auf einen Treuhänder oder Stiftung übertragen, ist es für diese Gesellschafter schwieriger, ihre Stimmrechte zurückzubekommen. Dies könnte es dem Unternehmen ermöglichen, während rechtlichen Zwistigkeiten zu gedeihen;

5) Der Verkauf der stimmberechtigten Gesellschafteranteile an die geschäftsführenden Gesellschafter und das Halten einer «Golden Aktie» (die, die ursprünglich beabsichtigte gleiche oder angemessene Gewinnbeteiligung zwischen den Gesellschaftern bietet und andere Vorteile wie Vetorechte in Krisensituationen oder Fusions- und Übernahmeentscheidungen (M&A) regelt) könnte die praktikabelste und kostengünstigste Lösung sein, mit Ausnahme der folgenden:

6) Fällen Sie die schwierige Entscheidung, die so viele Menschen mit Reichtum, den sie der nächsten Generation vererben können, zuvor getroffen haben: Geben Sie 100 % der Anteile an die fähigsten ehelichen oder unehelichen Kinder. Andere Nachkommen können für ihr Unglück von Geburtsreihenfolge, Geschlecht, Elternschaft und was sonst noch auf andere Weise entschädigt werden, als ihnen Macht über das Unternehmen zu gewähren.

Betrachten wir nun die Art und Weise des Verhaltens in Bezug auf das Management:

1) Die Behauptung, dass die Leitung eines KMUs komplex ist, ist geradezu lachhaft. Die überwiegende Mehrheit der Entscheidungen ist binär, d. h. «*ja/nein*» oder «*pro/contra*». Beginnen wir mit etwas so Einfachem wie «*Bin ich in der Lage, alle Abteilungen des Unternehmens selbst zu managen?*» Die richtige Antwort lautet: «*Nein, das kann ich nicht*». Tipp: Der Kauf der benötigten Teile, die Montage, der Versand, die Fakturierung und die Buchhaltung sowie das Ausfüllen von Steuer- und Zollabfertigungsformularen auf eigene Faust zu machen ist kein Unternehmen, sondern eine Ich-AG. Sobald dies geklärt ist, müssen Sie mit der Auswahl der richtigen Personen beginnen, mit denen Sie zusammenarbeiten möchten. «*Richtig*» bedeutet, dass sie für den Job, dem sie zugewiesen werden, geeignet sein müssen. Die Auswahl des Personals ist wiederum nur eine «*Ja/Nein*»-Entscheidung: «*Sind sie in der Lage, die Arbeit zu erledigen?*», «*Passen sie zum Team?*», usw. Das Gleiche gilt für die Strategie: «*Werden wir massgeschneiderte Produkte produzieren?*» Wenn die Antwort auf diese Frage «*Ja*» lautet, macht es keinen Sinn, Maschinen und andere Ausrüstungen für die Massenproduktion zu kaufen. – Apple produziert weder iPhone-Komponenten noch montiert es sie, weil Foxconn (alias Hon Hai Precision Industry Co Ltd) dies wesentlich besser kann. Meine Botschaft hier ist einfach: «*Schuster, bleib bei Deinen Leisten!*». Wenn der Gründer ein hervorragender

Ingenieur ist, dann sollte er entwickeln und alle anderen Unternehmensfunktionen Spezialisten in ihren jeweiligen Bereichen überlassen. Wenn der Gründer höhere Ziele als ein reines Ingenieurbüro anstrebt, sollte externe Hilfe in Anspruch genommen werden (zumindest solange, bis eines seiner Kinder, Neffen, Nichten usw. ausgebildet wurden – und ich meine nicht nur ausgebildet, sondern auch über ausreichende Erfahrung verfügen). Allen «Experten», die bezweifeln, dass KMUs so einfach wie beschrieben geführt werden können, empfehle ich: Beraten Sie multinationale Unternehmen. Diese neigen dazu zu glauben, dass *«die Dinge nicht so einfach sind, wie sie scheinen»*. Stellen Sie sicher, dass Sie eine gepfefferte Rechnung für Ihre Dienste ausstellen. Andernfalls wird der Abteilungsleiter, der Ihnen das Mandat gab, Ärger mit der internen Controlling-Abteilung bekommen, weil er ein winziges Problem (basierend auf Ihrer angemessenen Rechnung) von einem Externen beheben liess, wenn doch die Abteilung für operative Exzellenz es mit drei «Experten» in nur acht Wochen auch hätte tun können. Ein KMU hingegen kann es sich kaum leisten, für «Experten» zu bezahlen, die die Dinge zuerst komplizierter machen, damit sie sie später einfacher machen können;

2) Es braucht sehr viel Ausdauer und Disziplin, um sich an die eigenen *«ja/nein»*-, *«pro/contra»* -Vorgaben zu halten. Der einfachste Ansatz erweist sich in der Regel als der schwierigste, denn die guten Vorsätze schmelzen wie Schnee in der Sonne dahin. Daher können Sie sich für die zweitbeste Option entscheiden (denn das

Beste funktioniert nur in einer idealen Welt): Aufbau und Nutzung eines funktionalen Qualitätsmanagementsystems (QMS). Hier müssen Sie alle Funktionen und Prozesse beschreiben, die die Organisation für den Betrieb benötigt. Regelmässige interne und externe Audits dieser Funktionen und Prozesse helfen diese im Laufe der Zeit zu verbessern und an sich ändernde interne und externe Anforderungen ausserhalb Ihres Einflussbereichs anzupassen. Dieser Ansatz ist nicht so langweilig wie die «*ja/nein*»-Methode; er hat einen Hauch von Wissenschaft und System und ist vor allem machbar. Ein freundlicher Ratschlag: Bitte, nehmen Sie QMS ernst, das heisst, glauben Sie an dessen Nutzen. Allerdings sind QMS weder selbstlaufend noch selbsttragend. Strengen Sie sich an, damit es funktioniert. Und ja, wieder wird es Schweiss und Tränen brauchen, bis es durchstartet;

3) Die Kombination der beiden oben genannten Ansätze bildet die breite Basis einer Gaussschen Verteilung in Bezug auf erfolgreiche KMUs: Hinzu kommt, dass der Gründer ein klardenkender, belastbarer und disziplinierter Seher ist. Er ist in der Lage, eine langlebige, florierende Organisation aufzubauen. Verwenden Sie diesen Ansatz für die besten Ergebnisse, denn die Mehrheit kann sich nicht irren, oder?

4) Sorry, aber ich habe keine anderen Alternativen zu den drei oben genannten Ansätzen. Jede andere Art, seine Geschäfte zu betreiben ist eine solche Verschwendung von Zeit, Energie und Mühe, dass sie hier nicht der Rede wert sind. Trotzdem ist es völlig in Ordnung, sich in akademische Abhandlungen zu diesem Thema zu

vertiefen. Denken Sie jedoch daran, dass KMUs von Einfachheit leben und nicht von hehren Theorien;
5) Trotz alledem schlagen sich familiengeführte KMUs in der Regel irgendwie durch, indem sie sich auf die ausgezeichnete Intuition, das Glück und die Vetternwirtschaft der Familienmitglieder verlassen (wie z. B., dass jede Familie einige völlig inkompetente Verwandte hat, die sich in eine Position drängen, in der sie den grössten Schaden anrichten können). – Dies ist ein hervorragender Ansatz, denn es hilft Beratern, Interim Managern, Anwälten und schliesslich Insolvenzverwaltern ihr tägliches Brot zu verdienen.

Die Gesellschafter der Chaos GmbH wählten 3) aus dem Stimmrecht und 5) aus dem Verhalten in Bezug auf die Geschäftsleitung. Fairness gebietet, einige halbherzige, einige halbgare und sogar einige «*Gopfrid Stutz! Jetzt nähmet Euch zäme!*»-Ansätze zu erwähnen, um die Gesellschafter zu vereinen. Diskussion von Nebensächlichkeiten bis in die frühen Morgenstunden, das «Bittibätti» von gut meinenden Vermittlern, die Unversöhnlichen zu versöhnen, indem sie zumindest eine gemeinsame Basis finden, und sogar ein in Blut unterschriebener «Familien-Bundesbrief» führten zu nichts. Letzteres war ein Pakt mit Satan, denn aus esoterischen Überlieferungen ist bekannt, dass der eigene Name in Blut geschrieben die Seele symbolisiert. Bei der Idee, etwas mit Blut zu unterschreiben, könnte natürlich auch eine Fehlinterpretation des Ausspruchs von Erasmus von Rotterdam vorliegen, der da heisst: «*Die höchste Form des Glücks, ist ein Leben mit einem gewissen Grad an Verrücktheit.*» - Hier wird wieder die Wichtigkeit von Masseinheiten deutlich ...

Spassvögel aus dem Umfeld der Chaos GmbH behaupteten steif und fest, als sie von diesem «Bundesbrief» erfuhren, dass die Unterzeichnung in Blut nur dazu diente, kein Geld für richtige Tinte ausgeben zu müssen. – Knausrigkeit ist sicherlich ein ernstes Problem in Familienunternehmen und ist ein scheinbar plausibler Ansatz, wenn die Ressourcen knapp sind und die Gründer die Gesellschaft nicht mit Externen (weder Eigen- noch Fremdkapital) belasten wollen. Knickerigkeit verhindert aber auch Flow©, wie es von dem verstorbenen Prof. Mihály Csíkszentmiháhlyi von der Fakultät für Psychologie an der Chicago Universität konzipiert wurde.

Es ist fraglich, ob Geiz, Unvernunft oder einfach nur eine Fehlallokation von Mitteln manche KMU-Eigentümer daran hindern, externe Hilfe in Anspruch zu nehmen. Da einige der technischen Anlagen, Gebäude, Innenausstattungen, Firmenwagen etc. in so manchen KMU recht edel aussehen, sind manche Unternehmer diesbezüglich überhaupt keine Geizhälse. Stolz und sein treuer Begleiter, das Angeben, könnten der Grund dafür sein, die Einnahmen des Unternehmens für kostspielige Blickfänge auszugeben, anstatt für unsichtbare Werte wie exzellente Prozesse und tüchtiges Management.

Auf lange Sicht werden die Leute, die KMU-Eigentümer beeindrucken möchten, den Glitzer durchschauen und sich entweder auf Kosten dieser Eigentümer köstlich amüsieren, Mitleid mit ihnen und ihren Mitarbeitenden haben oder einfach nur mit den Schultern zucken und sich ihr Teil denken.

Kapitel 3

Nun soll die Geschichte der Chaos GmbH in ihrer grässlichen Wirklichkeit dargestellt werden, genau wie in meinem vorherigen Buch («*Kaikaku: Höhen und Tiefen: Ein Wegweiser für interim CROs und do-it-yourself-Management-Teams in KMUs*»), Abteilungsleiter für Abteilungsleiter. Ich dachte darüber nach, alle Managementfehler den Gesellschaftern, Mitgliedern des Beirats und des Geschäftsführers anzulasten. Damit hätte ich die Abteilungsleiter mit ihren (viel zu) hohen Gehältern, Boni und anderen materiellen und immateriellen Zuwendungen ungeschoren davonkommen lassen. Mein Gerechtigkeitssinn schrie so lange in mir, bis ich die Schuld für den Untergang der Chaos GmbH auf die Erfüllungsgehilfen, also die Abteilungsleiter, verteilte. Dies nimmt weder de facto, noch de jure, noch moralisch – noch sonst wie – den Gesellschaftern die Last der Verantwortung für das Desaster ab. Es ist ganz einfach: Wer sich um sein Hab und Gut nicht kümmern kann/will, hat es nicht verdient. «*Ein Narr und sein Geld sind nicht lang Freund' in der Welt*» besagt ein Sprichwort.

Es ist weder weit hergeholt noch unangemessen zu behaupten, dass die Hauptdarsteller in der Chaos- GmbH-Saga alle, wenn auch in unterschiedlichem Masse, unter dem Dunning-Kruger-Effekt litten. Das heisst, sie waren sich nicht bewusst (oder wollten es nicht akzeptieren oder es war ihnen egal), wie schlecht sie ihre Arbeit machten. Vielmehr glaubten sie, in ihrer Leistung überdurchschnittlich gut zu sein (so, wie 73 %

der nordamerikanischen Autofahrer ernsthaft glauben, dass sie besser sind als der Durchschnitt). Hätte eine positive Diagnose dieser Krankheit einen Unterschied für das Ergebnis gemacht? Das ist höchst unwahrscheinlich, denn der Dunning-Kruger-Effekt steht so im Widerspruch zu den Überzeugungen eines Egomanen, dass jeder Hinweis, dass er tatsächlich darunter leiden könnte, mit Hohn und Spott gekontert wird. – Salopp formuliert ist der Dunning-Kruger-Effekt ganz einfach: «*Vollpfosten halten sich für Genies*».

Aufgrund der mangelnden Akzeptanz der Hauptschuldigen für krasses Fehlverhalten bis Totalversagen wird dieses Buch bei den Abteilungsleitern, beim Geschäftsführer, bei den Beiräten und vielleicht sogar bei dem einen oder anderen Gesellschafter den Kamm sehr deutlich anschwellen lassen ...

Leser, die nicht über jeden Zweifel erhaben sind, ob sie, zumindest gelegentlich, unter dem Dunning-Kruger-Effekt leiden könnten, sind gut beraten, das Sprichwort zu beherzigen: «*Weil ein Hufnagel fehlte, ging ein Königreich verloren*». Das heisst, es braucht nur ein wenig Umsicht zur richtigen Zeit und am richtigen Ort, um eine Katastrophe zu verhindern.

Aber leider zermürbten Heuchelei, Gleichgültigkeit und Nachlässigkeit seitens der Verantwortlichen die Arbeitsmoral der Mitarbeitenden, und dies führte unweigerlich zum Untergang eines prosperierenden Traditionsunternehmens.

Der Haupttäter ist jedoch der Geschäftsführer. Er leitet das Tagesgeschäft. Er ist ethisch, moralisch und berufsrechtlich verpflichtet, im besten Interesse der Gesellschaft zu handeln – dies auch gegen den Willen der Gesellschafter. Der Geschäftsführer der Chaos GmbH, wie Sie bald sehen werden, scheiterte kläglich daran, auch nur einer dieser Verpflichtungen nachzukommen.

3.1. Der Geschäftsführer/Beirat

Der aufmerksame Leser könnte bemerken, dass ich den CRO im Titel dieses Kapitels in meinem ersten Buch über *Kaikaku* hatte. Nun, die Auslassung von CRO hier soll nicht auf seine Unfehlbarkeit hinweisen – die ist nur dem Papst, Ehefrauen und Schwiegermüttern vorbehalten – aber es war kein CRO da, als die Entscheidungen getroffen wurden, die die Zerstörung der Chaos GmbH mit sich brachten. Somit liegt der Löwenanteil der Verantwortung allein beim Geschäftsführer und den Beiräten.

Die Hauptaufgabe der Beiratsmitglieder besteht darin, die Zerstörung des Unternehmens durch das Management zu verhindern. Bei der Chaos GmbH haben sie es genauso kläglich wie der Geschäftsführer versäumt, auch nur einer ihrer Rollen und Verantwortlichkeiten gerecht zu werden. Der Verantwortung nicht gerecht zu werden, ist ein radikaler Wandel an sich, denn die Erwartungen der Gesellschafter zu diesem ungebührlichen Verhalten vermeintlich erfahrener Manager ist gegenläufig. Einige Gesellschafter und eine grosse Anzahl von Mitarbeitenden äusserten den Verdacht, dass einige Mitglieder des Beirats und der Geschäftsführer in Absprache gehandelt haben, um die Chaos GmbH zu zerstören. Eine Behauptung, die eine strafrechtliche Untersuchung rechtfertigen würde, nicht wahr?

Der Geschäftsführer ist gesetzlich verpflichtet, das beste Interesse des Unternehmens im Auge zu behalten. Der Geschäftsführer trägt die Gesamtverantwortung für die Mitarbeitenden. Der Geschäftsführer muss eine moralische Verpflichtung haben, die Geschäfte so zu führen, dass weder der Lebensunterhalt noch das Eigentum der Stakeholder gefährdet werden. Daher kann der Geschäftsführer den grössten Schaden, absichtlich oder unabsichtlich, anrichten.

Wie hat der Geschäftsführer dazu beigetragen, dass die Chaos GmbH ihrem Namen gerecht wurde?

1) indem er sich wie Ludwig XIV. von Frankreich benahm, der sich nicht um die Meinungen anderer Leute scherte und auf diese als dumme, faule, korrupte Schurken herabsah, deren einziges Ziel es war, seine grossartige, göttliche und einzigartige Führungsbrillanz zu sabotieren;

2) indem er die Zeit der Abteilungsleiter mit sinnlosen, ewigdauernden Meetings verschwendete, in denen sie sich die Selbstbeweihräucherung ihres Chefs anhören mussten – eine tägliche *Raum 101*-Erfahrung, die selbst für den devotesten Abteilungsleiter sehr schwer zu ertragen war;

3) indem er immer auf das letzte Wort bei jeder Entscheidung bestand, wie trivial sie auch sein mochte und dies in jeder einzelnen Abteilung;

4) durch die Initiierung von Kostensenkungen ohne Controlling, d. h. Kosteneinsparungen in einer Abtei-

lung wurden durch Kostensteigerungen in anderen Abteilungen oder sogar durch Kostensteigerungen in derselben Abteilung aufgrund übermässiger Arbeitskosten oder höherer Werkzeugkosten ausgeglichen oder gar übertroffen, da z. B. billigere Werkzeuge nicht so lange hielten wie teurere;

5) durch die bewusste Verschleierung von Zahlen und Fakten in Berichten an die Mitglieder des Beirats und die Gesellschafter;

6) indem er Lieferanten mit Verachtung behandelte, sie zu früheren Lieferungen verspätet bestellter Waren durch den Einkauf drängte und ihnen mit Klagen wegen fehlerhafter Waren drohte, die sie aber gemäss den Spezifikationen hergestellt hatten, die sie von der Forschungs- und Entwicklungsabteilung (F&E) der Chaos GmbH erhalten hatten;

7) durch die Übermittlung manipulierter Finanzzahlen an Banken und Steuerbehörden;

8) durch die Verschwendung von Geld für Erfüllungsgehilfe-Berater (bei der Chaos GmbH im Durchschnitt £100.000/Monat während mehr als 30 aufeinanderfolgender Monate bei einem Jahresumsatz von £45m – dies unter den wachsamen Augen der Beiräte); und

9) durch Missbrauch von (rechtlichen) Befugnissen für eigennützige Interessen.

Beispiele aus der Praxis der oben genannten Beiträge des Geschäftsführers und ihre Auswirkungen auf die Chaos GmbH:

Beispiel 1: «*Kultur isst Strategie zum Frühstück*», sagte Peter Drucker und wies darauf hin, dass etwas, das sich über einen langen Zeitraum entwickelt hat, nicht einfach mit etwas beiseitegeschoben werden kann, das in einer bestimmten Umgebung neu und ungetestet ist. Es ist extrem schlechtes *Kaikaku*, das Wesen eines Unternehmens, seine Kultur, in radikal kurzer Zeit durch die schiere Willenskraft eines neuen Geschäftsführers zu verändern. Eine Strategie ist nichts anderes als der Wille, kurz-, mittel- und langfristige Ziele zu erreichen. Vergleichen Sie dies bitte mit der Definition von Kultur: eine Reihe gemeinsamer Werte, Einstellungen und Praktiken, die eine Organisation charakterisieren. Eine Gruppe von Menschen wird immer eine Kultur entwickeln. Meistens tun sie dies unbeabsichtigt. Nur eine Strategie, die an die vorherrschende Kultur angepasst ist, kann erfolgreich sein.

Bei der Chaos GmbH standen die erste und zweite Generation der geschäftsführenden Gesellschafter jeden Morgen am Eingang ihrer Fabrik und begrüssten jeden Mitarbeitenden mit einem Handschlag und wünschten ihm einen angenehmen und erfolgreichen Tag. Tagsüber beübten sie das Management, indem sie durch die Werkstätten und Büros schlenderten – hierbei ermahnten sie auch Mitarbeitende, die sie am Werkstor nicht begrüssen konnten, pünktlich zur Arbeit zu erscheinen und wurden dabei einmal von einem nicht auf den Mund gefallenen Maschinenbediener mit den Worten korrigiert, dass «*die Arbeit beginnt, wenn der Arbeiter an seinem Arbeitsplatz angekommen ist*» – und die Mitarbeitenden fragten, ob alles in Ordnung sei. Sie notierten die kleinen und grossen Probleme ihrer Mitarbeitenden in einem Notizbuch und beauftragten die dafür verantwortlichen Abteilungsleiter, Abstellmassnahmen einzuleiten.

Zwei Generationen von geschäftsführenden Gesellschaftern können leicht einen Zeitraum von 60 bis 70 Jahren abdecken; genügend Zeit also, um eine Kultur zu entwickeln und die Mitarbeitenden glauben zu lassen, dass es keine anderen Arbeitsweisen gibt wie die vorherrschenden. Aber es gibt sie doch: Lean Management fordert und fördert *Gemba-Walks*. Sie gelten als eine der Säulen des nachhaltigen Erfolgs. Sie funktionieren jedoch nur, wenn die Erkenntnisse analysiert, mit den Beteiligten diskutiert und zu standardisierten Abläufen synthetisiert werden. Dies geschieht meist durch den Einsatz von *Hansei-*, *Kata* - und *Kaizen*-Massnahmen und die Aufforderung an das Qualitätsmanagement (QM), die Abläufe regelmässig zu überprüfen und die Umsetzung von Veränderungen entsprechend zu fordern und zu fördern.

Die Mitarbeitenden der Chaos GmbH hatten einen sentimentalen Blick in den Augen, als sie mir von dieser Gewohnheit der ersten und zweiten Generation von geschäftsführenden Gesellschaftern erzählten. Wer ist nicht daran interessiert, seinem Chef zu zeigen, wie gut er über Abläufe und Verfahren Bescheid weiss? Als ich fragte, ob damals bei der Chaos GmbH alles glatt lief, verloren ihre Augen jedoch jede Sentimentalität, und sie sahen mich betreten an und sagten:

«*Na ja, wissen Sie, sie* [geschäftsführende Gesellschafter] *sprachen gerne mit uns, und wir sprachen gerne mit ihnen. Wenn sie alle unsere Probleme gelöst hätten, hätte es nicht viel zu besprechen gegeben, oder? Ausserdem hätten sie an ihren Schreibtischen sitzen und über Geschäftsstrategien und solche*

Sachen nachdenken müssen. Sie waren beide Ingenieure. Sie diskutierten lieber über technische Probleme – Geschäftsabläufe, Geschäftsfunktionen und Organisation waren für beide böhmische Dörfer.»

Herumzulaufen und Sachen in einem Notizbuch zu notieren, ist kein *Gemba-Walk*, wenn keine Nachhaltigkeitsmassnahmen folgen.

Ob dritte, vierte oder x-te Generation von geschäftsführenden Gesellschaftern oder sogar angestellten Geschäftsführern, herumlaufen und Notizen machen, spielt keine Rolle. Es ist *Kaikaku*, das heisst eine radikale Veränderung, wenn es nicht durch etwas Ähnliches ersetzt wird – am besten natürlich durch einen vorschriftsmässigen *Gemba-Walk* – dann fragen sich die Mitarbeitenden, wie es weitergeht. Unsicherheit ist die Mutter der Angst und die Grossmutter der Verwirrung. Und Verwirrung führt zweifellos und unvermeidlich zu Chaos.

Prozesse und Verfahren ohne Ähnlichkeit zu früheren, gut etablierten (wenn auch nicht unbedingt perfekt laufenden) Prozessen und Verfahren lösen Schock, Missverständnisse, Widerstand und völlige Ablehnung gegenüber Veränderungen in den Köpfen und Verhaltensweisen der betroffenen Mitarbeitenden aus. Das Unternehmen mit externen Beratern zu überschwemmen, die die sofortige Umsetzung von Veränderungen fordern, ohne auch nur ansatzweise zumindest einen Kompromiss (geschweige denn einen Konsens) mit den Menschen zu finden, die mit diesen Veränderungen leben müssen, ist die schlimmste Form von *Kaikaku*! Ein privatwirtschaftliches Produktionsunternehmen ist weder eine Leibeigenschaft, in der die Angestellten von einem Monarchen tyrannisiert werden können, noch ist es eine Armeeeinheit, in der die Mitarbeitenden von einem Möchte-Gern-Feldherrn nach Belieben herumkommandiert werden können. Die Mitarbeitenden sind das Humankapital des Unternehmens und haben daher Anspruch auf die, zumindest, gleiche Aufmerksamkeit und Fürsorge wie andere Vermögenswerte des Unternehmens. Tatsächlich brauchen und verdienen Mitarbeitende noch mehr Aufmerksamkeit und Schutz, weil sie Menschen aus Fleisch und Blut, mit Emotionen und Träumen sind und daher ihre «Wartung» (anders als bei Kapitalvermögen) nicht standardisiert werden kann. Menschen sind Individuen und bedürfen individueller Aufmerksamkeit.

Wie hätte diese Katastrophe verhindert werden können? – Ganz einfach, indem gut etablierte Prozesse und Verfahren durch ähnliche, bessere ersetzt worden wären. Veränderungen dürfen für die überwiegende Mehrheit der Mitarbeitenden kaum wahrnehmbar sein. Alexander Pope wusste schon: «*Man muss die Menschen so belehren, als ob man sie nicht belehrte, und unbekannte Dinge vortragen, als seien sie nur vergessen.*» – Warum? Weil alle Veränderungen Angst und Unsicherheit auslösen. Im obigen Beispiel wäre das beste *Kaikaku* gewesen, das Herumlaufen, das Befragen und das Notieren durch einen richtigen *Gemba-Walk* zu ersetzen. Der neue Geschäftsführer (ob nächste Generation oder von extern eingestellt) hätte nur sicherstellen müssen, dass die von den Mitarbeitenden geäusserten Probleme in kürzester Zeit auf Lösungen trafen.

Die Beiräte und die Gesellschafter sind verpflichtet, den von ihnen nominierten, neuen Geschäftsführer zu beobachten. Sie können ihn nicht einfach auf die Menschheit loslassen und ihn tun lassen, was er will. Zumindest in seiner Probezeit muss er genauer überwacht werden. Und wenn er sich als die falsche Wahl für die Aufgabe herausstellt, muss er so schnell wie möglich ersetzt werden. Wenn die Beiräte und die Gesellschafter dies nicht tun, werden sie sich bald so verhalten, wie es Grigori Skovoroda (ukrainischer Philosoph) sagte: «*Wer seine Fehler nicht zugeben kann, wird bald seine Ignoranz rechtfertigen.*» – Beiräte sind gut beraten, den Rat von Ruby Dee (amerikanische Schauspielerin) zu befolgen: «*Das grösste Geschenk ist keine Angst zu haben, Fragen zu stellen*».

Beispiel 2: Wenn der Geschäftsführer wie Ludwig XIV. von Frankreich ist, die Gesellschafter mit unablässigem Gezänk beschäftigt sind und der Geschäftsführer die Beiräte wie Schafe vor sich hertreiben kann, ist es für ihn ein Kinderspiel, alle bestehenden Abteilungsleiter zu entlassen und unterdurchschnittliche «Experten», aber dafür überdurchschnittliche Ja-Sager als neue Abteilungsleiter einzustellen. Der emblematische Absolutismus Ludwig des XIV. setzte die tickende Zeitbombe in Gang, die fast 74 Jahre nach seinem Ableben als am längsten regierender Monarch im Sturm auf die Bastille detonierte.

Nun, der frisch ernannte (handverlesene und von allen Mitgliedern des Beirats voll unterstützte) Geschäftsführer und seine Ja-Sager brauchten nur etwas unter der Hälfte dieser Zahl in Monaten, um die Chaos GmbH dem Untergang zu weihen. Ironischerweise ist diese Zeitspanne (etwa 33 Monate) auch der Zeitraum, der erforderlich ist, um ein havariertes Unternehmen wieder flott zu bekommen, d. h. richtig zu restrukturieren, neu zu organisieren und neu auszurichten. Kulturveränderungen dauern viel, viel länger. Und wenn sie nicht angestrebt werden, ist das Unternehmen bald wieder in Not.

«Macht neigt dazu, zu korrumpieren, und absolute Macht korrumpiert absolut. Grosse Männer sind fast immer schlechte Männer», bemerkte Lord Acton so treffend. Nun, nur *Claques* (Französisch für bezahlte Klatscher, die im Publikum sitzen um bei einem Schauspiel zu klatschen und zu jubeln – wie die überwiegende Mehrheit der EU, chinesischen, russischen und nordkoreanischen Parlamentarier) würden den frisch ernannten Geschäftsführer einen «grossartigen Mann» nennen (alle anderen mit einem Mindestmass an Menschenkenntnis nannten ihn Wörter, die ich hier der guten Sitten wegen nicht wiedergeben kann). Er genoss es enorm, in seiner absoluten Macht über alle Herrschaftsgebiete und ihre unglücklichen Untertanen zu dominieren. Er war unkontrolliert und ungehindert, und so tat er – vielleicht geblendet von der schieren Macht, mit der er überhäuft wurde –, was er für gut hielt – zur Erinnerung: *«Das Gegenteil von Gut ist nicht schlecht, sondern gut gemeint.»*

Schliesslich hoben einige Gesellschafter zuerst ihre Hände und dann ihre Stimmen, dass die Chaos GmbH unter der Führung dieses Geschäftsführers und seinem Ja-Sager-Kader auf einen Bankrott zusteuerte. Aber weder die *geschätzten* Beiräte noch die Mehrheit der Gesellschafter waren mutig genug zuzugeben, dass sie einen grossen Fehler gemacht hatten, diesen autokratischen und selbstherrlichen Geschäftsführer auszuwählen und zu unterstützen. Tatsächlich beschuldigten sie das Management der zweiten Reihe und die Mitarbeitenden, die die Genialität der neuen Strategie des Geschäftsführers verkennen würden. Das war natürlich Blödsinn, denn es waren die Meister und die Mitarbeitenden, die die Chaos GmbH über Wasser hielten, bis Hilfe von den Verantwortlichen in Form eines M & A-"Experten" herangezogen wurde.

Wie hätte diese Katastrophe verhindert werden können? – Ganz einfach durch die Ernennung eines CRO anstelle eines Chief *Destruction* Officer (= Geschäftsführer mit Ludwig-XIV-Allüren). Dieser CRO hätte auch das gesamte Management ausgetauscht, aber mit erstklassigen Profis und nicht mit einem Haufen von Duckmäusern. Die Machthaber (Beiräte und Gesellschafter) hätten den CRO und das neue Managementteam tatkräftig unterstützen sollen («*Ein guter Chef stellt talentierte Leute ein und lässt sie dann in Ruhe arbeiten.*», frei nach Tina Fey), um die Chaos GmbH wieder in ruhigere Fahrwasser zu manövrieren. Ein solches Vorgehen hätte den Gesellschaftern und Beiräten genügend Zeit gegeben, sich nach einem geeigneten Geschäftsführer umzusehen, der das Unternehmen nachhaltig hätte lenken können. Dies wäre dann auch der zweitbeste Weg gewesen, um die Chaos GmbH aus der misslichen Lage herauszuholen, in die die (Un-)Verantwortlichen sie geführt hatten.

Der beste Weg wäre gewesen, auf frühe Warnrufe zu hören, dass Scharlatane und Stümper am Werk sind. So wäre die Chaos GmbH nicht in Schwierigkeiten geraten. Zuhören in Kombination mit *Hansei* sollte sowieso jedermanns alltäglicher Zeitvertreib sein.

Beispiel 3: Die Ankündigung der Geburt eines unehelichen Kindes wird von Familienmitgliedern in der Regel nicht goutiert (ausser vielleicht in offenen Ehen…). Die Nachricht über die Gründung einer Tochtergesellschaft in einem Niedriglohnland wurde bei der Chaos GmbH ähnlichen gut aufgenommen.

Die psychologischen Auswirkungen der Unbeliebtheit und Unerwünschtheit eines Kindes der Liebe durch die überwiegende Mehrheit der Familienmitglieder auf ihre beiden Extreme zu beschränken – schwere Depressionen und überschäumender Ehrgeiz – reichen für dieses Beispiel vollkommen. Die Mitarbeitenden und der Geschäftsführer dieser Tochtergesellschaft litten unter Letzterem: Sie zeigten ihren überschäumenden Ehrgeiz, indem sie die Produkte, wie von der Chaos GmbH vorgegeben, montierten und lieferten (vorausgesetzt, sie erhielten alle notwendigen Teile in Completely Knocked Down [CKD] von der Versandabteilung der Chaos GmbH) pünktlich.

Jahre herausragender Leistung zählen nichts, wenn der neue Geschäftsführer mental in der Vergangenheit lebt – in den 1930er bis Mitte der 1940er Jahre, um genau zu sein – und am Irrglauben einer bestehenden «*Herrenrasse*» festhält (eine privilegierte Klasse, die sich nach Herkunft, Abstammung etc. definiert, die rein auf Glück des Geburtsortes und der Hautfarbe der Eltern basiert; hängt mit den völlig absurden Überzeugungen an das Recht der Vorherrschaft der Weissen zusammen). Eine schnelle Google-Suche enthüllt die abscheulichen Verbrechen gegen die Menschlichkeit der Anhänger dieser ideologischen Idiotie. Seine völlige Verachtung und herablassende Arroganz (vielleicht sogar tief empfunder Hass) gegenüber Menschen, die nicht das Glück hatten, in einem Land der Ersten Welt geboren zu sein, veranlassten ihn, die Schliessung dieser Tochtergesellschaft bei einer Betriebsversammlung in den Räumlichkeiten der Chaos GmbH bekannt zu geben, bevor er den Geschäftsführer und die Mitarbeitenden dieser Tochtergesellschaft über seine Entscheidung informierte, ihre Arbeitsplätze mit sofortiger Wirkung aufzulösen. Er tat dies (was viel über seinen Charakter verrät) an seinem allerersten Tag als Verantwortlicher der Chaos GmbH. Dies wäre niemals geschehen, wenn sich die Tochtergesellschaft in der westlichen Hemisphäre befunden hätte. Solch ein diabolisches Verhalten ist für mich die niedrigste Form der menschlichen Existenz, unabhängig von der finanziellen und gesellschaftlichen Stellung eines solchen Individuums. Leider wird ein solch verabscheuungswürdiges Verhalten immer noch von Mitgliedern einer Gesellschaft toleriert, die offiziell jede Zugehörigkeit zu einer so menschenverachtenden Ideologie ablehnen.

Eine moderate Version der *Cancel-Culture*-Bewegung könnte den Mitgliedern der Gesellschaft, die ein solches Verhalten tolerieren, wie der Geschäftsführer es an den Tag gelegt hat, das Eine oder das Andere beibringen, was ja die Grundidee der gesamten *Cancel-Culture*-Bewegung sein sollte, oder?

Wie hätte diese Katastrophe verhindert werden können? – Ganz einfach, indem jedem Menschen Respekt erwiesen wird, unabhängig von Herkunft, Geschlecht, Religion oder anderen Merkmalen. Respekt ist auch das erste der Shingo-Prinzipien und daher das Fundament jedes erfolgreichen Unternehmens. Es ist also keine hochtrabende Philosophie, sondern hat auch geschäftliche Vorteile. Respektlosigkeit ist nicht nur das Erkennungsmerkmal von Möchte-Gern-Führungskräften, die plötzlich und unverdient aufgrund einer Nominierung zu einer hohen Position kamen; oder aufgrund ihres Irrglaubens, dass sie durch die Verwaltung von Geld anderer Menschen auch an

Status gewonnen haben, sondern auch der mental Verstörten, die sich für etwas Besseres halten. Die erste und zweite Generation von geschäftsführenden Gesellschaftern kennt und lebt in der Regel nach diesem sehr grundlegenden Verständnis, wie Menschen zusammenleben und Geschäfte gemacht werden sollten: mit Respekt. Da dieses Wissen und Verständnis mit der Zeit schwinden, schwindet auch der Erfolg des Unternehmens. Vielleicht leitet sich der Respekt der ersten und zweiten Generation gegenüber anderen aus der Tatsache ab, dass sie hart arbeiten mussten, um das Unternehmen auf- und auszubauen, während die dritte Generation neben dem Genuss der Früchte der Arbeit anderer genug Zeit findet, um über ihre vermeintliche Erhabenheit zu sinnieren.

Respekt beschränkt sich nicht nur auf das Geschäft: Politische und religiöse Ansichten sollten nur mit Menschen diskutiert werden, die wir kennen, sonst laufen wir Gefahr, zu beleidigen und beleidigt zu werden. In einigen Ländern wird Missionierung mit dem Tode bestraft. Versuchen Sie daher Ihre Meinung für sich zu behalten. Als ich zwischen 1974 und 1992 in der Schweiz zur Schule ging, war es den Lehrern gesetzlich verboten, ihre politischen und religiösen Ansichten gegenüber den Schülern/Studenten in ihrer Obhut zu offenbaren. Auch an der Universität Zürich ermutigte der Professor für Volkswirtschaftslehre alle an ihren Überzeugungen festzuhalten und versprach auch dann Bestnoten in den Abschlussprüfungen zu geben, wenn Planwirtschaft und Sozialismus/Kommunismus in den Argumentationen favorisiert werden. Das nenne ich totalen Respekt vor den Ansichten anderer.

Was für ein Unterschied zu heute! Meine Söhne (beide studierten an verschiedenen deutschen Universitäten) erzählten mir, dass ihre Professoren alle davon abhielten, andere Ansichten wie die der linksgerichteten Liberalen und der Grünen zu vertreten. Das ist in der Tat sehr traurig, weil insbesondere die Universität (kommt vom Lateinischen *universitas* = das Allumfassende) der Ort sein sollte, an dem eine Vielzahl von Ansichten frei diskutiert werden kann. «*Wenn alle gleich denken, denkt niemand*» – Benjamin Franklin.

Wie haben die Mitglieder des Beirats dazu beigetragen, dass die Chaos GmbH ihrem Namen gerecht wurde?

1) indem sie ihre Mitgliedschaft im Beirat als lukrativen Zeitvertreib für das Erzählen von Anekdoten aus vergangenen Zeiten und/oder als gut bezahltes Hobby in der (Früh-) Pensionierung betrachten, anstatt die Chance zu nutzen, wertvolle Erfahrungen und Manage-ment-Know-how (sofern natürlich vorhanden) mit dem Management zu teilen, und es unterlassen, die Umsetzung von Verbesserungsprojekten nachzuhalten;
2) indem sie nicht im besten Interesse der Gesellschafter handeln, sondern grossspurig Plattitüden von sich geben und herablassend gegenüber Gesellschaftern und dem Management sind;
3) indem sie die Zeit des Managements in langwierigen Meetings mit Trivialitäten verschwenden (z. B., ob ein Excel-Bericht im Hoch- oder Querformat sein sollte);

4) indem sie Gefälligkeitsprojekte vom Management akzeptieren, um wirklichen Problemen nicht auf den Grund gehen zu müssen, und das Management mit offensichtlichen Lügen über den Fortschritt dieser Projekte davonkommen lassen;
5) indem sie den Geschäftsführer in seinen Rachefeldzügen gegen Leute, die er nicht mag, unterstützen;
6) indem es ihnen an einem Rückgrat fehlt und sie deshalb vom manipulativen Geschäftsführer am Nasenring herumgeführt werden können;
7) indem sie sich mit einigen Gesellschaftern verbünden, um andere Gesellschafter zu diskreditieren und/oder gar lächerlich zu machen;
8) indem sie einen CRO als Gegengewicht zum destruktiven Geschäftsführer fordern, den einzigen aus einem grossen Angebot an Kandidaten auswählen, der dieser Herkulesaufgabe gewachsen ist, um ihn dann nach seiner allerersten Aufdeckung von grobem Fehlverhalten der Geschäftsleitung und grober Nachlässigkeit der Beiräte zu meiden; und
9) indem sie dünnhäutig auf Kritik zu ihren Leistungen in Bezug auf die Reorganisation und personellen Neubesetzungen reagieren und äusserst nachtragend sind.

Beispiele aus der Praxis der oben genannten Beiträge des Beirats und ihre Auswirkungen auf die Chaos GmbH:

Beispiel 1: Den Geschäftsführer fast drei Jahre lang jeden Monat das Siebenfache seines Monatsgehalts für (Erfüllungsgehilfe-)Berater ausgeben zu lassen, ist bei einem KMU unerhört. Weil es so unglaublich ist, dass ein solches Verhalten unter der Aufsicht eines Beirats möglich ist, hier einige beispielhafte Zahlen, um das Ausmass dieser Monstrosität besser zu verstehen: £12.000/Monat Geschäftsführer-Gehalt × 7 × 33 Monate entspricht £2.772.000 für Beraterhonorare. Ein winziger Teil dieses exorbitanten Betrags könnte für unvermeidbare Ausgaben wie jährliche Finanz- und Qualitätsprüfungen und Rechtsberatungskosten zugerechnet werden. Diese sind aber nur ein Tropfen auf den heissen Stein im Vergleich zu den Tagessätzen, die Freunde und Verwandte des Geschäftsführers für Unternehmensberatung erhalten haben.

Kein Wunder, dass nach Aufdeckung solcher Spielereien aufgebrachte Mitarbeitende eine strafrechtliche Untersuchung des Geschäftsführers und der Beiräte forderten. Tatsächlich wurde keine Anklage erhoben, weil die Gesellschafter nicht einer Meinung waren, und das Votum, den Geschäftsführer und die Mitglieder des Beirats zu verklagen, die Brexit-Abstimmungsergebnisse widerspiegelte, 52 % zu 48 %, wobei 52 % der Gesellschafter für Gesichtsbewahrung stimmten. Der gleiche Prozentsatz der Wähler im Vereinigten Königreich strebte genau das Gegenteil an: die Korruption der EU-Bürokratie und die herablassende EU-Autokratie aufzudecken und aus der Europäischen Union der selbstherrlichen, schizophrenen Repräsentanten auszutreten.

Es gibt Länder, in denen Schmiergelder und das Durchwinken von Bewilligungen zum Tagesgeschäft gehören. Die Chaos GmbH war aber in einem sogenannten zivilisierten Land der Ersten Welt domiziliert, wo solche Vorgehensweisen verpönt waren, zumindest offiziell … Ich will damit nicht unterstellen, dass es Schmiergelder oder sonstige merkwürdige Geschäfte gab (obwohl in einer der Schubladen des Schreibtisches des Geschäftsführers ein Stapel Kopien von Rechnungen eines Dienstleisters gefunden wurde. Diese Kopien hätten zur Überprüfung der Kickbacks dienen können, aber mit mir läuft wieder meine Fantasie durch ...), aber Ausgaben in dieser Höhe an Dienstleister hätten das Misstrauen aller Beteiligten (insbesondere der Beiräte, der Gesellschafter und der Gläubiger – weil sie regelmässig Finanzberichte über den Stand der Dinge bei der Chaos GmbH erhielten) wecken müssen ...

Einige Gesellschafter verlangten vom Beiratsvorsitzenden einen Bericht, wie so viel Geld ohne erkennbaren Nutzen ausgegeben werden konnte. Obwohl der Bericht schriftlich hätte erfolgen sollen, liessen ihn die Gesellschafter mit einem mündlich vorgetragenen, zaghaften Erklärungsversuch vom Haken, der voll mit lahmen Ausreden war wie z. B.:

«*Die Chaos GmbH befindet sich in einem richtigen Schlamassel. Vielleicht haben wir zu viele Restrukturierungsprojekte gestartet. Wir hätten vorsichtiger vorgehen sollen. Das Management und die Mitarbeitenden verzögerten die Umsetzung der von den Beratern vorgeschlagenen dringenden Massnahmen absichtlich.*»

Ich weiss nicht, ob einer der Gesellschafter um die Einsicht in die Projektberichte dieser Berater bat. Ich tat es. Wochen vergeblicher Suche vergingen, bis ich den QMB und den Finanzchef dazu brachte, diese Berater anzurufen oder zu besuchen, um Zusammenfassungen ihrer angeblichen Leistungserbringungen zu erhalten. Nachdem die Gesellschafter Einsicht in diese Unterlagen gewonnen hatten, waren sie zweifelsfrei davon überzeugt, dass die Beiräte nach dem Parkinson-Gesetz der Trivialität handelten, welches unter anderem besagt, dass «*die Zeit, die für einen Tagesordnungspunkt aufgewendet wird, im umgekehrten Verhältnis zur damit involvierten Geldsumme sein muss.*» - Beispielhaft: Die Beschaffung von Klebeband für den Versand für £1 resp. £1.15 pro Rolle ergoss sich in stundenlangen Erörterungen über die Klebekraft und Haltbarkeit des zur Beschaffung freizugebenden Klebebands.

Wie hätte diese Katastrophe verhindert werden können? – Ganz einfach, indem die Beiräte der Stellenbeschreibung und den Erwartungen der Gesellschafter gerecht werden: den Geschäftsführer und das Management mit guten Ratschlägen versorgen und die vereinbarten Restrukturierungsmassnahmen nachhaltig umsetzen lassen. Zudem ist ein über alle Zweifel erhabenes Verhalten gegenüber allen Gesellschaftern, Managements, Mitarbeitenden etc. zwingend notwendig, um mit dem Vertrauen aller Beteiligten das Unternehmen auf den richtigen Kurs bringen zu können.

Die Mitglieder des Beirats hätten mehr Fragen zu den Veränderungsvorhaben der Berater stellen sollen. Sie hätten auch die Umsetzung dieser Vorhaben überwachen sollen, indem sie persönlich mit den Beteiligten und den von den beabsichtigten Veränderungen betroffenen Mitarbeitenden sprachen und vor allem jedem folgende Frage stellten: «*Was sind die fünf wichtigsten kurz-, mittel- und langfristigen Vorteile dieser neuen Massnahmen?*»

Die Gesellschafter hatten zu Recht die Nase voll, als sie während der ordentlichen Gesellschafterversammlung von der Geldvernichtung des Geschäftsführers erfuhren. Leider wurden keine wesentlichen Massnahmen gegen ihn ergriffen. Damit sah er sich legitimiert, im neuen Geschäftsjahr seine Geldvernichtungsmaschinerie weiter zu betreiben – *Kaikaku* ist Action! Sobald Sie merken, dass etwas in die falsche Richtung geht, handeln Sie! Kehren Sie den Prozess sofort um! Wursteln Sie nicht einfach weiter!

Beispiel 2: Wenn Anmassung, Inkompetenz und völlige Gleichgültigkeit für das Schicksal der Mitarbeitenden und ihrer Familien die Kennungsmerkmale eines Haufens selbsternannter «Experten» sind, die als Beiräte posieren, kann der Tag des Jüngsten Gerichts nicht mehr weit sein. Die Chaos GmbH wäre fast den Bach runtergegangen, als ein Drittel ihrer Mitarbeitenden entlassen wurde, um Kosten zu sparen. Ein Ansatz, der zugegebenermassen bei der Sanierung nicht unbekannt ist. Aber es besteht ein signifikanter Unterschied zwischen «*Gib mir 100 Namen!*» und «*Bitte lassen Sie uns in jeder Abteilung jeden Mitarbeitenden genau anschauen, um die auswählen zu können, deren Abwesenheit die geringsten Störungen in den Abläufen verursacht. Wir müssen auch sicherstellen, dass wir keine Funktionen eliminieren.*»

Die Mitglieder des Beirats genehmigten natürlich den «*Gib mir 100 Namen!*»-Ansatz. Mit dieser Entscheidung beflügelten sie die Vergeltungssucht des Geschäftsführers und seiner Abteilungsleiter gegenüber Mitarbeitenden, die es wagten, sich gegen die absurden Entscheidungen des Geschäftsführers und seiner Ja-Sager-Truppe zu wehren. So wurde eine grosse Mehrheit der kompetenten Fachleute, die zum Unternehmen, und nicht zu den Möchte-Gern-Führungskräften, loyal waren, entlassen. Sie hinterliessen klaffende Löcher in der Organisation, und es war auch offensichtlich, dass das Unternehmen zum Scheitern verurteilt war.

Die Chaos GmbH schaffte es doch, sich bis zur Übernahme durchzuwursteln, weil die Mitarbeitenden den Konkurs vom Unternehmen fernhielten. Dies taten sie durch Selbstorganisation, schiere Willenskraft, Loyalität zum Andenken des Gründers und Hingabe an den geschäftsführenden Gesellschafter der zweiten Generation – der weit in seinen 80ern anbot, wieder auf der Kommandobrücke zu stehen und das Unternehmen in ruhigere Gewässer zu steuern. Aber zum Glück für alle, einschliesslich des tapferen Freiwilligen, legte seine Frau ihr Veto ein. Traurig zog er sein Angebot zurück. Wissenschaftler nennen eine solche Selbstorganisation «spontane Ordnung». Spontanität löst meist Improvisation aus. Improvisierte Lösungen haben meistens temporären Charakter. Selbst wenn im Sprichwort «*Es gibt nichts so Dauerhaftes als eine vorübergehende Lösung*» viel Wahrheit steckt, kann es nicht wirklich ernsthaft verwendet werden, um so schwerwiegende Probleme wie die der Chaos GmbH zu beheben.

Egogetriebene Anmassung und schiere Inkompetenz machen solche Personen blind und taub für die sie umgebende Realität, und dies führt unvermeidlich zum Desaster. Dies ist jedoch der einzige mildernde Umstand, der von den Beiratsmitgliedern geltend gemacht werden kann. Nur die fast Heiligen würden aber bei den Beiräten Gnade vor Recht ergehen lassen.

Selbst Akademiker – bekannte Bewohner von Elfenbeintürmen und hochtrabenden Ideen – hinterfragen zumindest in Peer-to-Peer-Reviews ihre Erkenntnisse, was zugegebenermassen eine eher begrenzte Auseinandersetzung mit ihren Ideen und Wahrnehmungen ist, da ja bekanntlich eine Krähe der anderen kein Auge aushackt. Aber nur als Zaungast die Geschehnisse beobachten und nichts tun, wie die «Experten» im Beirat, ist halt äusserst schwach.

Positiven *Kaikaku* in Zeiten der Not nicht auszuüben, ist mit unterlassener Hilfeleistung gleichzusetzen. Ein schwacher Trost ist Dante Alighieris Meinung, was mit solchen Menschen nach ihrem Ableben passiert: «*Die heissesten Orte in der Hölle sind für diejenigen reserviert, die in einer Zeit der [moralischen] Krise nicht handeln*».

Wie hätte diese Katastrophe verhindert werden können? – Ganz einfach, indem die Beiräte ihre ursächliche Aufgabe wahrnehmen und die Gesellschaft und die Gesellschafter vor Schaden schützen. Niemand hätte von ihnen verlangt, die Auswahl der zu entlassenden Mitarbeitenden selbst zu treffen. Aber zu kontrollieren, dass alles mit rechten Dingen zu und her geht, ist keine übermässige Erwartung.

Halbherzige Versuche, ausgewachsene Krisen zu lösen, sind genauso schlimm oder sogar noch schlimmer, wie nichts zu tun. Auch halbgare Krisenbewältigungsansätze wecken Hoffnungen bei den Betroffenen. Die Lage verbessert sich aber nicht. Nur positive *Kaikaku-Massnahmen* können helfen aus einer lebensbedrohlichen Situation herauszukommen. Ja, bei radikalen Ansätzen droht immer die Gefahr, dass die getroffenen Entscheidungen und Massnahmen in beide Richtungen gehen können. Aber wenn keine oder nur halbherzige Massnahmen durchgeführt werden, kann es nur noch schlimmer werden.

Ein kostenloser Ratschlag an Beiräte und an den Kader: Seien Sie mutig und tapfer! Vertrauen Sie Ihren Erfahrungen und

Ihrer Intuition, und hören Sie Ihren Mitmenschen zu, die auf drohende Gefahren aufmerksam machen; vor allem, wenn die Zahl der Rufer zunimmt. Wenn Sie den Druck einer Krise nicht ertragen können, dann geben Sie jemand anderem die Chance, die Dinge in Ordnung zu bringen.

Aufgrund der sozialen Konditionierung werden Menschen, die angesichts einer Krise zurücktreten, leider als feige und schwach angesehen. Ich widerspreche dem aufs Schärfste: Es braucht vielmehr Mut und Kraft, um angesichts des sozialen Drucks das Richtige zu tun.

Beispiel 3: Die Genehmigung zweifelhafter oder sogar krimineller Geschäfte des Geschäftsführers/Managements, um einen kurzfristigen Gewinn zu erzielen, ist nicht nur skrupellos, sondern geradezu verabscheuungswürdig, insbesondere, wenn sich der Geschäftsführer dabei an einigen Stakeholdern rächen und sein Hintern retten will.

Wenn man bedenkt, dass Mitglieder eines Beirats per se aufgrund ihrer Integrität und Berufserfahrung ausgewählt werden, ist es höchst erstaunlich, dass sie ihren guten Namen zu dubiosen Geschäften geben. Selbst wenn Liquidität als Ambrosia für alle Unternehmen angesehen wird, ist es ein Schritt zu weit, die eigene Integrität und den Ruf des Unternehmens zu opfern, insbesondere, wenn es saubere Lösungen für das vorliegende Problem gegeben hätte.

Bankkredite unter vorgetäuschten Vorwänden zu bekommen und Finanzdaten zu manipulieren, Tochtergesellschaften zur Rückzahlung von Bankkrediten zu zwingen, nur um sich am lokalen Management zu rächen, und gut geführte Tochtergesellschaften wegen Fremdenfeindlichkeit zu schliessen, sind nur einige der unappetitlichen Sachen, die die Mitglieder des Beirats auf Geheiss des Geschäftsführers einfach durchgewunken haben. Dies geschah hauptsächlich, um zu verhindern, dass die Beiräte für ihr Versagen im Fall einer Insolvenz hätten geradestehen müssen. Deshalb gefährdeten sie lieber die Existenz gut geführter Tochtergesellschaften, indem sie die Chaos GmbH am Cashflow dieser Tochtergesellschaften laben liessen.

Diese «*Nach mir, die Sintflut*»-Mentalität – ein Zitat von Ludwig XIV., König von Frankreich, das seine tiefe Fürsorge für seine Untertanen zeigt – liess die Chaos GmbH noch schneller den Bach hinuntergehen, weil die Mitarbeitenden jegliches Vertrauen in die Mitglieder des Top-Managements verloren. Der Defätismus erhob sein hässliches Haupt, und immer mehr Macher wurden zu Duckmäusern, die sich jeden Morgen vor der Arbeit fragten, ob sie an diesem oder am nächsten Tag ihren Arbeitsplatz verlieren würden. Aufgrund der oben beschriebenen Tatsachen verbreitete sich die Untergangsstimmung in der gesamten Chaos-Gruppe wie eine Krankheit.

Handelsvertreter, Lieferanten, Auditoren und andere Besucher der Chaos GmbH und ihrer Tochtergesellschaften bemerkten den Stimmungsumschwung und verbreiteten die Nachricht über den bevorstehenden Untergang des Unternehmens im Markt. Dies machte die Kunden besorgt, ob sie ihre längst überfälligen Bestellungen erhalten würden, und erschreckte die Gläubiger, insbesondere die Regenschirmverleiher («*Ein Banker ist ein Mann, der Ihnen seinen Regenschirm leiht, wenn die Sonne scheint, ihn aber in dem Moment zurückhaben will, in dem es zu regnen beginnt.*» – Mark Twain).

Die Chaos GmbH fand sich zwischen Koalemos (griechischer Gott der Dummheit) und den Sirenen (die laut der griechischen Mythologie Seeleute mit ihrem Gesang anlockten, damit ihre Schiffe auf den Felsen zerschellten) wieder, das heisst auf der einen Seite der inkompetente Lenkungsausschuss (wurde eher dem letzten Teil seines Namens gerecht …), bestehend aus Geschäftsführer, Management und Beiräten; und auf der anderen Seite die drohende Insolvenz mit dem Resultat, dass tausende von Menschen (Mitarbeitende und ihre Familien) mittellos werden würden.

Wie hätte diese Katastrophe verhindert werden können? – Ganz einfach, indem man dem ehemaligen und dem aktuellen Arbeitgeber Respekt entgegenbringt. Beiräte werden in der Regel aus den oberen Rängen namhafter Unternehmen ausgewählt. Ein berühmter Firmenname färbt auf seine Mitarbeitende ab, weil davon ausgegangen wird, dass die Personalabteilung die Kandidaten geprüft und die Spreu vom Weizen getrennt hat. Obwohl die Auswahlverfahren in Blue-Chip-Unternehmen recht aufwendig sind, sind sie alles andere als narrensicher, denn: Ein Angestellter in der Beschaffungsabteilung eines der grössten deutschen Automobilhersteller sprach mit einem Verkäufer der Firma, für die ich damals tätig war, mit solcher Verachtung und Herablassung, dass der Verkäufer die Fassung verlor. Er nahm die Visitenkarte des Angestellten, riss das Logo des Autoherstellers ab und warf die verstümmelte Visitenkarte dem Angestellten an den Kopf und fragte:

«*Wer bist du jetzt?! Ein kleiner* [Annahme des Verkäufers über das einsame Sexualleben des Angestellten]! *Steig von deinem hohen Ross runter und sprich mit Respekt mit mir. Das Unter-*

nehmen, für das du arbeitest, gehört dir nicht, und du hast es auch nicht berühmt gemacht!»

Namhafte Unternehmen erlangten ihren Ruf, indem sie Sachen richtig und/oder besser als andere machten. Dieses «richtig oder besser» ist es, was Gesellschafter bei Mitgliedern eines noch zu gründenden Beirats suchen. Beiräte sind jedoch in der Regel ehemalige/aktive Manager der ersten Reihe. Sind diese Leute die richtige Wahl? Ich bezweifle es. C-level-Manager sind in der Regel Leiter, wie Dirigenten von Symphonieorchestern. So, wie ein Dirigent nicht alle Instrumente spielen kann (zumindest nicht so gut wie die Musiker des Orchesters), kann ein C-Level-Manager kein Experte für alle Geschäftsvorgänge sein. Folglich sollten Mitglieder eines Beirats in einem KMU Manager aus der zweiten oder dritten Reihe von grösseren/multinationalen Unternehmen sein.

Zusammenfassend lässt sich sagen, dass die Hauptaufgabe von Beiräten darin besteht, zu sehen – zu sehen, was andere nicht sehen. Nun, bei der Chaos GmbH haben die Beiräte, ausser ihrer Selbst-Reflexion als Top-Manager, gar nichts gesehen ...

3.2. Der Qualitätsmanagementbeauftragter (QMB)

Wie hat der QMB dazu beigetragen, dass die Chaos GmbH ihrem Namen gerecht wurde?

1) indem er dem Geschäftsführer schmeichelte (das amerikanische BNTBG – *brown-nosing-the-big-guy* ist halt in Deutsch schwer zu erreichen ...);

2) indem er es an Professionalität mangeln liess und nur die Befehle seines Chefs ausführte;
3) indem er alle Fehler seinen Mitarbeitenden in die Schuhe schob;
4) indem er interne und externe Auditergebnisse unter Verschluss hielt, um in keinen Konflikt mit seinem Chef und seinen Kader-Kollegen zu geraten;
5) indem er fehlerhafte Lieferungen von Lieferanten annahm (meistens, weil es Freunde/Bekannte des Chefs und der Beiräte waren);
6) indem er Beschwerden über falsche Vorgaben, Abläufe, Materialien etc. von Mitarbeitenden ignorierte;
7) indem er Beschwerden der Mitarbeitenden in Stücklisten, Dokumenten, Anweisungen etc. ignorierte;
8) indem er nicht auf Standardisierung bestand, sondern überall und in allem Individuallösungen akzeptierte; und
9) indem er die Kompetenzmatrizen nicht auf dem neuesten Stand hielt respektive den Personalchef nicht anhielt, dies zu tun.

Beispiele aus der Praxis der oben genannten Beiträge des QMB und ihre Auswirkungen auf die Chaos GmbH:

Beispiel 1: Die Verfolgung von Unfallursachen nur für die Aufzeichnungen und um den Anforderungen der Internationalen Organisation für Normung (ISO) zu entsprechen, ist in der Tat grob fahrlässig. Das Management muss seiner Verantwortung für die körperliche und geistige Gesundheit der Mitarbeitenden nachkommen. Es ist schade, dass Gesetze und

Vorschriften erforderlich sind, um das Management zu zwingen, sich um die Menschen in ihrer Obhut zu kümmern.

Die Chaos GmbH hatte in diesem Bereich weniger als die Mindestanforderungen erfüllt. Körperliche Verletzungen wurden einfach dokumentiert und archiviert, ohne dass weitere Nachverfolgungen oder Schulungen zur Vermeidung ähnlicher Unfälle durchgeführt wurden. Der psychische Gesundheitszustand der Mitarbeitenden wurde überhaupt nicht überwacht, obwohl Gesetze und Vorschriften regelmässige Audits vorschrieben. Geschäftsführer, QMB und Produktionschef waren sehr kleinlaut, als sie auf ihre Nichteinhaltung von Gesetzen und Vorschriften aufmerksam gemacht wurden. Sie gelobten, sofort Massnahmen zu ergreifen, um die Situation zu verbessern, was in der Tat ein sehr gutes *Kaikaku* gewesen wäre. Aber leider sterben alte Gewohnheiten schwer, und so taten sie überhaupt nichts, was das schlimmste *Kaikaku* überhaupt ist.

Die Arbeitsunfälle bei der Chaos GmbH lagen dank der Selbstorganisation der Mitarbeitenden nicht über dem Branchendurchschnitt, aber das war eher zufällig als beabsichtigt. Ein Unternehmen mit Hoffnung und Zufall zu führen, ist ein gefährliches Glücksspiel. Als Napoleon Bonaparte dafür kritisiert wurde, dass er Schlachten nur gewonnen hätte, weil er Glück hatte, erwiderte er: «*Ich habe lieber glückliche Generäle als gute.*» Wenn wir davon ausgehen, dass er mit *Generälen* auch Admirale meinte, so hatte die Geschichte gezeigt, dass ihm bei Trafalgar und schliesslich bei Waterloo das Glück ausging, oder? Mehr als hundert Jahre später stiess Dwight D. Eisenhower ins gleiche Horn wie *Nasenpopel* (Spitzname Napoleons in der Schule), indem er sagte: «*Ich habe lieber einen glücklichen General als einen klugen General. Sie gewinnen Schlachten.»* Schlachten gewinnen sie vielleicht, aber was ist mit Kriegen wie in Korea und Vietnam?

Bei der Chaos GmbH wurde selbst eine Maschinenabdeckung für £1.500 weder gekauft noch an der Maschine befestigt, wodurch gegen geltende Gesetze und Vorschriften verstossen wurde. Damit nahmen die «Verantwortlichen» auch in Kauf, dass ein Mitarbeitender sich bei jeder Bedienung der Maschine hätte verletzen können. Dieser Fall war besonders gravierend, weil Lehrlinge auch an dieser Maschine arbeiteten. Auch dem Produktionschef, der rechtlich dafür verantwortlich war, dass die Mitarbeitenden unter seiner Obhut keinen Schaden nehmen, war das völlig egal. Ihm war es wichtiger, seine Mitarbeitenden mit Excel-Tabellen und Power-Point-Präsentationen zu drangsalieren.

Wie hätte diese Katastrophe verhindert werden können? – Ganz einfach, indem man sich um die Menschen kümmert und sich für die verantwortlich fühlt, die für das Unternehmen arbeiten. Die Leistungen steigen, die Anzahl der Krankheitstage und der Arbeitsunfälle sinkt, wenn sich Mitarbeitende respektiert und umsorgt fühlen.

Der QMB muss Standardisierungen und Mitarbeiterschulungen fordern und fördern, um Zufälle, Improvisationen und andere schwer fassbar Verfahren zu vermeiden.

Paul H. O'Neills Antrittsrede, als er 1987 als Geschäftsführer die Führungsrolle bei Alcoa übernahm, drehte sich nicht um Finanzzahlen, Vertriebsstrategien und dergleichen, sondern um die Sicherheit der Mitarbeitenden. Nur ein Jahr nach seiner Rede zu diesem sehr wichtigen Thema erreichte der Gewinn von Alcoa einen neuen Rekord. Als er 13 Jahre später in den Ruhestand ging, hatte er die Einstellung zur Sicherheit am Arbeitsplatz bei Alcoa so erfolgreich geändert, dass sich das Nettoeinkommen seit seinem Einstieg verfünffacht hatte.

Herr O'Neill hatte die Sicherheit der Mitarbeitenden nicht als Marketinggag ganz oben auf seine Agenda gesetzt. Er kümmerte sich wirklich sehr um die Gesundheit und Sicherheit seiner Belegschaft. Als Dank für seine Führsorge erbrachten die Mitarbeitenden eine viel besser Leistung, indem sie mehr darauf achteten, was sie taten. Langfristiger Erfolg ist immer die Aggregation von kleinen Schritten, d. h. die Summe der täglich sorgfältig erledigten Aufgaben. Wenn Sie sich nicht an diese einfache Regel halten und sich auf Ihr Glück verlassen, wird diese, wie die Geschichte beweist, irgendwann ausgehen.

Beispiel 2: Ein QMB ist sehr anfällig dafür, ein «Tüpflischisser», also ein formalistischer Pedant respektive ein pedantischer Formalist zu sein. Um diesem abwertenden Begriff gerecht zu werden, muss der QMB nur auf den Prozessen und Verfahren bestehen, die bei seinem früheren Arbeitgeber funktioniert haben, aber bei seinem neuen Arbeitgeber auf Unverständnis und Widerstand bei den Mitarbeitenden stossen. Ein unter Volkswirten bekannter Ausspruch von John Maynard Keynes zu den Möglichkeiten der Geldpolitik der Notenbanken kann dem übereifrigen QMB helfen zu verstehen, warum seine todsicheren Methoden nicht überall funktionieren: *«Man kann die Pferde zur Tränke führen, saufen müssen sie selbst.»* Besondere Anfälligkeit, «Tüpflischisser» zu sein, zeigen QMBs, deren Karriereweg (freiwillig oder unfreiwillig) von der Automobilindustrie in weniger erhabene Industrien umgeleitet wurde. Sie beharren, zwar zurecht, auf den Errungenschaften dieser Industrie, vergessen aber dabei, warum sich diese Industrie umstellen musste.

Die Automobilindustrie erzielt hervorragende Ergebnisse in Bezug auf die Qualität und Zuverlässigkeit ihrer Produkte durch QM und *Lean Manufacturing* (LM). Jeder, der das Treiben in der Automobilindustrie in den 1980er Jahren miterlebt hat, weiss, warum. GM, Chrysler; BMW, Mercedes, Fiat etc. wurden auf dem völlig falschen Fuss erwischt, als Toyota Motors Company (TMC) ihre Autos serienmässig mit automatischen Fensterhebern, Zentralverriegelung, kundenspezifischen Features etc. in die Welt exportierte. Die Konkurrenz und ihre Zulieferer waren gezwungen, das *Toyota Production System* zu übernehmen, welches von John Krafcik im *Sloan Management Review* 1988 erschienenen Artikel «*Triumph of Lean Production System*» in *Lean Production System* umbenannt wurde. Sonst hätte sie den Kampf um Marktanteile gegen TMC und die anderen japanischen Autohersteller nicht überlebt. Alle Geschäftsführer der US-Automobilindustrie erinnerten sich plötzlich an ihre Schulzeit: Landesweit wurde 1952 «*Duck Dich und versteck Dich!*» im Falle eines nuklearen Angriffs auf die USA geübt. Die erhabensten Verfechter der freien Marktwirtschaf duckten und versteckten sich hinter der Reagan-Regierung, die erheblichen Druck auf Japan ausübte, Autoexporte in die USA «freiwillig» einzuschränken. Die grossen und mächtigen europäischen Automobilhersteller rannten auch «*Mama!*» schreiend zu ihren jeweiligen Regierungen und suchten Schutz (durch Einfuhrzölle und Importbeschränkungen) vor der «bösen» japanischen Konkurrenz.

Dieses Beispiel zeigt auch deutlich den Unterschied zwischen «*muss*» und «*sollte*»: Sie sollten eine Diät machen, wenn Sie Ihren Lieblingsanzug/Ihr Lieblingskleid wieder anziehen möchten. Sie müssen eine Diät machen, wenn Ihr Arzt Ihnen rät, sich mit Ihrem Anwalt in Verbindung zu setzen, um Ihr Testament zu erstellen, wenn Sie zum Beispiel Ihren Body-Mass-Index nicht dringend von etwa 40 auf etwa 20 verbessern – oder, um es auf den Punkt zu bringen: Die Richtigkeit des Sprichwortes «*Niemand kann zu seinem Glück gezwungen werden.*» ist in Zweifel zu ziehen.

Wie hätte diese Katastrophe verhindert werden können? – Ganz einfach, indem Sie sich als QMB daran erinnern, dass Sie die nicht-japanische Autoindustrie nicht im Alleingang umgedreht haben und dass es Blut, Schweiss und Tränen bedurfte, bis GM, BMW usw. nur einmal die Grundlagen des TPS richtig verstanden hatten. Wendelin Wiedeking (ehemaliger Vorstandsvorsitzender von Porsche) brauchte 14 Jahre, um den Börsenwert von Porsche von €300Mio auf €25Mrd zu steigern. Niemand, der bei klarem Verstand ist, erwartet, dass ein QMB eines KMU mehr als eine 80-fache Steigerung des Unternehmenswertes erreicht, aber, was der Geschäftsführer erwarten kann und wird, ist eine signifikante Verbesserung der Prozesse und Verfahren aufgrund eines sorgfältigen Benchmarkings zwischen den Industrien – also zwischen der Automobilindustrie, wo der QMB herkommt, und der Industrie, in der er gelandet ist ...

Der QMB eines KMU muss sich auf die wichtigsten Fragestellungen im Zusammenhang mit QM konzentrieren: Prozesse, Verfahren, Organisation und Funktionen. Diese, meiner Ansicht nach, fälschlicherweise als «weiche» Faktoren bezeichneten Punkte sind für den nachhaltigen Erfolg eines jeden Unternehmens ausschlaggebend. Da diese Faktoren in gewisser Weise wirklich «weich» sind – weil sie ohne viel Aufhebens und Investitionsaufwand geändert werden können –, neigen sie dazu, nach einer Weile wieder in ihre ursprüngliche Form zurückzukehren. Leider steckt viel Wahrheit in dem alten Sprichwort «*Alte Gewohnheiten sterben langsam*».

Ein Paradigmenwechsel dauert ewig, wenn das Verhalten nicht geändert werden muss, sondern geändert werden kann. Setzen Sie sich daher als QMB oder auch als Person nicht mehr als drei Ziele, die Sie erreichen möchten, und stellen Sie sicher, dass diese ordnungsgemäss funktionieren, bevor Sie den Mitarbeitenden (oder sich selber) weiter Ziele setzen. Nur um zu zeigen, dass auch andere Industrien unter Management-Kurzsichtigkeit und sklerotischen Philosophien leiden, lesen Sie bitte das nächste Beispiel. Es zeigt, wie lang und schmerzhaft der Weg war, bis Ärzte und Chirurgen akzeptierten, dass sie sich die Hände waschen müssen, bevor sie ihren nächsten Patienten untersuchten oder gar operierten. Heute, insbesondere seit die von den Regierungen verordneten Massnahmen gegen COVID-19 die Menschheit mit einer ungewohnten Wucht getroffen haben, ist die Händehygiene zu einer Trivialität geworden.

Beispiel 3: Leider neigt jeder von uns dazu, Fremdschämen auszulösen, indem er etwas völlig Ungewöhnliches oder einfach nur etwas völlig Dummes tut, dass zu einem «*WAS?! Wie konnte das passieren?! Ist jeder verrückt geworden?!*» führt. Ein QMB kann Fremdschämen verursachen, indem er einen Nichtkonformitätsbericht (Non-Conformity Report, NCR) erstellt, der (wie der Name schon sagt) es den Mitarbeitenden ermöglicht, sich über fehlerhafte Prozesse, Verfahren, Qualitätsabweichungen und Sicherheitsprobleme usw. zu beschweren, aber diesen in der Schublade seines Schreibtischs belässt, anstatt es unter die Leute zu bringen.

Ein NCR in der verarbeitenden Industrie (auch in KMU), einmal eingeführt, ist so grundlegend wie die Händedesinfektion für Chirurgen und Ärzte. Die lebensrettende Bedeutung der Handhygiene wurde von Dr. Ignác Fülöp Semmelweis (einem ungarischen Arzt, alias «*Retter der Mütter*») im neunzehnten Jahrhundert unmissverständlich solange betont, bis ihn bezahlte Verbrecher so schwer zusammenschlugen, dass er an seinen Verletzungen qualvoll starb. Er ermahnte Krankenschwestern, frisch gebackene Ärzte und, eben leider auch die Financiers der Schlägertruppe, seine *geschätzten* Kollegen, sich die Hände zu waschen, bevor sie ihre Patienten untersuchten. Die Anmassung und die Menschenverachtung derer, die diese Tat finanzierten, ist nur mit der ihrer Kollegen im 3. Reich ebenbürtig … – Stellen Sie sich den Aufschrei vor, wenn ein Arzt oder eine Krankenschwester sich weigerte, sich die Hände zu waschen …

NCRs nicht im Workflow zu implementieren, ist die achte Todsünde. Die neunte Todsünde besteht darin, die eingereichten NCRs weder aufzuarbeiten noch weiterzuverfolgen. Ihnen halbherzig nachzugehen, ist keine Sünde, sondern nur dumm. NCRs für die Nachwelt abzulegen oder sich später (was niemals kommt) mit ihnen zu befassen, ist ebenso dumm. NCR-Ergebnisse erfordern sofortige Aufmerksamkeit!

Auch in einer Selbst-Organisation müssen zumindest sehr grundlegende Gesetze und Vorschriften des Unternehmensmanagements beachtet werden, um dem Anarchismus und seinem treuen Begleiter, dem Chaos, vorzubeugen.

Wenn der Leser auch ein Buch, eine Abhandlung oder andere lange Texte geschrieben hat, weiss er, dass das Geschriebene immer wieder gelesen werden muss, um Fehler auszumerzen. Bei diesem Lesen bleiben zwar immer ein paar Tippfehler, das Gelesene wird aber immer wieder ins Gedächtnis gerufen. Auch nach dem x-ten Mal lesen erstaunt es mich immer noch, wie der QMB jahrelang mit so einer Nachlässigkeit davonkommen konnte ... Dieses Beispiel erinnert mich an eine berühmte Karikatur, in der Höhlenmenschen einen Karren mit viereckigen Rädern ziehen und schieben. Ein anderer Höhlenmensch läuft ihnen mit zwei runden Rädern unter seinem Arm hinterher, winkt ihnen zu, dass die anderen auf ihn warten sollen. Anstatt zu warten, rufen die Wagenschieber und -zieher: «*Tut uns leid, wir sind nicht an neuen Sachen interessiert. Wir sind beschäftigt.*»

Wie hätte diese Katastrophe verhindert werden können? – Ganz einfach durch Weglassen der zehnten Todsünde, der Aufschieberitis. Leute, die zu dieser Sünde neigen, sollten nicht als Profis bezeichnet werden. Ein NCR muss bei der Lancierung weder aufwendig noch interaktiv sein. Mitarbeitende müssen sich zunächst daran gewöhnen, alle Nichtkonformitäten zu melden, die sie bei der Erledigung ihres Tagesgeschäfts feststellen. Die Mitarbeitenden in den Abteilungen, die diese NCRs erhalten, müssen lernen, sofort zu handeln um Nichtkonformitäten so schnell wie möglich abzustellen. Unter Berücksichtigung des offensichtlichen Nutzens eines solchen Verfahrens erstaunt es mich immer wieder, mit welch eifriger

Überzeugung angeblich gut ausgebildete Leute der Aufforderung eines NCR zum Handeln hartnäckig standhalten.

Selbst die Beschränkung auf das Allernötigste hilft Chaos zu verhindern. Nehmen Sie das Zimmer eines Teenagers. Androhungen am äussersten Rand der Legalität müssen ausgesprochen werden, damit es von seinem Bewohner notdürftig und ansatzweise einem der Reinigung ähnlichen Verfahren unterzogen wird. In der Regel reicht es, dieses Verfahren (welches vom Ausführenden soweit zeitoptimiert wird, dass es jedes SMED – Single Minute Exchange of Die – in den Schatten stellt) alle drei bis vier Monate zu wiederholen, um den Raum in einem für Teenager geeigneten Zustand zu halten. Ja mehr noch, denn Gäste im gleichen Alter und einem gleich robusten Immunsystem überleben auch ein langes Wochenende in so einem Zimmer unbeschadet. Wenn Sie also kein QMS (dessen untrennbarer Bestandteil der NCR ist) implementieren können, das Ihrem Professor Freudentränen in die Augen treibt, dann implementieren Sie ein rudimentäres QMS, das ausreicht, um die Unternehmensprozesse funktional zu halten. Sie dürfen natürlich ein interaktives NCR mit allem Schnickschnack nicht aus den Augen verlieren. Nehmen Sie sich Zeit für die Umsetzung und binden Sie die beteiligten Mitarbeitenden mit ein.

3.3. Personalchef/Betriebsrat

Wie hat der Personalchef dazu beitragen, dass die Chaos GmbH ihrem Namen gerecht wurde?

1) indem er dem Geschäftsführer schmeichelte (das amerikanische BNTBG – *brown-nosing-the-(big-guy* ist halt in Deutsch schwer zu erreichen ...);
2) indem er es an Professionalität mangeln liess und nur die Befehle seines Chefs ausführte;
3) indem er alle Fehler seinen Mitarbeitenden in die Schuhe schob;
4) indem er Nieten an Nahtstellen in der Firma setzte;
5) indem er die Kompetenzmatrizen nicht auf dem neuesten Stand hielt;
6) indem er unangemessene/irrwitzige Forderungen des Betriebsrats und anderer Arbeitnehmervertretungen sowie einzelner Mitarbeitenden akzeptierte;
7) indem er regelmässig Lohn- und Gehaltsabrechnungen verpfuschte;
8) indem er Mitarbeitende mit ungeplanten und unangekündigten Fehlzeiten davonkommen liess; und
9) indem er Änderungen der Arbeitsgesetze und -vorschriften nicht im Auge behielt.

Beispiele aus der Praxis der oben genannten Beiträge des Personalchefs und ihre Auswirkungen auf die Chaos GmbH:

Beispiel 1: Der Personalchef der Chaos GmbH konnte sich glücklich schätzen, dass er nicht in Zeiten lebte, in denen Teeren und Federn oder sogar Häuten – als *ultima ratio regum* (lateinisch für «*die letzten Argumente der Könige*» – Ludwig XIV. liess dieses Motto auf seine Kanonen eingravieren) – als angemessene Strafen für Schuldige angesehen wurden, die ihre Mitmenschen gewollt oder ungewollt übers Ohr hauten. Der

Personalchef hat mit monotoner Regelmässigkeit die Lohn- und Gehaltsabrechnungen der Mitarbeitenden – die seines Chefs und seiner Kollegen natürlich nicht – verhauen.

Bevor die Lohnabrechnungen eintrafen, fingen die Mitarbeitenden an zappelig zu werden und zu reden. Einige Spassvögel nahmen Wetten an für: «*War der Personalchef diesmal in der Lage, unsere Löhne richtig zu berechnen?*». Die Mitarbeitenden störte es jedoch nicht, wenn ihr Lohn in der Abrechnung höher ausfiel, als sie es erwartet hatten (lol!). Wurde ihnen aber weniger verrechnet, so herrschte Lynchstimmung.

Mit dem archetypischen gallischen Achselzucken und dem damit einhergehenden Grienen meinte er, dass die Bagatelle bei der nächsten Lohnabrechnung wieder in Ordnung gebracht werden würde. Da der Personalchef der *primus inter pares* unter den Ja-Sagern war, gab es vom Geschäftsführer nur ein «*Haben sich die lieben Mitarbeitenden wieder künstlich aufgeregt, dass ihnen die Kaffee-, Zigaretten- und Plapperpausen nicht ausbezahlt wurden? – Alles gut. Die renken sich wieder ein.*» Die Kosten der Unzufriedenheit der Mitarbeitenden zeigten sich in der Effizienz. Die Verluste ergaben sich hauptsächlich aus der Unproduktivität der Mitarbeitenden aufgrund langwieriger Diskussionen über die Ahnungslosigkeit und Frechheit des Personalchefs, der vor seinem Büro Schlange stehenden Mitarbeitenden, die sich persönlich um die Korrektur der Abrechnung kümmern wollten etc.

Die Beiräte betonten – mit ihrer üblichen Inbrunst (mit Müh' und Not ersticktes Gähnen) – die Wichtigkeit der Genauigkeit von Lohn- und Gehaltsabrechnungen gegenüber dem aufmerksam zuhörenden Personalchef, der flugs versprach, seine Arbeit in Zukunft wesentlich sorgfältiger auszuführen. Damit war das Thema für den Beirat erledigt.

Dieser gute Vorsatz teilte das Schicksal von Neujahres-Vorsätzen: Er führte natürlich zu nichts. Ganz im Gegenteil – aufgrund einer groben Nachlässigkeit des Personalchefs erfuhren die Mitarbeitenden (die darob fast gestreikt hätten), dass das Management trotz ihrer miserablen Leistungen Boni im höheren fünfstelligen Bereich erhielt. Diese Boni wurden mit einer Geheimhaltung berechnet, die nur von der geheimsten Operation der jüngeren Geschichte übertroffen wurde (die laut www.warhistoryonline.com): *Operation Eiche* im Zweiten Weltkrieg, bei der Waffen-SS-Offizier Skorzeny und seine 16 Kommandos den faschistischen Diktator Benito Mussolini retteten – nutzte aber schlussendlich nichts, weil der Personalchef mit seiner «E-Mail an alle» (anstatt «E-Mail an alle – Führungskreis») die ganze Geheimhaltung zunichtemachte.

Wie hätte diese Katastrophe verhindert werden können? – Ganz einfach, indem man (zumindest nach dem dritten gescheiterten Versuch in Folge, es richtig zu machen) vor den unüberwindlichen Herausforderungen des Addierens und Subtrahierens, Multiplizierens und Dividierens (dies alles mit einer Lohnabrechnungssoftware) kapituliert und um externe Hilfe bittet oder, zugegebenermassen etwas weit hergeholt, jemandem mit einem Mindestmass an beruflicher Erfahrung erlaubt, die Führung der Personalabteilung zu übernehmen. Es gibt natürlich auch die Möglichkeit, dass der Personalchef – weil er von einem Anfall von Selbsterkenntnis übermannt wurde – einen Online-Kurs «Lohnabrechnung in fünf einfachen Lektionen» belegt. Zweifel an ihren Fähigkeiten hegten der Geschäftsführer, die Abteilungsleiter und die Beiräte mit der gleich grossen Wahrscheinlichkeit, mit der der Papst, Ehefrauen und Schwiegermütter ihre Unfehlbarkeit in Zweifel ziehen ...

Kaderleuten, die sich weder um die Qualität ihrer Arbeit noch um das Wohlergehen der Mitarbeitenden kümmern noch bereit sind, sich dringend notwendigen Schulungen zu unterziehen, muss die Möglichkeit geboten werden, Karriereziele ausserhalb des Unternehmens zu verfolgen.

Beispiel 2: Der Versuch, unkündbare Mitarbeitende zu kündigen, indem ohne Machbarkeitsüberprüfungen Kündigun-gen ausgesprochen werden, resultiert in exorbitante Rechts- und Abfindungskosten. Wenn der Personalchef wiederholt vom Justitiar der Chaos GmbH, vom Richter des Arbeits-gerichtes, vom Betriebsratsvorsitzenden und von Gewerkschaftsvertretern gewarnt wird, gewisse Kündigungen nicht auszusprechen respektive zurückzuziehen, und er einfach weitermacht, so ist Hopfen und Malz verloren.

Wie ich bereits zu Beginn dieses Kapitels erwähnt habe, stammen die allerschlimmsten *Kaikaku*-Entscheidungen bei der Chaos GmbH vom Geschäftsführer oder den Beiräten. Ersterer wollte Mitarbeitende entlassen, die seine göttlichen Führungsqualitäten nicht erkannten, und Letztere wollten Personalkosten sparen. Beide Parteien verfolgten ihre jeweiligen Ziele, indem sie Gesetze und Vorschriften weitestgehend ignorierten sowie fundierte Ratschläge von Leuten mit zumindest einem Minimum an mehr Sinn und Verstand (wozu es, wohlgemerkt, nicht viel brauchte) ausser Acht liessen.

Selbst der beste Anwalt wird vor Gericht zur Witzfigur, wenn ihm von den Verantwortlichen bei der Chaos GmbH, wissentlich oder unwissentlich, nicht alle wichtigen Informationen für den Gerichtsfall zur Verfügung gestellt werden. Arbeitsgerichtliche Entscheidungen werden traditionell zugunsten des Arbeitnehmers verzerrt. Wirklich, auch in *dubio pro reo* («im Zweifel für den Angeklagten») wird für Fälle angewendet, bei denen einem die Luft wegbleibt (sieh weiter unten), während der Arbeitgeber in der Regel unter Urteilen *in dubio pro duriore* («im Zweifel für das Härtere») leidet ... Die schlimmste Entscheidung des Arbeitsgerichts war, als der Personalchef (nicht der von der Chaos GmbH) einen Mitarbeitenden entliess, der seinen Kollegen mit einem Messer angegriffen und ihm tiefe Fleischwunden zugefügt hatte. Der Richter entschied jedoch, dass der Angreifer wieder eingestellt und zur psychiatrischen Behandlung (auf Kosten des Arbeitgebers) geschickt werden musste. Er begründete sein empörendes Urteil mit der chronischen Lungenerkrankung, an der der Angreifer litt, was ihn daran gehindert hätte, einen anderen Job zu bekommen.

Personalchefs, die versuchen amtierende und ehemalige Betriebsräte innerhalb deren Schonfrist und Arbeitnehmer mit irgendeinem Kündigungsschutzgrund zu entlassen, muss die Möglichkeit gegeben werden, Karriereziele ausserhalb des Unternehmens zu verfolgen. Weder der Geschäftsführer noch die Beiräte der Chaos GmbH warfen dem Personalchef Geldverschwendung wegen der vielen verlorenen Arbeitsgerichtsverfahren vor. Sie gaben immer den linksgerichteten Richtern die Schuld für das Ergebnis. So kam der Personalchef mit seiner schludrigen Vorbereitung der Arbeitsgerichtsfälle immer ungeschoren davon.

Wie hätte diese Katastrophe verhindert werden können? – Ganz einfach, indem man fundierte Ratschläge befolgt, vor allem, wenn sie auch von der sogenannten Opposition (auch bekannt als die Mitglieder des Betriebsrats, Gewerkschafter, Anwälte der Gegenseite und Richter) kommen. Können Sie sich das schiere Ausmass der Inkompetenz vorstellen, die erforderlich ist, damit die oben genannten Parteien dem Vertreter eines Arbeitgebers Hilfestellung geben? In Wirklichkeit sitzen die Arbeitnehmer, ihre Vertreter und die des Arbeitgebers im selben Boot. Wer es schaukelt, erschwert das Manövrieren. Auch dies ist so offensichtlich, dass beide Parteien sich eher bemühen sollten, die Ressourcen des Unternehmens zu erhalten, anstatt mit dessen finanziellen Mitteln ihre riesigen Egos zu befriedigen.

Wie bei der Lohnabrechnung (siehe vorheriges Beispiel) hätte der Personalchef auch hier versuchen können seiner Stellenbeschreibung zumindest ansatzweise gerecht zu werden. Dies hätte aber ein kleines bisschen Demut, einen Hauch von Respekt und eine bescheidene Menge an Verstand erfordert. Keines dieser Charaktereigenschaften konnte der Personalchef der Chaos GmbH sein Eigen nennen.

Die Richter und das Justizsystem für die vielen verlorenen Arbeitsgerichtsprozesse verantwortlich zu machen und den Personalchef mit seinen Unzulänglichkeiten entkommen zu lassen, ist vergleichbar mit der Schuldzuweisung an russische Hacker für die Veröffentlichung von E-Mails des Demokratischen Nationalkomitees anlässlich der Präsidentschaftswahlen

2016. Der demokratische Kandidat verlor die Präsidentschaft an sein republikanisches Pendant nur indirekt aufgrund dieser Hacker. Die direkte und damit Hauptursache war der Inhalt der E-Mails. Leser im fortgeschrittenen Alter können sich noch daran erinnern, wie Verbrechen und Fehlverhalten von Politikern und Wirtschaftsbossen früher aufgedeckt wurden. Jemand fand belastende Dokumente in Mülleimern, Müllcontainern oder, man möge staunen, auf Müllhalden. Den Finder dieser Dokumente des Komplotts zu beschuldigen, war früher deswegen schon sehr schwierig.

Auch Whistleblower wie der Gründer von WikiLeaks, Berater der NSA (National Security Agency) und Nachtwächter einer schweizerischen Grossbank (hier war Kosteneinsparung wie bei der Chaos GmbH Programm: Da die Nachtwächter, nach Meinung der Bankdirektoren, ausser dumm rumzustehen eh nichts zu tun hatten, wurden sie, gegen einen kleinen Zustupf im Stundenlohn, zu Aktenvernichtern befördert. Als die braven Nachtwächter Aufzeichnungen über Ersparnisse von Shoah-Opfern schreddern sollten – damit diese nicht an die Überlebenden und/oder Erben der Opfer ausbezahlt werden mussten – wandten sie sich an die Öffentlichkeit. Der Bank entstanden um ein Vielfaches höhere Kosten wie, wenn die Bankdirektoren diese Akten selbst vernichtet hätten) für die Aufdeckung von Verbrechen und Fehlverhalten der Mächtigen verantwortlich zu machen, ist der absolut falsche Ansatz. Nicht der Überbringer der Botschaft muss bestraft werden, sondern die Täter.

Beispiel 3: Die Personalabteilung muss, ebenso wie die Buchhaltung, mit sehr sensiblen Daten umgehen, die unter keinen Umständen öffentlich gemacht werden dürfen. Von einem

Personalchef mit einem beneidenswerten Salär muss jedoch erwartet werden können, dass er alle notwendigen Vorkehrungen trifft, um Datenlecks zu verhindern, wie z. B. das Senden der Gehälter und Boni des Kaders an «E-Mail an alle» anstatt «E-Mail an alle – Führungskreis».

Der Personalchef zeigte keine Reue und keinerlei Absichten seine Handlung zu heilen, sondern legte die Sache mit einem gallischen Achselzucken von solch herablassendem Ausmass ad acta, dass sogar der Geschäftsführer sich echauffierte, dass sein bestes Pferd im Stall nur «*dumm gelaufen*» zum Vorfall sagte.

Die Reaktion des Beirates zu besagtem Vorfall klingt so fantastisch, dass ich es nicht glauben würde, wenn ich es selbst nicht miterlebt hätte: «*Hoppla! Das war unklug.*» bemerkte der Vorsitzender des Beirats und signalisierte damit sein vollkommenes Verständnis um die Sachlage. Der Geschäftsführer und die Beiräte begriffen, welche Tragweite «*unklug*» haben kann, als der Vorsitzende des Betriebsrats ihnen die Leviten las und der Vertreter der Gewerkschaft ihnen mitteilte, dass er die Belegschaft zum sofortigen Streik aufgefordert hatte. Eine Drohung, die die sonst so selbstsicheren (was Goethes Ausspruch «*Mit dem Wissen wächst der Zweifel*» bestätigte) Top-Manager ins Wanken brachte, da gut 80 % der Belegschaft gewerkschaftlich organisiert waren. Der Streik würde nicht stattfinden, wenn der Personalchef sofort entlassen werden würde und die Mitarbeitenden eine ausserordentliche Lohnerhöhung um die 5 % erhalten würden.

Warum haben sich die Arbeitnehmervertreter nicht einfach köstlich über die Dummheit des Personalchefs amüsiert? Ein paar Wochen vor dieser «E-Mail an alle» hatte der Geschäftsführer sie dazu gebracht, eine Vereinbarung zu unterzeichnen, die den Verzicht auf Lohnerhöhungen und alle Nebenleistungen an die Belegschaft für die nächsten drei Jahre in Höhe von insgesamt weit über £3 Mio. vorsah. Der Geschäftsführer hatte argumentiert, dass die Chaos GmbH Insolvenz anmelden müsste, wenn die Arbeitnehmervertreter diesem Verzicht nicht zustimmen würden. Nun, wenn der Leser mit den Schultern zuckt und fragt «*Wozu die ganze Aufregung?! Bonuszahlungen an Manager einer KMU sind doch überschaubar, oder?*», denken Sie daran, dass es hier um die Chaos GmbH geht. Die Boni waren etwa die Hälfte des Geldbetrags, auf den die Mitarbeitenden im ersten Jahr der Umstrukturierung verzichten mussten, um das Unternehmen über Wasser zu halten ...

Wie hätte diese Katastrophe verhindert werden können? – Ganz einfach, indem der Personalchef das absolute Minimum an Handwerkskunst praktiziert. Eine härtere Bestrafung des Personalchefs durch den Geschäftsführer hätte die rebellischen Gemüter in der Belegschaft auch beruhigt. Vielleicht hätte sich auch der Personalchef nach einem In-Senkel-Stellen am Riemen gerissen und seine Leistung verbessert. Die Stimmung bei der Chaos GmbH war mehrere Wochen lang meuternd. Einige Mitarbeitende reichten Klagen gegen das Unternehmen wegen Vetternwirtschaft ein. Die Mitarbeitenden verloren jegliches noch verbliebene Vertrauen in das Management. Wäre die Chaos GmbH nicht übernommen worden und hätten die neuen Gesellschafter nicht grosse Teile des Kaders ersetzt, wäre das Unternehmen bankrottgegangen, weil die Mitarbeitenden sich weigerten, Überstunden zu leisten, und somit nur das Nötigste taten und fast alle Leistungsträger das Unternehmen nach und nach verliessen.

Ich bin immer bestrebt, auch für die abscheulichsten Verbrechen in der Geschäftswelt mildernde Umstände zu finden. In dem oben genannten Beispiel kann ich nur die verheerenden Auswirkungen von politischer Korrektheit, Gesichtswahrung und die damit einhergehende Konfrontationsscheue gelten lassen. Hilft aber alles nicht, denn wird das Strafmass als zu milde für den verursachten Schaden empfunden, so kann der Personalchef denken: «*Ja, das war jetzt Mist. Ich hätte überprüfen sollen, an wen ich die Daten schicke. Aber was soll's? Ich wurde nicht entlassen, oder?*» – Das ist eine sehr grundlegende Erkenntnis aus der Psychologie. Das Ungleichgewicht zwischen wahrgenommener Bestrafung und wahrgenommenen Schäden könnte dazu führen, dass kein Lerneffekt aus solchen Erfahrungen entsteht. Auch das Gegenteil stimmt: Wäre der Personalchef zu hart bestraft worden (z. B. entlassen, auf Schadensersatz verklagt, verurteilt und der Schaden von seinem Privatvermögen eingetrieben worden – wie einige der sehr verärgerten Mitarbeitenden der Chaos GmbH lautstark forderten; oder wenn ihn ein paar schwere Jungs zur Brust genommen hätten – was unter den Top drei Brainstorming-Vorschlägen der Belegschaft zu finden war ...), hätte er sich als Opfer gefühlt.

Wie hat der Betriebsrat dazu beigetragen, dass die Chaos GmbH ihrem Namen gerecht wurde?

1) indem er dem Geschäftsführer/Gewerkschaftsboss schmeichelte (das amerikanische BNTBG – *brown-nosing-the-big-guy* ist halt in Deutsch schwer zu erreichen …);
2) indem er es an Professionalität mangeln liess und nur die Befehle des Geschäftsführers und/oder Gewerkschaftsbosses ausführte;
3) indem er den Geschäftsführer und andere Mitglieder des Kaders in langwierige Meetings verwickelte, um unangemessene/irrwitzige Forderungen zu stellen;
4) indem er an jedem von der Gewerkschaft angebotenen Kurs teilnahm und dadurch seine Abwesenheit von produktiver Arbeit verlängerte;
5) indem er wegen Lappalien Streiks organisierte;
6) indem er keinen Streik organisierte, als der Lenkungsausschuss das Unternehmen ruinierte;
7) indem er Partei-/Gewerkschafts-Politik machte, anstatt anzuerkennen, dass Arbeitgeber und Arbeitnehmer das gleiche Interesse haben, nämlich das Unternehmen am Laufen zu halten;
8) indem er das Management bei absolut notwendigem Personalabbau absichtlich behinderte; und
9) indem er den Geschäftsführer mit der Entlassung von Mitarbeitenden davonkommen liess, nur weil diese dem Chef ein Dorn im Auge waren.

Beispiele aus der Praxis der oben genannten Beiträge des Betriebsrats und ihre Auswirkungen auf die Chaos GmbH:

Beispiel 1: Die Ankündigung der Geburt eines unehelichen Kindes wird von Familienmitgliedern in der Regel nicht goutiert (ausser vielleicht in offenen Ehen…). Dieser Satz hat mir gefallen, weshalb ich ihn zweimal benutzt habe … – Die Nachrichten über die Gründung von Tochtergesellschaften in Niedriglohnländern wurden von der Belegschaft (gut 80 % Gewerkschaftsmitglieder) der Chaos GmbH ähnlich goutiert. Sie waren empört über ihre neuen Kollegen in fernen Ländern. «*Eine erstaunliche Reaktion*», bemerkte der Geschäftsführer, nachdem er die Nachricht in einer Betriebsversammlung verkündet hatte und dafür vom Publikum ausgebuht worden war. Bezahlte Klatscher waren für ihn okay, aber nicht unterbezahlte Zwischenrufer: Mit einigen wenigen gut gewählten Worten – unter anderem dem Slogan «*Proletarier der Welt vereinigt euch!*» – erinnerte er seine ihn immer ablehnender werdende Zuhörerschaft an den Kernzweck der Gewerkschaften.

Die ersten Gewerkschaften wurden im Grossbritannien des achtzehnten Jahrhunderts gegründet, um den über die Stränge schlagenden Früh-Industriekapitänen etwas den Wind aus den Segeln zu nehmen. Die sozialistischen oder sogar kommunistischen Untertöne der Gewerkschaften manifestieren sich in Slogans wie «*Proletarier der Welt, vereinigt euch!*» (Inschrift auf dem Grabstein von Karl Marx), «*stärker zusammen*» (kein Wunder, war das auch ein Anti-Brexit Slogan …) und «*Einheit nützt immer in mehrfacher Hinsicht*». Unbedarfte könnten aus diesen Slogans ableiten, dass sie Anspruch auf Allgemeingültigkeit, unabhängig von der Nationalität der Genossen, haben.

Als die Zuhörer den Geschäftsführer wieder anfingen, zu unterbrechen und ihn zu beschimpfen, warf er ihnen Kurzsichtigkeit und Fremdenfeindlichkeit in einer globalen Wirtschaft vor. Hätte der Mehrheitsgesellschafter, der (zusammen mit der lokalen Presse) Ehrengast bei der Betriebsversammlung war, die Spannungen nicht entschärft, indem er sich in einer Spontanansprache an den Geschäftsführer und die Belegschaft wandte, hätten einige Mitglieder der Belegschaft den Geschäftsführer gelyncht. Selbstbeherrschung war normalerweise für den Geschäftsführer kein Problem. Diesmal brach er aber in kalten Schweiss aus, als Männer, die fast doppelt so gross waren wie er, sich von ihren Plätzen erhoben, um ihn auf dem Podium zu besuchen.

Wie der Geschäftsführer haben auch die Mitarbeitenden Anrecht auf mildernde Umstände: Vielleicht waren es nicht egoistische, nationalistische oder gar fremdenfeindliche Gründe, die zu dieser kompletten Ablehnung der neu gegründeten Tochtergesellschaften führten, sondern einfache Irrationalität und Unverständnis. Selbst Akademiker und sogenannte Intellektuelle haben Schwierigkeiten, die Vorteile der Globalisierung wie einen höheren Lebensstandard in der Welt, den Zugang zu neuen Märkten und Kulturen, die Verbreitung neuer Technologien und Innovationen zu verstehen.

Welche Emotionen auch immer solche abscheulichen Gefühle gegenüber Menschen aus anderen Ländern ausgelöst haben, ist für die Schlussfolgerung unerheblich. Es ist eine grobe Abweichung von den Kernüberzeugungen (in diesem Fall der Solidarität mit der weltweit unterdrückten Arbeiterklasse), was wiederum das schlimmste *Kaikaku* ist, weil es den Verfechter dieser Kernüberzeugungen wie einen Idioten oder schlimmer noch, einen Heuchler und einen Scheinheiligen aussehen lässt.

«Solidarität» erinnert mich an einen Vorschlag des Geschäftsführers – den er irgendwo aufgegriffen haben musste, denn der Ansatz war nicht nur brauchbar, sondern geradezu hervorragend (seine Beweggründe, diesen Denkanstoss zu setzen, werden für die, die ihn gekannt haben, nicht ganz so lauter gewesen sein...). Er bat die Mitarbeitenden, auf Jahresurlaubstage zu verzichten, damit Lehrlinge nach ihrer Lehre übernommen werden konnten. Die Freistellung der ausgelernten Lehrlinge war eine Folge des *«Gib mir 100 Namen!»*- Personalabbauansatzes – die im Unternehmen ausgebildeten Lehrlinge waren von unschätzbarem Wert: Sie kannten alle formellen und informellen Arbeitsweisen der Chaos GmbH, sie kannten die Belegschaft, sie kannten die Maschinen und Anlagen und sie wussten genau, was von ihnen erwartet wurde. Daher grenzte es an ein Verbrechen, sie nach Abschluss ihrer Lehre freizustellen. Dies war umso mehr blödsinnig, weil das Durchschnittsalter der Belegschaft bei der Chaos GmbH deutlich über dem industriellen Durchschnitt lag.

Der Betriebsrat lehnte diesen Vorschlag kategorisch ab. Auch hier wieder die mildernden Umstände: Bis dieser Vorschlag auf den Verhandlungstisch kam, hatte der Geschäftsführer den Betriebsrat so häufig über den Tisch gezogen, dass ein Vertrauensverhältnis nicht einmal mehr ansatzweise bestand. Unter einem anderen Geschäftsführer hätte der Betriebsrat den Vorschlag sicherlich angenommen, denn einerseits war er sich bewusst, dass viele Mitarbeitende gleichzeitig pensioniert werden würden und andererseits alle im Unternehmen mächtig stolz auf ihre Lehrlinge waren.

Wie hätte diese Katastrophe verhindert werden können? – Ganz einfach, indem die über 80 % Gewerkschaftsmitglieder an ihren Kernüberzeugungen festhalten, dass Arbeiter in den Ländern der zweiten, dritten und vierten Welt die gleichen Rechte haben sollten wie die Arbeiter in der ersten Welt. Hier ein freundlicher Hinweis: Erfährt der (für manche) erhebende Gedanke des Sozialismus eine geografische, ethnische etc. Einschränkung, besteht die Gefahr, dass diese hehre Ideologie zum National-Sozialismus verkommt... – Neben dieser philosophisch-ideologisch angehauchten Sichtweise kommen realwirtschaftspolitische Aspekte wie Wettbewerbsvorteile durch unterschiedliche Qualifikationsniveaus in diversen Ländern, Eröffnung neuer Ein- und Verkaufsmärkte oder sogar ein zwar sehr veraltetes und arg belastetes Thema: «*die Verantwortung des weissen Mannes*» (Anmerkung für die Ausgabe in deutscher [Schweiz] Sprache: im Angelsächsischen ist «*the white man's burden*» ein kolonialhistorisch belasteter Begriff, der, zugegebenermassen sehr von oben herab, die britischen Kolonialherren hinwies, dass mit der Kolonialisierung auch eine Verantwortung gegenüber den kolonialisierten Völkern einherging, wie der Aufbau und Betrieb von Schulen und Spitälern). Aber alles, was Sie wirklich brauchen, ist einfach, Empathie und Sympathie anderen Menschen entgegenzubringen, die nicht so viel Glück hatten, wie Sie in einem Land der Ersten Welt geboren zu sein.

Ich bin keineswegs ein Verfechter von Betriebsräten (von denen sich manche wie Arbeiterräte benehmen...), Gewerkschaften und Sozialismus. Ganz im Gegenteil: Niemand hat das Recht, andere Menschen zu zwingen, in einer nicht-funktionalen Ideologien dahinzuvegetieren. Ich glaube fest an das Credo von Coaching for ReThink:

«Wir glauben, dass niemand für das Geschlecht, das Land oder die Hautfarbe verantwortlich gemacht werden kann, in die er hineingeboren wurde. Wir glauben stattdessen, dass jeder für die Überzeugungen, die er nährt, verantwortlich gemacht werden kann.»

Wenn jedoch der Sozialismus Ihre Kernüberzeugung ist, dann halten Sie sich daran. Wenn Sie das nicht können, dann ändern Sie Ihre Kernüberzeugung. Die Meinung zu ändern, ist weder ein Verbrechen noch mit einem Stigma behaftet. Ganz besonders dann nicht, wenn sich die Meinung zum besseren ändert wie bei *«Wenn Du in Deinen Zwanzigern kein Liberaler bist, dann hast Du kein Herz. Wenn Du in Deinen Vierzigern immer noch Liberaler bist, dann hast Du kein Hirn»* oder wie Ronald Reagan, der 40. Präsident der USA, der sich vom Demokraten zum Republikaner wandelte. Solange Sie Ihren Überzeugungen treu bleiben, werden Sie nicht nur den Respekt Ihrer Kollegen, sondern auch den Ihrer Gegner haben. Jeder hasst Heuchler (deshalb haben Politiker ein so niedriges Ansehen: Sie proklamieren eifrig gegensätzliche Überzeugungen und Ideologien, abhängig von der Umgebung, in der sie sich gerade befinden. Sogar ein Bürgermeister einer Kleinstadt kann am Vormittag einen Eigentümer eines KMU für die Schaffung von Arbeitsplätzen loben und ihm eine prestigeträchtige Auszeichnung verleihen und am Nachmittag denselben KMU-Eigentümer für die Umweltverschmutzung seines Unternehmens beschimpfen, wenn er sich auf einem Parteitag der Grünen befindet), bewundert aber Menschen mit Integrität, Anstand und Würde. Das Festhalten an Ihren

Kernüberzeugungen hilft Ihnen auch, sehr schwierige Situationen zu meistern, die aus heiterem Himmel kommen können. Warum? Weil solche Kernüberzeugungen dazu neigen, in Fleisch und Blut überzugehen.

Bitte lesen Sie auch die Vorworts-Geschichte in meinem ersten Buch über eine überzeugte Christin, die von ihrem Ehemann betrogen wurde. Sie vergab ihm nicht nur, sondern backte auch einen Kuchen und besuchte ihn und seine neue Flamme. Sie blieb ihrer Kernüberzeugung treu, was ihr auch über den Trennungsschmerz hinweghalf.

Beispiel 2: Der Betriebsrat spielte eine zentrale Rolle dabei, die Chaos GmbH auf den sprichwörtlichen Beinen zu halten; daher muss er die positiven Auswirkungen gesehen haben, die Qualitätshelfer (Q-Helfer) auf die Organisation hätten haben können. Es wäre nicht fair zu sagen, dass sie sich der Vorteile einer solchen Methode nicht bewusst waren. Aber sie waren (genau wie der QMB) nicht in der Lage, die am Q-Helfer-Programm beteiligten Mitarbeitenden dazu zu bringen, den Sinn hinter der Rationalisierung, Optimierung und generell Verbesserung ihrer eigenen Arbeitsbedingungen in winzigen Schritten selbst zu erkennen.

Gemeinsam mit dem Personalchef ist der Betriebsrat für die Stimmung und Motivation der Mitarbeitenden im Unternehmen verantwortlich. Unnötig zu sagen, dass der Personalchef nichts tat, um das Q-Helfer-Programm zu fördern. Die Mitarbeitenden taten sich keinen Gefallen damit, dieses Programm auszusitzen, denn alles ging im gewohnten Trott weiter. Wahrscheinlich war es einfach viel schöner zu motzen, als aktiv an der Verbesserung seines eigenen Wirkungskreises zu arbeiten.

Unmotivierte Mitarbeitende entwickeln ein mangelndes Interesse an ihren Jobs, was dazu führt, dass ihre Leistung leidet, und sie sich von ihren Jobs und Kollegen distanzieren. Sie könnten auch ihren Vorgesetzten gegenüber aufmüpfig werden. Noch wichtiger ist, dass unmotivierte Mitarbeitende auch ihre Kollegen nach unten ziehen. Genau wie das Sprichwort sagt: «*Ein Narr macht hundert*». In kürzester Zeit haben Sie nicht nur eine Abteilung, die unterdurchschnittlich ist, sondern mehrere Abteilungen.

Verluste durch unmotivierte Mitarbeitende sind leider häufig. Dazu gehört der Verlust von Produktivität und Mitarbeitenden. Mitarbeitende, die ein mangelndes Interesse an ihrem Arbeitsplatz oder dem Wohlergehen des Unternehmens zeigen, suchen wahrscheinlich anderswo nach einer Beschäftigung. Diese Leute geben sehr kurzfristig Bescheid, bevor sie ihr Arbeitsverhältnis verlassen. Dies wiederum stellt eine reale Gefahr für ein KMU dar, da im Gegensatz zu einem multinationalen Konzern geschultes Personal nicht im Überfluss vorhanden ist. KMU haben in der Regel auch Mitarbeitende, die sich selbst geschult haben und/oder nur mündlich von ihren Vorgängern eingearbeitet wurden, so dass es für einen frisch eingestellten Mitarbeitenden äusserst umständlich ist, im Detail zu wissen, was zu tun ist. Unmotiviertes Personal kümmert sich auch nicht um Effizienz, Qualität und Termine. All dies sind sehr gefährliche Umstände für KMU, da sie mehr von der Zufriedenheit ihrer Kunden abhängen als grössere Unternehmen. Grosse Unternehmen haben in der Regel eine quasi-oligopolistische Marktposition, die ihre Kunden daran hindert, im Handumdrehen nach anderen Lieferanten zu suchen.

Hierbei können folgende mildernde Umstände angeführt werden: Die Belegschaft litt enorm unter den Erfüllungsgehilfe-Beratern aus dem Dunstkreis des Geschäftsführers. Diese «Experten» waren sich dessen voll bewusst, dass der Geschäftsführer eine sehr abschätzige Meinung von der Belegschaft der Chaos GmbH hatte. Hauptgrund für seine Ressentiments war die sture Ablehnung der Mitarbeitenden, seine gottgleichen Führungsqualitäten und himmlischen Strategien anzuerkennen. Was die «Experten im Namen des Herrn» auch immer versuchten und woran sie natürlich scheiterten, konnten sie, ohne jemals von den Verantwortlichen hinterfragt zu werden, den Mitarbeitenden in den jeweiligen Abteilungen in die Schuhe schieben.

Einige dieser Berater gingen sogar so weit, Spezialwerkzeuge, die für die Endmontage benötigt wurden, zu entfernen und zu verstecken, weil sie glaubten und dies auch unmissverständlich äusserten, dass die Montagearbeiter einfach zu faul oder zu dumm waren, standardisierte Werkzeuge (für massgeschneiderte Produkte) zu verwenden. Stellen Sie sich vor, Sie kommen an Ihrem Arbeitsplatz an und die Instrumente, die für Ihre Arbeit unerlässlich sind, fehlen. Die Montagearbeiter begannen den Tag mit der Suche nach ihren Werkzeugen, und sobald sie sie gefunden hatten, versteckten sie sie selbst, damit die «Experten» sie nicht wieder finden und entfernen konnten. Natürlich waren nicht alle Montagearbeiter so erpicht darauf, ihre Arbeit zu erledigen. Einige zuckten nur mit den Schultern und sagten (mit Recht, wie sich herausstellte), dass sie die

Produkte ohne die versteckten Werkzeuge nicht zusammenbauen könnten. Andere wiederum teilten ihren Vorgesetzten mit, dass sie aus dem Versteckspielalter herausgewachsen seien und gerne warten würden, bis sie ihnen die richtigen Werkzeuge zur Verfügung stellten.

Wie hätte diese Katastrophe verhindert werden können? – Ganz einfach, indem jede Gelegenheit die Situation zu verbessern am Schopf gepackt und genutzt wird. Alle Mitarbeitende forderten Reformen in Prozessen, Verfahren, Organisation, Management, Datenqualität und so weiter. Heutzutage scheinen fast alle die Erwartungen zu haben, dass die gewünschten Änderungen und Verbesserungen auf wundersame Weise oder zumindest automatisch erfolgen müssen, ohne dass sie am Prozess teilnehmen müssen. Am liebsten wäre solchen Leuten das Herunterladen jeweiliger Apps, um damit die anstehenden Probleme zu lösen. Nein, meine Damen und Herren! SIE müssen aktiv etwas tun, um Ihre Situation zu verbessern. Wenn Sie nicht agieren, wird sich nichts ändern.

Nun, auch wenn es wenig Hoffnung gibt, dass zumindest ein paar der oben genannten «Experten» dieses Buch lesen, habe ich einen Ratschlag für sie: Bitte versuchen Sie Unterwürfigkeit und Heuchelei zu reduzieren. Ihr Kunde ist nicht der Geschäftsführer. Ihre Kunden sind die Stakeholder des Unternehmens, für das Sie arbeiten. Und diese erwarten einen neutralen, nüchternen und professionellen Blick auf das Geschehen in ihrem Unternehmen. Sie wollen nicht, dass die internen Ja-Sager-Positionen durch externe Ja-Sager bekräftigt werden, sondern eine Darlegung aus einem anderen Blickwinkel. Sie wollen auch keine Berater, deren einziges Ziel es ist, ein weiteres Mandat zu bekommen, indem sie dem Geschäftsführer Honig ums Maul schmieren und ihm in allem zustimmen.

Beispiel 3: Mit einem Streik zu drohen, wenn die Arbeiter keine neue Arbeitskleidung bekommen und sich nicht in der Betriebszeit umkleiden können, ist nur sinnloses Säbelrasseln, um dem Arbeitgeber zu zeigen, wer Herr im Unternehmen ist. Arbeitskleidung macht Sinn, keine Frage. Doch in Zeiten knapper finanzieller Mittel ist der Aufwand für neue Arbeitskleidung in der Tat sehr schwer zu rechtfertigen. Die alten Slogans wie *Lumpenproletariat*, um die Arbeiter, und *Blutsauger*, um die Arbeitgeber zu umschreiben, waren schon vor hundert Jahren abgewetzt. Erstaunlich deshalb, dass sie in Argumenten immer noch verwendet werden… Dies musste mit dem enormen Ego des Geschäftsführers und der Sturheit der Mitglieder des Betriebsrats im Zusammenhang stehen. Die Schlammschlacht ging über Monate, obwohl den Konfliktparteien schon in der ersten Besprechung zehn Minuten nach Beginn der Debatte die stichhaltigen Argumente ausgingen. Die endlosen Stunden in den Folgesitzungen (an denen sieben Mitglieder des Betriebsrats, der Geschäftsführer, der Personalchef, der Finanzchef und der Produktionschef, der persönliche Assistent des Geschäftsführers für das Protokoll und nach etwa einem Dutzend fruchtloser Diskussionen zwei Mitglieder des Beirats teilnahmen, all dies mit kalkulierten Kosten von weit über £ 900/ Stunde/Sitzung) schürten immer mehr negative Emotionen und führten zu endlosen Diskussionen auch nach den Meetings. Es gibt einfachere, weniger schmerzhafte und angenehmere Möglichkeiten, Geld zu verschwenden... Gewerkschaft und Betriebsrat werden wahrscheinlich auf irgendeinem Planeten im Universum ihren Nutzen haben. Für mich überwiegen die Kosten solcher Einrichtungen den Nutzen um ein Vielfaches.

Der Betriebsrat forderte neue Arbeitskleidungen so vehement, dass der Einkauf die Kosten für Leihkleidung untersuchen musste; eine Verschwendung von Ressourcen, nicht nur weil sie sich als teuer herausstellten, sondern auch einen beträchtlichen Verwaltungsaufwand erforderten.

Streiks in Zeiten schwacher Auftragseingänge mit riesigen Rückständen, nur um Arbeitskleidung zu bekommen, ist Prinzipienreiterei. Dem Management und den Gesellschaftern mit Streiks zu drohen, wenn das Unternehmen kurz vor der Insolvenz steht ist auch nicht besonders schlau, denn der Schuss kann ganz gewaltig nach hinten losgehen. Ein um das Überleben des Unternehmens kämpfendes Management und Gesellschafter könnten nämlich mit einem Antrag auf Insolvenz alle Kampfhandlungen auf einen Streich beenden ...

Wie hätte diese Katastrophe verhindert werden können? – Ganz einfach durch das Glauben an die schiere Unfehlbarkeit der Mathematik: 200 Mitarbeitende benötigen mindestens 15 Minuten, um sich zu Schichtbeginn und -ende umzukleiden. Das sind 3.000 Minuten pro Tag oder 50 Stunden. Nimmt man £20/Stunde als Industriedurchschnitt in Gross Britannien («*Der Wert der Arbeitskosten wurde auf £20,00 geschätzt*»; www.ons.gov.uk/employmentandlabourmarket), kommen wir auf £1.000/Tag. Und wenn wir mit 220 Nettoarbeitstagen (Bruttoarbeitstage abzüglich Ferien und gut geschätzte Durchschnittskrankheitstage) rechnen, kommen wir auf £220.000 an jährlichen kalkulatorischen Kosten für das Unternehmen oder, um es anders auszudrücken, 11.000

verlorene Stunden in der Produktion. Diese Zeit ist die Menge an Schlaf, die eine durchschnittliche Person in vier Jahren bekommt. Oder die durchschnittliche Zeit (in Arbeitsstunden), die benötigt wird, um drei 1.100 Quadratfuss (ca. 100 qm) grosse einstöckige Fertig-Häuser zu bauen.

Seien Sie daher bitte vernünftig und berechnen Sie nicht alles dem Unternehmen. Sie können sicherlich 15 Minuten Ihrer eigenen Zeit opfern, um sich an- und auszuziehen, oder?

Nun, das Schöne an der Mathematik ist, dass sie, zumindest auf der Ebene in diesem Beispiel, sehr klar und daher einfach zu handhaben ist. Die TV-Moderatorin von *Countdown* und dessen Spin-off, *8 Out Of 10 Cats Does Countdown* (Rachel Riley) versucht seit Jahren ihren Mitmenschen die Angst vor Mathematik zu nehmen, indem sie sagt: «*Jeder kann Mathe, wenn er es versucht*». In meinem Alter ist mir politische Korrektheit völlig egal: Jungs würden zu Mathegenies mutieren, wenn ihre Mathematik-Lehrerin wie Rachel Riley wäre. Mädchen würden Jungs in Mathematik in nichts nachstehen, wenn ihr Mathematik-Lehrer wie Pietro Boselli wäre (ein italienisches Modell, Ingenieur und Mathematikdozent am der University College London). (Anmerkung für die Ausgabe in deutscher (Schweiz) Sprache: Beide genannten Personen sind im Vereinigten Königreich beliebte Berühmtheiten, in Englisch sog. *household-names*; da ich kaum deutschsprachige (Staats-)Medien konsumiere, kenne ich auch keine Pendants in DACH zu diesen beiden Mathe-Stars ...)

3.4. Der Finanzchef

Wie hat der Finanzchef dazu beigetragen, dass die Chaos GmbH ihrem Namen gerecht wurde?

1) indem er dem Geschäftsführer schmeichelte (das amerikanische BNTBG – *brown-nosing-the-big-guy* ist halt in Deutsch schwer zu erreichen ...);
2) indem er es an Professionalität mangeln liess und nur die Befehle seines Chefs ausführte;
3) indem er alle Fehler seinen Mitarbeitenden in die Schuhe schob;
4) indem er die Buchhaltungskonten nicht auf dem neuesten Stand hielt;
5) indem er Zahlungsbedingungen gegenüber Lieferanten und Kunden ignorierte;
6) indem er gewollt/ungewollt fehlerhafte Finanzberichte an die Stakeholder weitergab;
7) indem er Gesetzes- und Vorschriftsänderungen nicht im Auge behielt;
8) indem er das Controlling-/Kostenrechnungs-System auf Voll- anstatt variable Kosten basierte; und
9) indem er nicht sicherstellte, dass Daten für das Controlling-/Kostenrechnungs-System aus anderen Abteilungen auf dem neuesten Stand sind.

Beispiele aus der Praxis der oben genannten Beiträge des Finanzchef und ihre Auswirkungen auf die Chaos GmbH:

Beispiel 1: Es ist ein unglaubliches Zeichen der Respektlosigkeit, Geld von einer Bank zu leihen und ihren Vertreter nicht zu den Banken-Calls einzuladen, vor allem, wenn der geliehene Betrag fast ein Drittel der gesamten Bankschulden ausmacht. Der Grund für dieses Verhalten ist weitaus schändlicher als einfache Respektlosigkeit, wenn es auf bewusster oder unbewusster, menschenverachtender Fremdenfeindlichkeit basiert.

Der Löwenanteil der Bankschulden der Chaos GmbH wurde von lokalen Banken in Westeuropa gestemmt. Ein Drittel der Kredite wurde von einer osteuropäischen Bank gestellt, einem Mitgliedsland der sich selbst als liberal bezeichnenden Europäischen Union der selbstgefälligen, selbstherrlichen Republiken. Jüngeren Lesern sei gesagt, dass die Fremdenfeindlichkeit ihren Höhepunkt in der Zeit des Nationalsozialismus erfuhr. Den «Übermenschen» oder auch der «Herrenrasse» aus Regionen und Ländern wie West- und Nordeuropa, Nordamerika, Australien und Japan standen die «Untermenschen» aus Regionen wie Osteuropa, Afrika und was der 45. Präsident der USA *Dreckslochländer* bezeichnete, entgegen. Somit scheint sich zu erweisen, dass die geografische Position und die Herkunft der Bankvertreter über die Teilnahmeberechtigung entschieden. Da stockt einem der Atem im 21. Jahrhundert, oder?

Der Finanzchef der Chaos GmbH kann für dieses anachronistische Verhalten nicht verantwortlich gemacht werden, denn einige Vertreter der lokalen Banken waren nicht nur strikt dagegen, ihre Kollegen aus Osteuropa einzuladen, sondern bestanden auch darauf, diese nicht mit allen notwendigen Informationen über die Lage der Chaos GmbH zu versorgen. Mir dreht es immer noch den Magen um, wenn ich mich an die genauen Worte erinnere, mit denen Vertreter einer vermeintlichen «Herrenrasse» Menschen bedachten, die nicht das «Glück» hatten, in der westlichen Hemisphäre geboren zu sein.

Hätten die Vertreter der osteuropäischen Bank die gleiche menschenverachtende Arroganz an den Tag gelegt oder sich einfach geweigert, mit herablassender Verachtung behandelt zu werden, hätten sie die Chaos GmbH im Handumdrehen zu Fall bringen können. Sie hätten nur die Kredite fällig stellen müssen. Da diese Gefahr bestand, musste für teures Geld anwaltlich abgeklärt werden, ob die Bank in Osteuropa das Recht gehabt hätte, ihr eigenes Geld zurückzufordern – und wenn ja – ob es rechtlich verboten hätte werden können und – jetzt kommt der Oberhammer der grenzenlosen Arroganz – ob sie bei einer Fälligstellung der Kredite hätte in Regress genommen werden können – ein absolut konträres Verhalten also zum scharwenzelnden Hofieren der Vertreter lokaler Banken, auch wenn diese nur ein Finanzengagement von ca. 2 % am Gesamtdarlehen hatten.

Die Datenqualität, mit der das Darlehen von der Bank in Osteuropa erwirkt wurde, war sicherlich auch wegen des Chaos in der Buchhaltung gelinde gesagt «nicht über jeden Zweifel erhaben», was weder den Geschäftsführer noch die «Experten» im Beirat daran hinderte, den Antrag von den Gesellschaftern genehmigen zu lassen, um die rechtliche Verantwortung «auf mehrere Schultern zu verteilen».

Die Beiräte reagierten dünnhäutig, als dieses Thema zur Sprache kam. Nachdem sich einer der Beiräte immer wieder im Ton vergriff und sich in logikwidrige Erklärungsnotstände verhedderte, stoppte ich die Sitzung, da ich mich auf keinen Fall weiter beleidigen lassen wollte. Der Beschwichtigungsversuch ging in Richtung «mein Name ist Hase, ich weiss von nichts», was mir die Geschichte von Victor Lustig in Erinnerung brachte, der auch Unwissenheit über die vom FBI gegen ihn erhobenen Anschuldigungen vortäuschte. Victor Lustig, einer der berühmtesten Betrüger des 20. Jahrhunderts, verkaufte den Eiffelturm zweimal und die *rumänische Box* (ein Gerät, das angeblich Geld druckte) mehrfach (einmal sogar an einen Sheriff in Texas) für mehrere tausend Dollar. Mit dieser kleinen Anekdote will ich keineswegs andeuten, dass die Beiräte im Vertrieb so geschickt waren wie der verstorbene Herr Lustig. Ich denke eher, dass sie grosse Mühe gehabt hätten jemandem ein Abführmittel zu verkaufen, der an schwerer Verstopfung leidet ...

Wie hätte diese Katastrophe verhindert werden können? – Ganz einfach, indem man ein Minimum an Respekt gegenüber Menschen anderer Herkunft zeigt, wenn man sich schon ausser Stande sieht, eine Begegnung auf Augenhöhe durchzustehen. Aus Sicht der Gesellschafter der Chaos GmbH hätte eine Null-Toleranz-Politik gegen fremdenfeindliches Verhalten ihrer bezahlten Handlanger gereicht, um zumindest die offizielle Sichtweise in Bezug auf Xenophobie zu wahren. Was die Datenqualität des Darlehensantrages angeht, so lässt sich halt aus gewissen Materialien kein Gold machen. Mit einem zwischen Geschäftsführung und Gesellschaftern geschaltetem Beirat müssen die Gesellschafter davon ausgehen dürfen, dass die ihnen unterbreiteten Beschlussvorlagen über alle Zweifel erhaben sind, oder?

Beispiel 2: Ehrlichkeit zur richtigen Zeit und am richtigen Ort kann vor vielen Unannehmlichkeiten bewahren. Die meisten Filmhandlungen basieren auf Katastrophen, die durch das Verpassen des richtigen Zeitpunktes und des richtigen Ortes für die Wahrheitsoffenbarung ausgelöst wurden. Ehrlichkeit zur falschen Zeit und am falschen Ort kann aber auch tödlich sein. Den Banken zu sagen, dass das Unternehmen, dem sie Geld geliehen hatten, seine Vermögenswerte verkauft und zurückgeleast und einen CRO eingestellt hat, um das Unternehmen von den Toten wieder auferstehen zu lassen, ist, wenn es in der Vergangenheitsform und während eines beiläufigen «*Na, wie geht's wie steht's?*»-Telefonats geäussert wird, weder der richtige Zeitpunkt noch der richtige Ort. Wäre es im Konjunktiv und in einem vom Schuldner initiierten Treffen formuliert worden, hätten die Banken die Möglichkeit gehabt, ihre Meinung über den beabsichtigten Ansatz zu äussern. So setzte sich die Chaos GmbH der Gnade der Banken aus.

Ein alte und etwas sarkastische Weisheit besagt: «*Alle Unternehmen bekommen die Kunden, die sie verdienen*» (was von Alexis de Tocquevilles «*In einer Demokratie bekommen die Wähler die Regierung, die sie verdienen*» übernommen worden sein könnte). Deshalb werden auch die Banken diese Nachricht mit einem «*Oh, okay! Interessant! Können wir da ein paar Unterlagen haben bitte?*» entgegengenommen haben, anstatt gleich (wie im Kleingedruckten festgehalten) die Kredite fällig zu stellen. Hier hatte, höchstwahrscheinlich nicht das erste Mal und bestimmt auch nicht das letzte Mal, die Chaos GmbH mehr Glück als Verstand.

Die Konten der Chaos GmbH wurde fortan jedoch von der Workout-Abteilung der jeweiligen Banken verwaltet. Die Überwachung der Umsetzung des Restrukturierungsplanes erfolgte in periodischen Zeitabständen. Dies liess auch die Mitglieder des Beirates aufhorchen. Was aber nicht hiess, dass sie mit Pauken und Trompeten die Sanierung der Chaos GmbH vorantrieben, sondern verhalten, bedacht und getreu dem Sprichwort «Wasch mein Pelz, aber mach mich nicht nass!» Alles in Allem war die Offenbarung des Sachstandes gegenüber den Banken eher ein Segen als ein Fluch.

Allerdings ist ein solches Verhalten (Ehrlichkeit in einer normalerweise unehrlichen Umgebung) *Kaikaku* in seiner schlimmsten Form. Es ist eine radikale Änderung der üblichen Heran- und Vorgehensweise und kann somit zu erheblichen Irritationen führen. Die Mitglieder des Lenkungsausschusses (bemannt aus: Geschäftsführung, Abteilungsleitung und Beirat) und die Gesellschafter litten für eine Weile unter Schnappatmung. Aber das kommt davon, wenn man mit verdeckten Karten spielt und dabei ertappt wird... – Dieser Vorfall half den Entscheidungsträgern auch, Nägel mit Köpfen in Bezug auf die Suche nach einem Investor für die Chaos GmbH zu machen.

Wie hätte diese Katastrophe verhindert werden können? – Ganz einfach durch das Nachdenken über die negativen Auswirkungen, die ein radikal neuer Ansatz (Ehrlichkeit) auf den Empfänger der Offenbarung haben könnte und was die Konsequenzen für die Chaos GmbH sein könnten, wenn die Nachricht beim Empfänger in den falschen Hals gerät. Für die Top-Intellektuellen, oder die sich dafür halten, wurden Zen-Buddhismus-Geschichten geschrieben, wie diese: An einer T-Kreuzung sass schon seit Jahrzehnten ein buddhistischer Mönch, der ewige Ehrlichkeit geschworen hatte. Eines Tages torkelte ein blutüberströmter Mann auf ihn zu und bat den Mönch, ihn zu retten, indem er seinen Verfolgern sagte, dass er nach links statt nach rechts gegangen sei. *Hansei* (sofern täglich praktiziert) hilft enorm in akuten, schwierigen Situationen, die richten Entscheidungen zu treffen und damit katastrophale Situation zu vermeiden.

Der Geschäftsführer muss ein «Gesicht nach Aussen» benennen, der als Schnittstelle für die Kommunikation mit Dritten alleinverantwortlich ist. Es geht nicht, und in Krisenzeiten überhaupt nicht, dass jeder vogelwild irgendwelche Informationen an Dritte weitergibt! Da der Geschäftsführer in Krisenzeiten gut beschäftigt ist und/oder sein Renommee verspielt hat, sollte diese Aufgabe jemand anders übernehmen. Finanzchefs gelten als und wirken meist seriös und können sich am besten mit den wichtigsten Gläubigern, den Banken, austauschen. Ein Beirat oder gar (sofern geeignet) der Vorsitzende des Beirats eignet sich auch (jetzt nicht bei der Chaos GmbH, aber halt für gewöhnlich…).

Auch einer der Gesellschafter hätte diese Rolle übernehmen können. Die Gesellschafter hatten eh genügend Möglichkeiten, einzugreifen und das Kommando über das sinkende Schiff zu übernehmen. Sie hätten es vielleicht nicht alleine in ruhigere Gewässer lenken können, aber sie hätten zumindest den meisten Schaden von ihrem Unternehmen abwenden können. Es gab auch genügend Mitarbeitende, die den Gesellschaftern gerne aus erster Hand und vor allem wahrheitsgetreue und ungefilterte Informationen über das Geschehen bei der Chaos GmbH gegeben hätten. Aus welchem Grund auch immer wiegerten sich die Gesellschafter, sich mit diesen Mitarbeitenden zu treffen und ihnen zuzuhören. Kommunikationsblockaden verhindern den Erfolg am erfolgreichsten (beabsichtigtes Wortspiel)

«Kommunikation ist für die Existenz und das Überleben des Menschen sowie einer Organisation grundlegend. Es ist ein Prozess der Schaffung und des Austauschs von Ideen, Informationen, Ansichten, Fakten, Gefühlen usw. unter den Menschen, um ein gemeinsames Verständnis zu erreichen. Kommunikation ist der Schlüssel für ein erfolgreiches Managen von Funktionen und Prozessen.»

Und während Sie kommunizieren, denken Sie daran zu sagen, was Sie meinen, und zu meinen, was Sie sagen ...

Beispiel 3: Multinationale und grosse Unternehmen verfügen über genügend Mitarbeitende, um Abteilungen mit Zahlenjongleuren zu besetzen, deren tägliche Aufgabe es ist, Leistungsindikatoren aus jeder Abteilung zu sammeln, zu untersuchen und Berichte innerhalb eines Management Controlling Systems (MCS) für das Top-Management zu erstellen, die dann geeignete Massnahmen ergreifen können, um die Leistung zu verbessern.

In KMU ist es in der Regel die Ehefrau des Gründers, die am Anfang den Deckel auf die Ausgaben hält, und weil die Ehefrau immer den langweiligen Teil des Geschäfts (Buchhaltung, HR, Controlling usw.) bekommt, verbleibt das Kosten-Controlling in der Buchhaltungs- oder der Finanzabteilung, sobald das Unternehmen gross genug ist, um sich eine solche Abteilung zu leisten.

Ohne MCS können die Abteilungsleiter das ihnen im Jahresbudget zugewiesene Geld frei ausgeben. Ob Sie es glauben oder nicht, einige mittelständische Unternehmen sehen keine Notwendigkeit, ein Jahresbudget aufzustellen. Die Chaos

GmbH kam mit dieser Vorstellung auch so lange durch, bis sie in finanzielle Schieflage geriet. Danach zwangen die Banken sie, ein Jahresbudget aufzustellen.

Der Finanzchef der Chaos GmbH war weder erpicht, ein MCS zu lancieren noch aufrechtzuerhalten, weil es mit viel zu viel Aufwand verbunden war. Er hätte seine Kollegen in anderen Abteilungen daran erinnern müssen, die notwendigen Daten zu sammeln, zu analysieren und zu synthetisieren und einen Bericht für die Stakeholder zu erstellen. Er hätte sogar die sich aus diesen Berichten ableitenden Massnahmen nachhalten müssen. Wie unschwer erkennbar roch das Ganze nach Arbeit. Folglich versuchte er die Einführung eines MCS soweit wie möglich hinauszuzögern.

Der Geschäftsführer und die geschätzten Mitglieder des Beirats übten extremen Druck auf den Finanzchef aus, indem sie ihn bei der ordentlichen Gesellschafterversammlung anwiesen: *«Denken Sie bitte an die Einführung des MCS»* und waren beruhigt als dieser sagte *«steht mit zuoberst auf meiner Prio-Liste»*. Einige der Gesellschafter fragten immer wieder nach solchen Berichten. Sie liessen sich aber auch vom Vorsitzenden des Beirats mit einigen unterdurchschnittlichen Statistiken und weitschweifigen Erklärungsversuchen abspeisen, in denen er eh meist das Management oder sogar einzelne Mitarbeitende für die Missstände verantwortlich machte.

Da einige der finanziellen Leistungszahlen (via Betriebsrat) an die Belegschaft weitergegeben werden mussten, war es kein Wunder, dass die Mitarbeitenden anfingen zu reden. Gerüchte verbreiteten sich, dass der Geschäftsführer und die Mitglieder des Beirats in Absprache miteinander daran arbeiteten, die

Chaos GmbH zu zerstören, um die Gesellschaft billig kaufen zu können. Der Geschäftsführer war dann noch so helle, in einer Betriebsversammlung den Mitarbeitenden die Angst vor einem möglichen Konkurs des Unternehmens damit zu nehmen, dass er in den Startlöchern stünde, die Geschäftsanteile zu übernehmen...

Kaum jemand füllt gerne Formulare aus, sammelt Daten für Tabellenkalkulationen und Statistiken oder schreibt Berichte. Aber selbst in Ermangelung eines MCS braucht das Management Daten, um das Unternehmen nicht im Blindflug zu steuern. Das fehlende Vertrauen in das Management der Chaos GmbH liess die Gerüchteküche brodeln. Der Enron-Skandal, der eine der fünf grossen Wirtschaftsprüfungspartnerschaften (Arthur Andersen) zu Fall brachte, war noch im Gedächtnis. Bei den Mitarbeitenden verfestigte sich der Verdacht, dass sich bei der Chaos GmbH etwas Ähnliches zusammenbraute. Der Geschäftsführer und der Finanzchef berieten sich beinahe täglich mit den Wirtschaftsprüfern. Dies trug auch nicht gerade zur Entschärfung der Situation bei. Mit £400/Stunde/Wirtschaftsprüfer waren die Séancen keineswegs billig. Zwei Wirtschaftsprüfer waren immer bei den mehrere Stunden pro Woche dauernden Beratungen dabei, manchmal auch fünf/sechs, weil sie in den Heimatländern der Tochtergesellschaften besondere Kenntnisse über die allgemein anerkannten Rechnungslegungsgrundsätze hatten. Die Séancen waren Geldverschwendung vom Feinsten, weil der Geschäftsführer in langatmigen Monologen über die Mitarbeitenden, die Beiräte («*eine Krähe hackt der anderen kein Auge aus*» hat auch keine Allgemeingültigkeit...) und die Gesellschafter lästerte.

Eine Intensiv-Beratung mit in- und ausländischen Wirtschaftsprüfern und Anwälten unter Einbezug von Synchron-Dolmetschern mag für ein grosses multinationales Unternehmen angemessen sein, aber sicherlich nicht für eine KMU. Auch hierbei handelt es sich um sehr schlechtes *Kaikaku*, denn während der Amtszeit der ersten und zweiten Generation von geschäftsführenden Gesellschaftern besuchten der Wirtschaftsprüfer und sein Assistent das Unternehmen nur einmal im Jahr für eine Woche.

<u>Wie hätte diese Katastrophe verhindert werden können?</u> – Ganz einfach durch die Bereitstellung von wesentlichen Informationen, die zur Führung und Steuerung eines Unternehmens erforderlich sind. Ein MCS (genau wie das QMS) ist kein weisser Elefant, sondern ein äusserst nützliches Werkzeug, um eine Krise zu verhindern. Alles, was es braucht, ist ein bisschen langweilige Datenerfassung – die heutzutage mit Scannern, automatischen Maschinenreaktionssystemen und dergleichen automatisiert werden kann – und ein paar Minuten für die Abteilungsleiter, um diese Daten zu lesen, über Verbesserungsmassnahmen nachzudenken und die besten Lösungen umzusetzen. Das ist doch eine der Kernaufgaben eines jeden Managers, oder?

Bei ausserordentlichen und ungewohnt vielen Meetings mit Wirtschaftsprüfern, Beratern, Banken, Steuerbehörden etc. ist die Geschäftsführung sehr gut beraten, den Vorsitzenden des Betriebsrats über solche Gespräche zu informieren. Wenn eine solche Ankündigung fehlt, werden Gerüchte mit immer grösserer Geschwindigkeit auftauchen und mit der Zeit immer heftiger werden. Sobald Gerüchte für wahr gehalten werden, sind Verschwörungstheorien nicht mehr weit. Das Schlimmste, was dem Management in einem KMU passieren kann, ist, wenn sich die im Unternehmen herumfliegenden Verschwörungstheorien als *Spoiler* herausstellen. In diesem Fall geht jegliches Vertrauen zwischen Management und Belegschaft verloren, so wie das Vertrauen zwischen Regierungen und Bürgern im Umgang der Regierungen (mit Ausnahme von Schweden) mit dem COVID-19-Ausbruch verloren ging.

3.5. Der Informatikchef

Wie hat der Informatikchef dazu beigetragen, dass die Chaos GmbH ihrem Namen gerecht wurde?

1) indem er dem Geschäftsführer schmeichelte (das amerikanische BNTBG – *brown-nosing-the-big-guy* ist halt in Deutsch schwer zu erreichen …);
2) indem er es an Professionalität mangeln liess und nur die Befehle seines Chefs ausführte;
3) indem er alle Fehler seinen Mitarbeitenden in die Schuhe schob;
4) indem er Änderung an standardisierter Software für reine Komfortzwecke zuliess;
5) indem er Datenbanken nicht sauber und auf dem neuesten Stand hielt;
6) indem er Insellösungen erlaubte, anstatt auf integrierte Softwarelösungen zu pochen;
7) indem er geringe IT-Kenntnisse von Mitarbeitenden und Führungskräften in allen Abteilungen duldete;

8) indem er die Rechnungsstellung externer Anbieter und Programmierer nicht überprüfte; und
9) indem er Datensicherheitsmassnahmen nicht auf dem neuesten Stand hielt.

Beispiele aus der Praxis der oben genannten Beiträge des Informatikchefs und ihrer Auswirkungen auf die Chaos GmbH:

<u>Beispiel 1</u>: Piloten, Chirurgen und viele andere Angehörige verschiedenster Berufe tun es regelmässig: Checken. Ja, auch Doppel-, Dreifach- und Mehrfachprüfungen werden durchgeführt, um sicherzustellen, dass nichts schief geht. Nehmen wir beispielhaft die Auswirkungen der ständigen Überprüfungen in der Luftfahrt: 2019 ereignete sich alle 5,5 Millionen Flüge ein tödlicher Unfall. Das ist eine Sigma-Variation von 4,5. Eine in der Tat herausragende Leistung!

Wenn Sie jeden Tag die gleichen Dinge überprüfen müssen, mag es wie Zeitverschwendung erscheinen. Aber seien Sie versichert, das ist es nicht! Die natürliche Aufmerksamkeitsspanne des Menschen beträgt nur acht Sekunden. Eine 2015 von Microsoft in Auftrag gegebene Studie ergab, dass dies kürzer ist als die eines Goldfisches. Die aktive Aufmerksamkeitsspanne (wenn Sie etwas tun, das Ihnen Spass macht) beträgt etwa 20 Minuten. Die passive Aufmerksamkeitsspanne (einen Film anschauen) kann bis zu fünf Stunden betragen.

Das Schreiben eines Computerprogramms kann von Minuten bis zu Stunden dauern. Die gesamte Codierungszeit beinhaltet 35 % bis 50 % Validierung und Debugging. Um es anders auszudrücken, die Programmierfehlerbehebung und die Sicherstellung der Funktionstüchtigkeit des Programms dauert so lange wie das Schreiben des Programms.

Aus Obigen folgt, dass Herumprogrammieren in der Echtzeitversion, anstatt in der Demoversion einer Software mit öffentlichem Auspeitschen geahndet werden müsste. Die allumfassende Software in der Chaos GmbH war so veraltet, dass ihre Programmierer entweder verstorben waren, an Demenz litten oder in Pension gegangen waren und daher nur sehr ungern auch nur vorübergehend Support leisteten. Es gab nur eine Person, die in der Lage war, diese fürs Unternehmen lebenswichtige Software zu reparieren. Leider litt er an einer mysteriösen Krankheit, die ihn aus heiterem Himmel und für mehrere Wochen an sein Bett fesselte. So war der Informatikchef überglücklich, als diese Person anrief, um zu sagen, dass er wieder arbeitsfähig sei. Diese kurze Einführung war notwendig, um den Leser auf das vorzubereiten, was als Nächstes kommt.

Dieser Programmierer versuchte immer den Fehler in der Echtzeit-Version dieser lebenswichtigen Software zu beheben, die in allen Abteilungen des Unternehmens im Einsatz war. Meistens gelang es ihm, den Fehler zu beheben, und der jeweilige Abteilungsleiter konnte seinen Mitarbeitenden mitteilen, dass sie Papier und Bleistift wieder beiseitelegen konnten. Aber manchmal scheiterte die Fehlerbehebung. Der Versuch, einen Fehler im Beschaffungsmodul zu beheben, löste dann beispielsweise einen schwerwiegenden Fehler im Buchhaltungsmodul aus. In diesen Fällen musste die jeweilige Abteilung entweder nach Hause geschickt oder gebeten werden, ihre Arbeit auf einem karierten Block weiterzuführen.

Die Buchhaltungssoftware zu zerstören, war eine Sache (ein bisschen Überstunden am Abend und am Wochenende konnten die Konten wieder auf den neuesten Stand bringen), aber die Lager- und Versandsoftware mit einem Programmierfehler niederzustrecken war eine ganz andere Sache, denn dadurch konnten weder Lagerein- noch Lagerausgangsbuchungen ausgeführt werden, was den Fertigwarenversand verunmöglichte – ohne Versand kein Cashflow...

Der Informatikchef war über diese Konstellation sehr betrübt. Na und?! Betrübt sein löst das Problem nicht! Darauf angesprochen zuckte er nur mit den Schultern und sagte: «*Es gibt sonst niemanden, der seinen Job machen kann.*» Dies stellte sich als falsch heraus. Die jungen Programmierer bei der Chaos GmbH wollten unbedingt die Fehler im alten System beheben. Dafür brauchten sie entweder den Zugangscode von der Softwarefirma, die das Programm vor Jahrzehnten entwickelt hatte oder die Hilfe eines gewieften Primarschülers ...

Der Informatikchef war mit dieser Lösung auch nicht glücklich, weil er damit die Verantwortung für das Tun der internen Programmierer hätte übernehmen müssen. Einem externen Programmierer konnte er immer für jeden Fehler verantwortlich und seine Abteilung makellos halten.

Wie hätte diese Katastrophe verhindert werden können? – Ganz einfach dadurch, dass kein externer Programmierer den Zugriffcode für die Echtzeitversion bekommt, sondern nur den der Testversion. Zudem ist der Leitsatz unumstösslich, dass, sobald jemand (Lieferant, Anbieter, Mitarbeitende, etc.) eine Funktion oder einen Prozess monopolisiert, sofort ersetzt werden muss! Andernfalls kommt man aus dem Teufelskreis des einzigen Dienstleisters nie heraus. Was solche Leute alles fordern können, wäre sicherlich eine interessante soziopsychologische Studie, aber ein privatwirtschaftliches Unternehmen darf nie alternativlos dastehen. Die verheerende Zerstörungskraft von «alternativlos» in der Politik zeigt doch alles, oder?

Der Informatikchef ist nicht nur für das Tun seiner Mitarbeitenden verantwortlich, sondern auch für das der externen Programmierer – kurzum, für die gesamte IT im Unternehmen. Es ist extrem schlechtes *Kaikaku*, an «alternativlos» zu glauben. Es gibt immer eine Alternative, und sei sie noch so radikal. Das Unternehmen der möglichen Erpressung eines Monopolisten auszusetzen ist ein *No Go*!

Bevor ich mit dem nächsten Beispiel beginne, hier noch eine Bemerkung zum Thema «Checken»: Laut Statistiken der Weltgesundheitsorganisation nimmt sich alle 45 Sekunden ein Mensch selbst das Leben. Ein Faktor X scheitert bei diesem Versuch, und ein Faktor Y denkt über Selbstmord nach (wobei Y>>>X). Das sind etwa 700.000 Suizide pro Jahr. Wie viele Selbstmorde könnten wohl verhindert werden, wenn jeder gelegentlich nach seinen Nachbarn «checken» würde...

Beispiel 2: Mitarbeiter entlassen zu müssen ist immer schwierig, weil die Wahrscheinlichkeit hoch ist, dass die Falschen gehen müssen. Dies ist insbesondere dann der Fall, wenn den Key-Usern des ERP-Systems (*Enterprise Resource Planning*) gekündigt wurde. Sie erinnern sich noch an das Praxisbeispiel mit dem hochintelligenten «*Gib mir 100 Namen!*»-Ansatz und die Vendetta des Geschäftsführers und seiner Ja-Sager, sich von fähigen Mitarbeitenden zu befreien, die es wagten eine eigene Meinung zu haben? Das war eine der schwerwiegendsten und langanhaltendsten Folgen dieser Wahnsinnsmethode. Der Verlust geschulter Key-User ist selbst für gut organisierte und hervorragend geführte Unternehmen ein schwerer Schlag. Der Verlust von Key-Usern, die das ERP-System eingerichtet haben und alle Änderungen kannten, die es durchmachen musste, ist eine ganz andere Sache.

Ein heilloses Durcheinander ist das Mindeste, was man nach solch einer Entscheidung erwarten kann. Die Lage wird komplett aussichtslos, wenn der Informatikchef die Key-User nicht ersetzt und/oder der Ersatz vom Geschäftsführer *expressis verbis* verboten wird. Wenn Mitarbeitende mit wesentlichen Kenntnissen ein Unternehmen verlassen, müssen die verbleibenden Mitarbeitenden improvisieren. Das vielseitigste Werkzeug für die Improvisation in einem KMU ist ... EXCEL! Obwohl es sicherlich eines der besten Tabellenkalkulationsprogramme ist, die jemals entwickelt wurden, ist es wie Alkohol. Wenn Alkohol für medizinische Zwecke verwendet wird, d. h. in sehr bescheidenen Mengen, ist er ein Segen. Wenn es hochkonzentriert, literweise gesoffen wird, ist es ein Fluch. Das Gleiche gilt auch für EXCEL: Wenn es für eine gelegentliche Tabellenkalkulation, ein Diagramm usw. verwendet wird, ist es die Crème de la Crème. Wenn es zur Steuerung einer Abteilung oder gar einer ganzen KMU (bis 20 Mitarbeitende lasse ich EXCEL als Unternehmensteuerungsinstrument gelten) zweckentfremdet wird, hört der Spass auf.

In der Produktionsplanung befolgten rund ein Dutzend Vollzeit-Mitarbeitende das Geheiss des Produktionschefs, indem sie die EXCEL-Datei (deren Laden jeden Tag mehr als eine Stunde dauerte) auf dem neuesten Stand hielten, eine Aufgabe (wie sich später herausstellte), die so hätte automatisiert werden können, dass eine Person (und sein Stellvertreter im Falle einer Abwesenheit) die Produktionsplanung in maximal zwei Stunden hätte erledigen können.

Das Geld war bei der Chaos GmbH sehr knapp. Selbst sehr kleine Ausgaben bedurften des schriftlichen Segens des Geschäftsführers und/oder eines der Beiräte. Werden solche Massnahmen in Krisenzeiten mit Null-Toleranz angewendet, so sind sie absolut funktional. Wenn aber die knappen Mittel für Erfüllungsgehilfe-Berater ausgegeben werden, so bleibt für lebenserhaltende Massnahmen nichts übrig. Dies könnte erklären, warum der Informatikchef externe Programmierleistungen (die ausschliesslich dem Erhalt des Unternehmens dienten) auf Lieblingsentwicklungsprojekte des Geschäftsführers und seines Busenfreundes (Vertriebschef) buchen liess.

Es ist eine extrem schlechte Praxis, wenn sich ein Abteilungsleiter zu solchen Massnahmen herabgeben muss, um das gesamte Unternehmen über Wasser zu halten. Stellen Sie sich vor, was korrupte Manager aufgrund des Fehlens eines operativen MCS anrichten können – SWISSAIR: 19 Personen, darunter alle Mitglieder des damaligen Verwaltungsrates, die Konzernchefs sowie weitere Mitglieder der Geschäftsleitung, wurden unter anderem wegen ungetreuer Geschäftsbesorgung, Gläubigerbevorzugung, Gläubigerschädigung, Misswirtschaft, Falschbeurkundung und Urkundenfälschung angeklagt und nach langwierigen Prozessen – zum Unverständnis weiter Bevölkerungsteile – freigesprochen …

<u>Wie hätte diese Katastrophe verhindert werden können?</u> – Ganz einfach, indem man entweder mit Zähnen und Klauen kämpft, um die Key-User und andere Mitarbeitende mit essentiellen IT-

Kenntnissen an Bord zu halten, oder sofort Massnahmen zur Automatisierung arbeitsintensiver manueller Prozesse im Einflussbereich des Informatikchefs einleitet, was heutzutage (fast) jeder einzelne Prozess in einem Unternehmen ist.

Zudem höhlt steter Tropfen den Stein – wie auch Cato der Ältere bewies, indem er vierzig Jahre lang jeder seiner Reden mit *Carthago delenda est* (eigentlich: *ceterum autem censeo Carthaginem esse delendam*; lateinisch für: «*Im Übrigen bin ich der Meinung, dass Karthago zerstört werden muss*») im römischen Senat beendete, bis seine Kollegen es nicht mehr hören konnten und der Zerstörung Karthagos zustimmten. Eine stetige Wiederholung dessen, was man für wichtig hält, geht den anderen so auf die Nerven, dass sie schliesslich nachgeben – Eltern, zum Beispiel...

Falsche Kostenzuweisungen resultieren in einem unbrauchbaren MCS und machen somit *Leakage-Meetings* (hierbei werden die Margenerreichung/-verfehlung und dessen Ursachen diskutiert, entsprechende Abstellmassnahmen besprochen und umgesetzt) sinnlos – hier nur vollständigkeitshalber erwähnt, da die Chaos GmbH von *Leakage-Meetings* ungefähr einen Eon (ca. 500 Millionen Jahre) entfernt war ...

Beispiel 3: Die Anpassung von Standardsoftware, insbesondere von ERP-Systemen, an jede Laune des Anwenders sollte mit öffentlicher Bestrafung geahndet werden, um andere Informatikchefs unter den Zuschauern davon abzuhalten, den Wünschen der Nutzer in ähnlicher Weise entgegenzukommen.

Ein passendes ERP-System zu finden ist schwierig und teuer. Die Erfahrungen der Programmierer, die in solch ausgeklügelte

Software eingeflossen sind, mit Füssen zu treten, zeigt nicht nur Herablassung, sondern auch grobe Verachtung für die Arbeit anderer Leute. Der Leser wird nicht überrascht sein zu erfahren, dass dies genau das ist, was die Nutzer bei der Chaos GmbH getan haben. Und sie taten dies mit der Zustimmung des Informatikchefs und natürlich des Geschäftsführers ...

Die Programmierungsarbeiten für ein ERP-Systems dauern Jahre. Die Erfahrungen vieler tausend Unternehmen mit verschiedenen Versionen und Releases fliessen in die Entwicklung eines neuen ERP-Systems ein. Etablierte Prozesse, wie z. B. die Beschaffung, sind standardisiert. Buchhaltungsmodule müssen Gesetze und Vorschriften usw. erfüllen. Daher ist es absolut absurd zu glauben – für Menschen, die seit ihrer Ausbildung kein anderes Unternehmen als die Chaos GmbH gesehen haben –, dass die Prozesse und Abläufe bei der Chaos GmbH (die sich übrigens planlos und auf gut Glück entwickelt haben) besser funktionieren als die standardisierten, die die ERP-Software verwendet.

Ein ganz beiläufiger Blick auf das bei der Chaos GmbH in Betrieb befindliche ERP-System zeigte sofort, dass den Mitarbeitenden und dem Informatikchef offensichtlich der Unterschied zwischen einem Helpdesk-Ticketing-System und einem magischen Wunschbrunnen nicht bewusst war: Das ERP-System war im Vergleich zu seiner ursprünglichen Standardversion nicht wiederzuerkennen. Egal wie weit die Anwender von der Standard-Software abweichen wollten, der Informatikchef liess sie gewähren. Das Ergebnis (um nur ein Beispiel zu nennen, denn sie alle aufzulisten, würde die Papier- und Druckfarbenreserven meines Verlegers erschöpfen ...) war, dass Designänderungen, Materialänderungen und andere

Änderungen an den Produkten in Word geschrieben werden mussten (auch ein ausgezeichnetes Textverarbeitungswerkzeug; bei der Chaos GmbH wurde es wie eine elektrische Schreibmaschine mit Bildschirm verwendet), gedruckt und in Papierform an die Verantwortlichen verteilt.

<u>Wie hätte diese Katastrophe verhindert werden können?</u> – Ganz einfach, indem wiederholt und beharrlich auf die langfristigen Auswirkungen von Abweichungen vom Standardprogramm hingewiesen wird, wie z. B. die Schwierigkeiten, die sich aus Updates und neuen Releases ergeben, die Pflege der kundenspezifischen Software, die Verfolgung der vorgenommenen Änderungen und die Dokumentation der damit verbundenen Codierung, damit andere Programmierer diese nachvollziehen können. Die wichtigsten Punkte für die erfolgreiche Implementierung eines ERP-Systems sprechen für sich:

1) Stellen Sie sicher, dass die ernannten Key-User und Abteilungsleiter mit den Implementierungsprozessen und -verfahren einverstanden sind;
2) Stellen Sie diesem Projekt genügend Zeit und Ressourcen zur Verfügung – es IST das wichtigste in jeder Organisation;
3) Meilensteine setzen und sie auch erreichen;
4) Deadlines heissen nicht umsonst so – wenn die Verantwortlichen die Fristen ohne Konsequenzen verstreichen lassen können, stirbt das Projekt, kann aber zum Zombie werden, wenn es nicht beendet wird;
5) Beauftragen Sie den richtigen ERP-Berater, der die Wirtschaftlichkeit des Projekts berechnet, den ERP-Anbieter und seine Programmierer im Auge behält, die Meilensteine einhalten lässt; und

6) Üben, üben, üben – die beste Implementierung eines ERP-Systems nutzt nichts, wenn sich herausstellt, dass die Benutzer PISNIC («*Problem Im Stuhl, Nicht Im Computer*») sind.

Nun, selbst wenn der Informatikchef zu nachgiebig und/oder zu schwach war, dem Druck der Nutzer zu widerstehen, hätte der Finanzchef und/oder der Geschäftsführer in die Bresche springen und der massiven Geldverschwendung ein Ende bereiten müssen. Ich würde ja gerne die Verantwortung (oder in ihrem Fall die Verantwortungslosigkeit) der Beiräte hierbei erwähnen. Aber leider kann ich das nicht, weil der Beirat sich zu diesem Zeitpunkt noch nicht formiert hatte. Ganz ungeschoren kann ich aber diese «Experten» auch nicht davonkommen lassen, denn als sie ihre (in Ermangelung eines besseren Wortes) «Arbeit» bei der Chaos GmbH begannen, hätte es zu ihren drei obersten Prioritäten gehören müssen, zu überprüfen, wie die IT im Allgemeinen und das ERP-System im Besonderen funktionieren, und sofortige und entschlossene Massnahmen zu ergreifen, um sie in Ordnung zu bringen. Stattdessen taten sie sechs Jahre lang diesbezüglich gar nichts – Dies legt die Vermutung nahe, dass die Beiräte gleich zu Beginn Ihrer Tätigkeit beschlossen sich in Allem strikt an das Parkinson'sche Gesetz zu halten ... Selbst als sie mit Fakten über die kläglichen Ausfälle der ERP-Systeme konfrontiert wurden, zeigten sie erhebliche Zurückhaltung, Mittel freizugeben um ein neues ERP-System auswählen zu können.

3.6. Der Vertriebschef

Wie hat der Vertriebschef dazu beigetragen, dass die Chaos GmbH ihrem Namen gerecht wurde?

1) indem er dem Geschäftsführer schmeichelte (das amerikanische BNTBG – *brown-nosing-the-big-guy* ist halt in Deutsch schwer zu erreichen …);
2) indem er es an Professionalität mangeln liess und nur die Befehle seines Chefs ausführte;
3) indem er alle Fehler seinen Mitarbeitenden in die Schuhe schob;
4) indem er Kunden zu viel Freiheit bei der Wahl liess, statt sie zu standardisierten Lösungen zu bewegen;
5) indem er einen Wutanfall bekam, wenn andere Abteilungen ihn um unentbehrliche Spezifikationen baten, ohne die sie ihre Arbeit nicht erledigen konnten;
6) indem er die Produkte des Unternehmens verschenkte, anstatt sie zu verkaufen, das heisst, Umsatz vor Marge stellte;
7) indem er Lieferzeiten und -bedingungen akzeptierte, die ohne Zeitreise nicht einzuhalten waren;
8) indem er ungetestete Prototypen in grossen Stückzahlen verkaufte; und
9) indem er Wunschdenken-Vertriebsprognosen an andere Abteilungen und Stakeholder abgab.

Beispiele aus der Praxis der oben genannten Beiträge des Vertriebschefs und ihrer Auswirkungen auf die Chaos GmbH:

Beispiel 1: Zuversicht ist sicherlich eine der wichtigsten Ingredienzen für einen erfolgreichen Vertrieb. Ein einziges Endprodukt zu verkaufen und den Einkaufschef und den Produktionschef zu bitten, für 100 Stück Endprodukte Material zu kaufen, zu produzieren und zu lagern, ist jedoch mehr als nur grenzwertige Selbstüberschätzung: Es ist der absolute schiere Wahnsinn! Die Kosten für Materialien und Teile (basierend auf den eigenen Berechnungen des Vertriebs) beliefen sich ca. £10.000/Stück. Die Arbeitskosten (basierend auf den eigenen Berechnungen des Vertriebs) lagen bei über £4.000/Stück. Der Verkaufspreis von £15.000/Stück (mit DAP Parität) – dieses Mal nicht basierend auf den eigenen Berechnungen des Vertriebs, sondern auf der Grundlage des unterzeichneten und besiegelten Abnahmevertrages mit dem Kunden – hatte überhaupt keine Chance, einen positiven Deckungsbeitrag zu erreichen.

Nun kommt es aber noch viel bunter: der Vertriebschef verkaufte einen Prototyp. Ja! Frisch aus dem CAD der F&E-Abteilung. Die kreativen Ingenieure spezifizierten einige neue Materialien und wagten sich auch in Bezug auf die Technik in unbekannte Gewässer. Die Herstellung der Teile dauerte dreimal so lange. Neue CNC-Programme mussten geschrieben, neue Werkzeuge beschafft, Maschinenbediener geschult werden und so weiter. Natürlich sah die Endmontage aus wie *Memorable Disney Moments* (das laut *Guinness World Records* mit über 40.000 Teilen das grösste kommerziell hergestellte und verkaufte Puzzle ist), und das Produkt konnte nur mit einem ständig anwesenden Ingenieur in der Endmontage zusammengebaut werden.

Das dringend benötigte Geld für aktuellere Produkte wurde in Fertig- und Halbfertigwaren gebunden. Dies erwies sich aber als das geringste Problem der Chaos GmbH: Der Prototyp funktionierte nicht wie erwartet (wer hätte das gedacht). Der Kunde weigerte sich, für das eine gelieferte Gerät zu bezahlen. Die Kosten für Nacharbeit, Re-Engineering, Demontage und Wiedezusammenbau waren wesentlich höher als der Verkaufspreis. Während sich die Verhandlungen mit dem Kunden um eine friedliche Beilegung der Differenzen mit dem Ziel, dass der Kunde den Lagerbestand von 100 Stück abnimmt, dahinzogen, korrodierten die Fertig- und Halbfertigfabrikate im Lager der Chaos GmbH vor sich hin. Um bei einem Verhandlungserfolg gleich lieferfähig zu sein wurde der Lagerbestand demontiert und nachbearbeitet …

Selbst Gesellschafter konnten vom Finanzchef keine Berechnung der Verluste erhalten, da er vom Geschäftsführer angewiesen und vom Vertriebschef gebeten wurde, die Antwort der Anfrage zu verzögern, bis die Chaos GmbH von dem sich abzeichnenden Investor übernommen werden würde. Meine «Lieblinge» bei der Chaos GmbH, die Mitglieder des Beirats, stellten sich entweder taub oder wichen den diesbezüglichen Wünschen der Gesellschafter geschickt aus.

<u>Wie hätte diese Katastrophe verhindert werden können?</u> – Ganz einfach, indem man dem Druck des Geschäftsführers standhält, um jeden Preis zu verkaufen. Die Absicht des Geschäftsführers, die Chaos GmbH radikal zu reformieren, wurde zunächst von allen Beteiligten (einschliesslich den Mitarbeitenden und Mitgliedern des Betriebsrats) begrüsst. Nach einem Jahr bekamen aber einige Stakeholder kalte Füsse und wollten die Lawine von Umstrukturierungs-, Re-Engineering- und Re-

Design-Projekten stoppen. Der jährliche Verlust von über £9 Millionen wurde als Ergebnis von «Kinderkrankheiten» und «Anfangsschwierigkeiten» bezeichnet, die «ein wenig Zeit» brauchten, um überwunden zu werden. Kritiker des Geschäftsführers und seiner «tapferen Mitstreiter» (alias Ja-Sager-Management-Team) wurden als Angst- und Panikmacher verschrien. Glühende Gläubige an die neuen Wege des «Herrn» wurden von diesen Kritikern als Hans-guck-in-die Luft (einer Figur aus Struwwelpeter, der immer in den Himmel schaut, vor Gefahren von seinen Mitmenschen gewarnt wird, aber auf diese nicht hört und schliesslich in den Fluss fällt) bezeichnet. Die Fairness verlangt zu erklären, dass die £9 Millionen der wirkliche Verlust waren. Die Rechnungslegungsvorschriften wurden bis an die Belastungsgrenze gedehnt, die Prüfer wurden eingeschüchtert, die Zahlen zur Unkenntlichkeit in weitschweifige und langatmige akademische Erklärungen gehüllt, so dass der offiziell ausgewiesene Jahresverlust fast akzeptabel erschien.

(Anmerkung für die Ausgabe in deutscher [Schweiz] Sprache: In der englischen Originalversion steht anstatt Hans-guck-in-die-Luft *Pollyanna*, eine Romanfigur von Eleanor H. Porter aus dem Jahr 1913 über ein Waisenkind mit einer übermässig optimistischen Einstellung. *Das Pollyanna-Syndrom* in der Psychotherapie beschreibt «eine abnormal oder blind optimistische Person». Die Therapie ist schwierig, da solche Einstellungen sowohl bei Patienten als auch bei ihren Therapeuten auftreten können. Nehmen wir die Rückfallquote: Innerhalb von drei Jahren nach ihrer Freilassung werden zwei von drei ehemaligen Gefangenen erneut verhaftet und mehr als 50 % erneut inhaftiert. Rückfall ist sicher nicht nur das Ergebnis des

Pollyanna-Syndroms bei Tätern und ihren Therapeuten. Bei rückfälligen Pädophilen und anderen Triebtätern ist das aber absolute Schande ...)

Beispiel 2: Der Verkauf von Produkten mit einem (vermutlich) negativen Deckungsbeitrag ist ein Kinderspiel, da Sie auch ein paar £ 50-Noten auf Ihr Produkt kleben können, bevor sie an die Kunden versandt werden. Dies gilt für Produkte mit realen und bestätigten negativen Deckungsbeiträgen. Bei der Chaos GmbH wurde aber nur gemunkelt, dass eine bestimmte Produktpalette einen negativen Deckungsbeitrag aufweisen würde. Die Berechnung des Deckungsbeitrags eines Produktes zu den Fixkosten in einem KMU ist kein Hexenwerk. Es braucht nur ein bisschen Addieren und Subtrahieren (Hinweis für alle Leser, die komplexere mathematische Verfahren vermissen: Multiplikation ist aggregierte Addition, Division ist nur aggregierte Subtraktion – das ist es, was Ihr Taschenrechner tut, weil er weder multiplizieren noch dividieren kann).

Allerdings verliess sich der Vertriebschef auf die fundierten Vermutungen der langjährigen Mitarbeitende der Chaos GmbH und erwog ernsthaft, den langfristigen Vertrag mit einem der fünf Top-Kunden nicht zu verlängern. Inzwischen werden die versierten Leser richtig vermutet haben, dass die Chaos GmbH mit drei bis fünf Kunden mehr als 70 % ihres Jahresumsatzes erzielte. Und ja, dieser spezielle Kunde war in diesem Cluster.

Selbst für mich als Augen- und Ohrenzeuge des Geschehens bei der Chaos GmbH sind die Vorfälle und die Menschen für mich so surreal wie die Figuren in *Eraserheads* (1977) und *Mulholland Drive – Strasse der Finsternis* (2001). Beide Filme belegten laut *Ranker* bezüglich ihrer Surrealität die Plätze eins und zwei. Damit will ich sagen, dass die Begebenheiten bei der Chaos GmbH mit realitätsnahen Begriffen nicht zu beschreiben sind.

Sobald bei einem Abteilungsleiter der Gedanke auftaucht, einen der drei bis fünf umsatzstärksten Kunden zu streichen, muss er die Angelegenheit eingehend untersuchen. Nicht nur die Kalkulation der an diesen Kunden verkauften Neuprodukte ist zu berücksichtigen, sondern auch die Ersatzteil- und Serviceerlöse. In KMU haben diese in der Regel eine exorbitante Marge, da hohe Ersatzteil- und Servicepreise von den Kunden weitgehend akzeptiert werden. Warum? Denn KMU produzieren massgeschneiderte Produkte. Massgeschneiderte Produkte benötigen entsprechende Materialien, Fertigungsanlagen, speziell geschulte Montagearbeiter und so weiter. Ein multinationales Produktionsunternehmen fertigt Massenwaren und muss wegen der niedrigeren Marge standardisierte Materialien, Teile, Maschinen usw. verwenden, um Gewinne zu erzielen. Aber standardisierte Teile können von (fast) jedem hergestellt werden ...

Wie hätte diese Katastrophe verhindert werden können? – Ganz einfach durch die Überprüfung, ob der vermutlich negative Deckungsbeitrag wirklich negativ ist. Hörensagen und Vermutungen (auch wenn sie von langgedienten Mitarbeitenden kommen) bilden keine verlässliche Basis für Entscheidungen solcher Tragweite. Die Abteilungsleiter für Vertrieb, Finanzen, Einkauf und Produktion müssen die Köpfe zusammenstecken und die Produktkalkulationen auf die Richtigkeit der Vermutung negativer Deckungsbeiträge überprüfen. Hierfür eignen sich *Leakage-Meetings* am besten. Auch wenn akribische Berechnungen zeigen, dass diese speziellen Produkte wirklich einen negativen Deckungsbeitrag haben, kann mit deren Fertigung nicht von einem Tag auf den anderen aufgehört werden. Mehr als 30 % des Jahresumsatzes eines KMU mutwillig loszuwerden, muss als schlimmste radikale Veränderung betrachtet werden. Eine solche Entscheidung hat auch Auswirkungen auf die Beschaffung, Maschineneffizienz, Anzahl Mitarbeitende etc.

Mit einer wasserdichten Kalkulation kann der Vertriebschef den Kunden besuchen und die Ergebnisse mit grosser Zuversicht präsentieren. Die Wahrscheinlichkeit, dass er mit einer Preiserhöhung in der Tasche nach Hause kommt ist gross. Warum? Denn kein Kunde, der bei klarem Verstand ist, möchte, dass sein Lieferant Verluste macht – oder zumindest nicht diejenigen, die sich an José Ignacio López de Arriortúa (ehemaliger Einkaufsleiter bei GM und anderen Automobilherstellern) erinnern. Er revolutionierte den Einkauf, indem er von den Lieferanten immer niedrigere Preise forderte (und seine achtstufigen Lean-Management-Prinzipien den besagten Lieferanten aufzwang) mit dem kurzfristigen Effekt, dass GM mehrere Milliarden US-Dollar an Einkäufen einsparte. Señor López fuhr dann fort, den Zulieferern von VW und Opel Untergang und Desaster zu bringen. Andere Autohersteller folgten den neuen Einkaufmethoden ihrer Konkurrenten, getreu dem Motto «*ein Narr macht hundert Narren (aber tausend Kluge noch keinen Klugen)*». Das langfristige Ergebnis (Lopez-Effekt genannt) war, dass die Automobilhersteller entweder ihre Lieferanten retten oder rückwärts integrieren mussten (die Lieferanten kaufen), um sicherzustellen, dass sie die benötigten Teile erhielten.

Lieferanten (zumindest Verpackungen) von IKEA müssen beispielsweise ihre Berechnung bis hin zu ihren Gewinnmargen offenlegen, wenn sie ihre Waren an den schwedischen Möbelriesen liefern wollen. Mitglieder der Einkaufsabteilung versuchen dann Löcher in die Berechnungen zu bohren, auch bekannt als «validieren». Wenn sie zufrieden sind, dass alles abgerechnet wurde, teilen sie dem Lieferanten mit, welche Gewinnspanne sie bereit sind zu akzeptieren. IKEA geht dabei mit seinen (potentiellen) Lieferanten fair um, weil zu niedrige Gewinnspannen angehoben werden, damit der Lieferant die Zusammenarbeit mit IKEA nicht nur überlebt, sondern auch noch Spass daran hat.

Beispiel 3: Mehr zu verkaufen, als gut für das Unternehmen ist – ob tatsächlich oder einfach nur die Verkaufsstatistiken aufpumpen – ist nie ratsam. Es überrascht nicht, dass der Vertriebschef der Chaos GmbH beides tat: Er und seine Vertriebsmitarbeitende verkauften mehr Waren (1) auf dem Papier, um die Stakeholder zu beeindrucken, und (2) als die Produktionskapazität der Chaos GmbH in der versprochenen Lieferzeit bewältigen konnte.

Der Vertriebschef kam mit seinen frisierten Verkaufszahlen davon, weil er behauptete, dass die einzigartige Marktführerschaft der Chaos GmbH es ihm ermöglichte, weit über die normale Vorstellungskraft hinaus Weltmarktanteile zu gewinnen. Natürlich hätten weder die Gesellschafter noch die Beiräte noch der Geschäftsführer im Traum daran gedacht, diese (leicht inflationierte) Ansicht über die Marktposition ihres Unternehmens in Frage zu stellen.

Die Auswirkungen von Umsatzprognosen und Wunschdenken-Lieferzeiten waren, dass Mitarbeitende manchmal Überstunden weit über die gesetzlich zulässige Anzahl von Stunden hinaus leisten mussten, um den Produktionsplan einzuhalten. Und zu anderen Zeiten sassen sie an den Fliessbändern oder an ihren ungenutzten Maschinen, um bereit zu sein, wenn ein Auftrag einging. Keines dieser beiden Extreme verbesserte die Moral der Mitarbeitenden. Die Leistungszahlen waren miserabel, was dazu führte, dass die Beiräte sich genötigt sahen, Massnahmen zur Verbesserung der Unternehmensleistung von den Abteilungsleitern ergreifen zu lassen. Als Erfüllungsgehilfen des Geschäftsführers waren sie sich das eigenständige Denken nicht gewohnt und fassten deshalb diese Aufforderung mit der gleichen Begeisterung auf wie Teenager, wenn sie gefragt werden *«Würdest Du bitte bei Gelegenheit Dein Zimmer aufräumen?»*, und selbstverständlich mit dem gleichen Effekt...

Die Nachfrage nach Tamagotchis überraschte nicht nur die Erfinder, sondern auch den Hersteller, den japanischen Spielzeughersteller Bandai. Innerhalb weniger Monate verkaufte es Millionen dieser elektronischen Haustiere und hätte viel mehr verkaufen können, wenn ihre Produktionskapazitäten ausreichend gewesen wären. Möchtegern-Besitzer von elektronischen Haustieren wurden verzweifelt, dass sie mit ihren (meist jugendlichen) Nachbarn nicht mithalten konnten. So sorgt das Wecken von Bedürfnissen bei Kunden, die nicht durch Lieferungen der begehrten Ware befriedigt werden können, für Irritationen. Leider sogar, so vermeldeten es die Medien während der Spitze des Tamagotchi-Hypes, zu Suiziden unter den Teenagern.

In Bezug auf Markenversprechen befindet sich die Chaos GmbH laut einer Gallup-Umfrage aus dem Jahr 2015 bei der Mehrheit bekannter Unternehmen, die ergab, dass nur 32 % der Kunden alles unternahmen und keine Kosten scheuten, um die von ihnen bevorzugten Marken zu finden. Der Rest (68 %) kaufte einfach die erstbeste verfügbare Ersatzmarke, wenn die favorisierte nicht verfügbar war. Daher ist die Behauptung, mehr Ware in der (Tagtraum) Marktposition eines Möchtegern-Marktführers verkaufen zu können, höchst umstritten.

Wie hätte diese Katastrophe verhindert werden können? – Ganz einfach, indem man zur Abwechslung mal ehrlich ist, zugegebe-nermassen eine Herkulesaufgabe für jeden Verkäufer. Die Wahrheit führt jedoch nur kurzfristig und nur in der Verkaufsabteilung zu Verärgerungen. Absurde Wunschtraum-Vertriebsprognosen laufen Gefahr ernstgenommen zu werden. Mehrere Unternehmen gingen schon den Bach runter, weil sie einem inflationierten Vertriebsplan aufgesessen sind.

Wenn ein Geschäftsführer und ein Vorsitzender des Beirats einem Vertriebschef während der Darlegung seiner inflationierten Vertriebsprognosen in einer Gesellschafterversammlung aufmunternd zuzwinkern, so goutiert er die Irreführung derer, die sie beauftragt hatten, das Unternehmen nach bestem Wissen und Gewissen zu führen: die Gesellschafter.

Es muss für die Gesellschafter eines KMU sehr schwierig sein, ihre Produkte und ihr Unternehmen realistisch zu sehen. Es gibt sicherlich mittelständische Unternehmen, die sich zu Recht Weltmarktführer nennen. Es sind aber nicht alle mittelständischen Unternehmen Weltmarktführer, die sich so nennen. Mit einer unrealistischen Sicht auf das eigene Unternehmen werden unerfüllbare Erwartungen geweckt. Die Verkennung der Realität und der Möglichkeiten darin machen, psychologisch gesehen, Ponzi-Systeme (erfunden angeblich von Charles Ponzi in den 1920er Jahren; obwohl Adelheid Louise Spitzeder in Deutschland und Sarah Emily Howe in den USA mit ihrer *Ladies Deposit Company* ein halbes Jahrhundert zuvor sehr ähnliche Systeme entwickelten, was die Frage aufkommen lässt, ob die Franzosen Recht haben, wenn sie behaupten, man solle nach der Frau suchen [*cherchez la femme*], um ein Verbrechen aufzuklären) erst möglich. Wenn nämlich das Ego und die Gier sich zusammenschliessen, verlässt der gesunde Menschenverstand die hellsten Köpfe.

3.7. Der Entwicklungschef

Wie hat der Entwicklungschef dazu beigetragen, dass die Chaos GmbH ihrem Namen gerecht wurde?

1) indem er dem Geschäftsführer schmeichelte (das amerikanische BNTBG – *brown-nosing-the-big-guy* ist halt in Deutsch schwer zu erreichen ...);
2) indem er es an Professionalität mangeln liess und nur die Befehle seines Chefs ausführte;
3) indem er alle Fehler seinen Mitarbeitenden in die Schuhe schob;
4) indem er jedem einzelnen Verkäufer erlaubte Produkte kundenspezifisch zu verkaufen;
5) indem er Verkäufern über technisch noch nicht ausgereifte, neue Produkte erzählte;

6) indem er für jede Neuentwicklung neue Materialien wählte;
7) indem er lieber etwas neukonstruierte, bevor er ein paar Minuten in der Datenbank nach einer bestehenden Konstruktion suchte;
8) indem er einen Wutanfall bekam, wenn er seine Konstruktionsstücklisten in Produktions- und Montagestücklisten hätte umwandeln müssen; und
9) indem er die anderen Abteilungen mit Änderungen in Konstruktionszeichnungen, Stücklisten usw. zuspammte, ohne um Feedback zu bitten, um zu überprüfen, ob die Änderungen verstanden worden waren.

Beispiele aus der Praxis der oben genannten Beiträge des Entwicklungschefs und ihre Auswirkungen auf die Chaos GmbH:

Beispiel 1: Da die F&E-Abteilung immer eine *primus inter pares*-Stellung innerhalb des Unternehmens hatte, vielleicht weil der Gründer der Chaos GmbH ein genialer Ingenieur war, musste sie sich auch nicht um so etwas Banales wie Standardisierung kümmern. Entwickelung um des Entwickelns willen ist aber Selbstzweck und somit dem restlichen Unternehmen nicht dienlich. Zudem sind Standardisierung und Stream-Linining viel komplexer und somit auch eine wesentlich grössere, intellektuelle Herausforderung als ein, noch so genialer, Quick-Fix.

Während KMU mit «Entwickelung um des Entwickelns willen» länger davonkommen als grössere Unternehmen (Lego

System AS ging 2003 fast pleite, weil es unbelastet von und in völliger Missachtung der Marktwünsche einfach vogelwild darauf losentwickelte. Sobald es seine Produktlinien verdoppelt hatte – und mit immer seltsamer geformten Steinen sein Sortiment erweiterte – dies mit Hilfe einiger Überflieger von Ivy-League-Universitäten, schien der Untergang unvermeidlich), können sie nicht endlos weitermachen, besonders wenn sie nicht in IT investieren, um die zunehmende Variabilität ihrer Produkte verwalten zu können.

Jeder Gärtner weiss, was passiert, wenn man japanischen Staudenknöterich oder den riesigen Bärenklau ungestört wachsen lässt. Dasselbe passiert mit technischen Zeichnungen und Entwürfen: Wenn sie nicht zurechtgestutzt werden, vermehren sie sich rapide. Seit Beginn der COVID-19-Pandemie wissen wir alle um die Schädlichkeit der Vermehrung von Viren, Falschmeldungen von Mainstream und sozialer Medien etc. bestens Bescheid.

Wenn die «Entwicklung um des Entwickelns willen» immer weitergeht, laufen die Entwicklungsingenieure Gefahr zu glauben, dass ihre Entwicklungen eigentlich Schöpfungen sind. Alle möglichen Fehler wären durch eine Fehlermodus- und Effektanalyse (FMEA) oder in einem Peer-Review erkannt worden. Daher sind diese «Schöpfer» immer irritiert, wenn die Fertigung und/oder die Montage die Hand hebt und sagt «*Sorry, das funktioniert nicht.*» Wie irritiert wären sie, wenn die weniger als sie begnadeten Mitarbeitenden bei jedem Fehler die Hand heben würden?

So kam es, dass ich einmal auf einem meiner vielen *Gemba-Walks* einen Montagearbeiter schwitzen und fluchen sah. Ich ging auf ihn zu und fragte, warum er so verärgert sei. Er sagte mir, dass die Montage des neuen Produkts auch einen neuen Menschentyp erforderte: einen mit drei oder vier Händen. Da ich handwerklich völlig unbegabt bin, konnte ich nur den zuständigen Entwicklungsingenieur anrufen und ihn bitten in die Endmontage zu kommen. Um ihn auf meinen Ärger hinzuweisen und ihn auf ein nicht ganz nettes Gespräch vorzubereiten, gab ich ihm Anweisungen, wie er die Endmontage finden kann. Leicht säuerlich meinte er, dass er schon für die Chaos GmbH gearbeitet hatte, als ich noch nicht einmal wusste, dass es ein so angesehenes Unternehmen gibt. Touché!

Er muss eine Tasse sehr heissen Tees oder Kaffees getrunken haben, weil wir übermässig lange warten mussten, bis er erschien. Keine gute Strategie… Ich liess den Montagearbeiter seine Probleme erklären. Der Ingenieur zuckte mit den Schultern und wandte sich mit einem verwirrten Gesichtsausdruck mit den Worten «*Und? Was soll ich jetzt machen?*» an mich. Meine Toleranz für gleichgültige Arroganz konvergiert gegen Null. Ich forderte ihn auf, seine Jacke und Krawatte auszuziehen und das von ihm verursachte Problem zu beheben. Verblüfft sah er mich mit ungläubigen Augen an und erklärte unmissverständlich, dass er an einer sehr renommierten deutschen Universität Ingenieurwissenschaften studiert habe.

Es lag nun an mir, mit den Schultern zu zucken und zu sagen: «*Bravo! Freut mich für Sie! Ich weiss zufällig, dass der Lehrplan an Ihrer renommierten Universität neben den umfangreichen theoretischen auch einen hohen Stellenwert auf praktische Fragen legt, oder?* Beschämt bestätigte er meine

Informationen über seine Bildungsanstalt. Er drehte sich um und begann, sich um das Problem zu kümmern. Ich wartete, bis ich die ersten Schweissperlen auf seiner Stirn erscheinen sah. Als er anfing das zu montierende Produkt mit Ausdrücken zu attribuieren, die an keiner höheren Bildungsanstalt gelehrt werden, bat ich den Montagearbeiter, mir Bescheid zu geben, wenn das Problem gelöst sei.

Ich hatte es fast vergessen, als er schliesslich anrief und mich bat, ihn in der Endmontage zu besuchen. Ich trank weder Kaffee noch Tee, sondern eilte direkt dorthin, wo ich ihn und den Montagearbeiter zurückgelassen hatte. Sie waren in einer freundlichen Diskussion miteinander, als ich ankam. Ein Anblick, der mein Herz immer höherschlagen lässt. Sie informierten mich, dass sie das Problem (und ein paar andere) erörtert und gemeinsam Abhilfemassnahmen gefunden hätten. Als ich den Ingenieur fragte, was er aus dieser Erfahrung gelernt habe, sagte er: «*Nicht alles, was im CAD funktioniert, funktioniert auch im wirklichen Leben. Ich werde meinen Kollegen in der Abteilung sagen, dass sie ihre Entwürfe mit den Leuten absprechen sollten, die sie dann fertigen werden.*»

Eine perfekte Antwort. Leider war nur die Antwort perfekt, da die Ausführung wie erwartet war: nicht vorhanden. Es ist verlockend, einen Interim-Manager in die Irre zu führen. Die Mitarbeitenden wissen, dass er nicht lange genug bleiben wird, um zu überprüfen, was ihm versprochen wurde. Manager in Unternehmen wie der Chaos GmbH sehen Interim-Manager meist gerne gehen, weil sie die sprichwörtliche «Nervensäge» sind. Auf all die Fehler hinzuweisen ist eine sehr undankbare Aufgabe. Sie muss aber gemacht werden, ansonsten ist eine

Verbesserung der Situation kaum möglich. Ein Weiterwursteln wie bisher ist ja auch nicht das Wahre, oder?

<u>Wie hätte diese Katastrophe verhindert werden können?</u> – Ganz einfach, indem Entwicklungsingenieure von ihrem hohen Ross steigen und das Nachdenken anfangen. *«Was werden die Konsequenzen meines Tuns (und das meiner Abteilungen) auf lange Sicht sein?»* ist nicht nur eine Frage, die sich der Entwicklungschef stellen muss, sondern alle Abteilungsleiter. Denn zu langanhaltendem Glück, Erfolg und Wohlstand gelangt man nur in kleinen, wohlüberlegten Schritten auf einem sehr schmalen Pfad.

Wie man seine Komfortzone verlässt, ist Gegenstand vieler Bücher und Kurse. Diese Tipps und Tricks nützen nichts, wenn sie von der Person nicht beherzigt werden, die sich angeblich ändern will. Der Ingenieur im obigen Beispiel lernte und verstand, wie wichtig es ist, seine neueste CAD-Kreation mit dem Montagearbeiter zu überprüfen. Aber hat er das nachgehalten? Nein. Er und seine Kollegen kehrten so schnell zu den «guten alten Zeiten» zurück, dass es ein Alptraum war, es mit ansehen zu müssen. Denn sie beschimpften wieder die Ungeschicklichkeit der Mitarbeitenden in der Montage …

Vielleicht hilft die Geschichte eines alten Cherokee-Grossvaters, der seinem Enkel die Prinzipien des Lebens beizubringen versucht, die eigene Komfortzone zu verlassen.

«In mir geht ein Kampf vor sich», sagt er zu seinem Enkel, *«es ist ein schrecklicher Kampf zwischen zwei Wölfen. Einer ist böse – er repräsentiert Wut, Neid, Eifersucht, Trauer, Gier, Arroganz, Selbstmitleid, Schuld, Groll, Minderwertigkeit,*

Lügen, falschen Stolz, Überlegenheit und Ego.» Er fährt fort, indem er sagt: «*Der andere ist gut – er steht für Freude, Frieden, Liebe, Hoffnung, Gelassenheit, Demut, Freundlichkeit, Wohlwollen, Empathie, Grosszügigkeit, Wahrhaftigkeit, Barmherzigkeit und Glauben. Derselbe Kampf geht in dir vor – und auch in jedem anderen Menschen.*» Der Enkel dachte nach und fragte schliesslich seinen Grossvater: «*Welcher Wolf wird gewinnen?*» Der alte Cherokee antwortete: «*Derjenige, den du fütterst.*» Um es prägnanter auszudrücken: «*Die menschliche Natur ist böse. Güte kommt von aktivem Handeln*» – Xun Kuang.

Beispiel 2: Jedes CAD-Programm erstellt automatisch eine Stückliste. Warum es einen Grabenkampf zwischen der Entwicklungsabteilung und der Produktionsabteilung darüber gibt, welche Art von Stücklisten (Konstruktion oder Produktion, Montage) verwendet werden sollten, erstaunt mich enorm, wenn ich ein neues Projekt in einem Unternehmen beginne. So war es auch bei der Chaos GmbH: Der Entwicklungschef und seine Konstrukteure schüttelten hartnäckig den Kopf, als ich nach einer einzigen Stückliste statt nach mehreren fragte.

Es ist nie einfach, Konstruktionsstücklisten in Produktions-/Montagestücklisten umzuwandeln. Bei der Chaos GmbH bekam der schlimmste Weg grünes Licht: die manuelle Konvertierung von der automatisch erstellten CAD-Stückliste in eine EXCEL-Tabelle. Ja, schrecklich, ich weiss. So eine Entscheidung muss doch weh tun, oder? Aber deshalb heisst dieses Buch «*Kaikaku: vernichtend*». Mir fällt, auch nach reiflicher Überlegung, keine dümmere Konvertierungsmethode ein... ausser, die Stückliste anstatt in EXCEL in WORD zu schreiben... oder... aber das ist ja fast schon ein

Schildbürgerstreich: auf ein kariertes/liniertes/weisses Blatt Papier und dann ins ERP-System manuell eingeben... Es gibt keine grössere Fehlerquelle als manuelle Eingaben. Die Kollegen in der Informatikabteilung hätten mit Sicherheit eine Konvertierungssoftware entwickelt, verifiziert und, als Insellösung zwischen CAD und ERP, implementiert.

Endlose Diskussionen zwischen dem Entwicklungschef und dem Produktionschef führten natürlich zu nichts. Beide bestanden auf ihrem individuell besten Weg. Weder der Geschäftsführer noch die Beiräte hatten zu dieser ewigen Diskussion etwas Konstruktives beizutragen gewusst, ausser «*wir werden es später im Detail betrachten*» – «*später*» kam jedoch nie ...

Wie hätte diese Katastrophe verhindert werden können? – Ganz einfach, indem man das tut, was gut für das Unternehmen ist, und nicht nur für die eigene Abteilung schaut. Das gilt natürlich auch für die anderen Abteilungen. Ein Prozess in einer Abteilung muss nicht das Beste in einer isolierten Betrachtung sein. Es muss sich nahtlos in einen optimalen, das Unternehmen umspannenden Gesamtprozess einfügen.

Es ist wirklich ziemlich einfach, den besten Weg zu finden. Beobachten Sie die Natur (so erfand der Schweizer Elektroingenieur George de Mestral 1948 den Klettverschluss): Vor Millionen von Jahren hatten Pferde fünf Zehen. Während der Evolution blieb nur ihr mittlerer Zeh übrig. Der Huf selbst ist ein vergrösserter Zehennagel. Auf diese Weise holten die Pferde die maximale Geschwindigkeit aus ihren Füssen heraus. Der Rest ihrer Körper passte sich an diese Anforderung der Hochgeschwindigkeitsbewegung an.

Gleiches gilt für Unternehmen: Finden Sie, was für den nachhaltigen Erfolg Ihres Unternehmens am wichtigsten ist. Entwickeln Sie Prozesse/Funktionen/Werkzeuge/Geräte, die hierfür perfekt sind, und passen Sie alle anderen Funktionen und Prozesse im Unternehmen diesen spezifischen Anforderungen an.

Und warum legt Lean Management so grossen Wert auf die Ursachenanalyse? Weil es am Anfang anfängt. Es könnte daher auch die «Quelle der Problemanalysen» genannt werden, aber das ist weit weniger griffig wie Ursachenanalyse.

Nun, in diesem Beispiel ergibt die Ursachenanalyse als Hauptursache Egoismus und/oder Faulheit. Der Entwicklungsingenieur stellte sicher, dass sich seine Mitarbeitenden nicht darum kümmern mussten, was mit der Stückliste ihrer Konstruktion passierte. Dies ist ein sehr egoistischer und daher törichter Ansatz in einem Unternehmen, weil die Abteilungen weiter unten im Wertstrom die Arbeit der vorgeschalteten Abteilungen miterledigen müssen. Fragen Sie sich doch einfach, ob Sie eine Stückliste von einem externen Entwicklungsbüro akzeptieren würden, die jemand in Ihrem Unternehmen in eine Excel-Datei eingeben muss, bevor sie verwendet werden kann. Wenn Ihre Antwort hierauf «nein» ist, warum akzeptieren Sie es von einem unternehmensinternen Dienstleister?! Wenn eine automatisch generierte Stückliste, egal, wo intern oder extern, manuell angepasst wird oder werden muss, ist das eine enorme Fehlerquelle. Stücklistenfehler halten sich über Jahrzehnte hinweg. Auch in hervorragend organisierten und herausragend geführten Unternehmen tun sich die Mitarbeitenden schwer, Stücklisten fehlerfrei zu bekommen.

Eine weitere Hauptursache ist Abteilungsdenken, auch bekannt als Silodenken, also die Zurückhaltung, Informationen mit Mitarbeitenden anderer Abteilungen zu teilen. Diese Silo-Denkweise schadet der einheitlichen Vision eines Unternehmens und verhindert, dass langfristige Ziele erreicht werden.

Beispiel 3: Ein Teil ist entweder «*aktiv*» oder «*inaktiv*», wobei «*aktiv*» «*in Gebrauch*» und «*inaktiv*» «*nicht in Gebrauch*» bedeutet. Wenn Teile, die im Herstellungs-/Montageprozess verwendet werden, mehr als diese beiden Zustände aufweisen, herrscht Chaos. Die Chaos GmbH hatte sechs Zustände, Eigenschaften für die verwendeten Teile, und der Entwicklungschef dachte darüber nach, ein paar mehr einzuführen.

Die sechs Zustände der Teile waren: (1) in Gebrauch, (2) nicht in Gebrauch, (3) in Gebrauch, aber alt, (4) dürfen nicht verwendet werden, (5) dürfen in besonderen Fällen verwendet werden und (6) dürfen noch nicht verwendet werden. Er beabsichtigte dies Zustände mit (7) dürfen nur für Prototypen verwendet werden und (8) kann verwendet werden, es gibt aber bessere Lösungen, zu ergänzen.

Leser, die mit ERP-Systemen vertraut sind und über überdurchschnittliche IT-Kenntnisse verfügen, fragen sich vielleicht, wie das ERP-System der Chaos GmbH diese Anforderungen des Entwicklungschefs bewältigt hat. Die kurze Antwort ist: gar nicht. Bevor ich in meinen Ausführungen zu diesem Thema fortfahre, bitte ich den Leser, aus unfallvermeidungstechnischen Gründen heraus in sitzender oder gar liegender Position weiterzulesen. Hier kommt es... Für die sechs bis acht verschiedenen Zustände/Eigenschaften hatte das Teil eine einzige Teilenummer.

Nachdem der Zustand des schieren Unglaubens überwunden ist, könnte man ja fragen: *«Herr Carter, wollen Sie uns auf den Arm nehmen?!»* – nein, das will ich nicht! Wenn ein bestimmtes Teil nicht passte, fragte der junge und noch unerfahrene Montagearbeiter einen älteren, erfahreneren Kollegen, was er stattdessen verwenden sollte. Sie gingen dann entweder gemeinsam ins Lager oder der junge Montagearbeiter bat einen Konstrukteur aus der Entwicklungsabteilung, ihn ins Lager zu begleiten. Hier wurden die Teile mit der identischen Teilenummer inspiziert. Der erfahrene Montagearbeiter konnte erkennen, welches Teil passen würde. Der Konstrukteur musste die Teile mit den Teilezeichnungen vergleichen – und nein, es gab keinen Abfrage-Monitor im Lager, also wurden die Zeichnungen VOR der Teileinspektion ausgedruckt. Leser, die alle Auswirkungen dieser Situation verstanden haben, wissen, warum diese Erläuterung nur im Sitzen oder Liegen zu Gemüte geführt werden kann.

Die Chaos GmbH hatte eine lange und illustre Geschichte. Ihre Produkte waren – und sind es immer noch, auch wenn es kaum zu glauben ist – extrem langlebig. Dies könnte einer der Hauptgründe dafür sein, dass Kunden Lieferzeiten von mehreren Monaten für Produkte in Kauf nahmen, die in wenigen Wochen von Grund auf neu hätten hergestellt werden können. Allerdings war es nicht ungewöhnlich, ein über 40 Jahre altes Produkt der Chaos GmbH für eine Überholung oder Reparatur ins Werk zu bekommen. Nur wenn (und das ist kein Witz) die Montagearbeiter/Konstrukteure, die wussten, welche Teile in ein so altes Produkt eingeflossen waren, verstorben waren, riet der Kundendienst (verantwortlich für Überholungen und Reparaturen) dem Kunden, sein altes Produkt verschrotten zu lassen und ein neueres zu kaufen. Wenn entweder der Montagearbeiter oder der Konstrukteur einfach in Pension gegangen waren, wurden sie ins Werk zitiert, um ihr Wissen an die aktiven Kollegen weitergeben zu können. In der Regel waren solche alten Teile nicht mehr vorrätig. Das war bei der Chaos GmbH kein grosses Problem: Es gab einige sehr alte Maschinen auf denen diese Teile noch hergestellt werden konnten ...

Wie hätte diese Katastrophe verhindert werden können? – Ganz einfach, indem man sich an das Motto *keep it simple* («Halt´s einfach») hält. Zugegeben, einfache Lösungen sind am schwersten zu finden und noch schwieriger umzusetzen. Warum? Unsere pseudo-meritokratische Gesellschaft verlangt nach Lösungen, die mindestens einen Hauch von Komplexität ausstrahlen, weil nur «Experten» komplexe Systeme verstehen. Ein System für die überwiegende Mehrheit der Menschen einfach und leicht verständlich zu machen, würde bedeuten, begehrten Titeln wie «Experte» und «Spezialist» oder «Sachverständiger» Lebewohl sagen zu müssen. Deshalb nenne ich unsere Gesellschaft eine Pseudo-Meritokratie. Es belohnt die Heuchler und nur gelegentlich diejenigen, die es wirklich verdienen ...

Die Gleichung einfach = effizient = nachhaltig gilt für alle Lebensbereiche, wobei «einfach» für «unkompliziert» stehen muss. Etwas Kompliziertes kann nicht effizient gemacht werden. Aus diesem Grund werden komplexe Aufgaben in weniger komplexe oder sogar einfache Aufgaben aufgeteilt. Je komplexer eine Sache ist (z. B. ein Flugzeug), desto schwieriger ist sie zu warten. Leser, die sich für die fundierten Ratschläge von Herrn Dieter Brandes in seinem Buch *Konsequent Einfach: die ALDI Erfolgsstory* (ISBN: 978-3593359045) interessieren und diszipliniert genug sind, diese zu befolgen, sind herzlich eingeladen, es zu lesen. Ich habe mir eines der Lean-Management-Mottos ausgeliehen und drucke es auf jede meiner Rechnungen: «*Lean lebt von Einfachheit*».

Die Vereinfachung eines komplexen Systems wie dem oben beschriebenen ist so schwierig und benötigt so viel Zeit, dass es einfacher ist, ein neues System zu entwickeln. Selbst dann muss ein Unternehmen entweder jahrzehntelang mit den Sünden der Vergangenheit leben oder die Überholung und Wartung seiner alten Produkte an einen Anbieter solcher Dienstleistungen auslagern. Einige KMU, die ich besuchte und/oder für die ich arbeitete, brachten alle wichtigen, aber veralteten Produktionsanlagen in einer Halle unter und baten ihre pensionierten Mitarbeitenden, gelegentlich vorbeizuschauen, um benötigte Ersatzteile für die Reparatur alter Produkte herzustellen. Nicht alle, aber die meisten dieser KMU änderten auch ihre Geschäftsbedingungen und liessen ihre Kunden wissen, dass sie nur bereit wären, Produkte zu reparieren und/oder zu überholen, die nicht älter als 20 Jahre waren. Dies war der absolut richtige Ansatz, da Kunden wissen müssen, ob ihre Geräte repariert werden können oder ersetzt werden müssen. Allein die schriftliche Ankündigung der neuen Richtlinien (und die mündliche Benachrichtigung der notorischen Kunden) hat das Abladen alter Geräte auf dem Hof dieser KMU ohne vorherige Benachrichtigung der Kundendienstabteilung durch den Kunden nicht gestoppt. Dem LKW-

Fahrer, der die Geräte brachte, zu verbieten, diese abzuladen, brachte schliesslich den angepeilten Effekt.

3.8. Der Einkaufschef

Wie hat der Einkaufschef dazu beigetragen, dass die Chaos GmbH ihrem Namen gerecht wurde?

1) indem er dem Geschäftsführer schmeichelte (das amerikanische BNTBG – *brown-nosing-the-big-guy* ist halt in Deutsch schwer zu erreichen ...);
2) indem er es an Professionalität mangeln liess und nur die Befehle seines Chefs ausführte;
3) indem er alle Fehler seinen Mitarbeitenden in die Schuhe schob;
4) indem er immer nach den günstigsten Lieferanten suchte und so eine Lieferantendatenbank aufbaute, die sein Bestellsystem nicht mehr verwalten konnte;
5) indem er Reklamationen für gelieferte Waren selbst bearbeitete, anstatt die Qualitätsabteilung Reklamationen bearbeiten zu lassen;
6) indem er weder mit F&E, noch Vertrieb, noch anderen Abteilungen Kontakt hielt, um dann von Anforderungen überrascht zu werden, die er nicht handhaben konnte;
7) indem er Make/Buy-Optionen ausser Acht liess und/oder nur auf Druck in Angriff nahm;
8) indem er säumige Lieferanten davonkommen liess;

9) indem er die Wunschdenken-Verkaufsprognosen des Vertriebs als realistisch annahm und daraufhin Bestellungen auslöste und Rahmenverträge abschloss.

Beispiele aus der Praxis der oben genannten Beiträge des Einkaufschefs und ihre Auswirkungen auf die Chaos GmbH:

<u>Beispiel 1</u>: Kein hochrangiger Offizier sollte jemals einem Kriegsverbrechertribunal ungestraft entkommen, indem er behauptet: «*Ich habe auf Befehl gehandelt.*» Gleiches gilt für übermässig gefällige Einkaufschefs, die nur die Befehle ihres Meisters befolgen, indem sie immer nach dem billigsten Lieferanten suchen und am Ende weit über tausend Lieferanten haben. Mit diesem Ansatz gelang der Chaos GmbH ein einzigartiges Kunststück: Die Top acht Lieferanten (bezogen auf den Umsatz) stellten 5 % des gesamten Beschaffungsvolumens dar. Der Zustand des ERP-Systems wurde bereits mit den Beispielen unter dem Kapitel «3.5. Der Informatikchef» umrissen. Sie können sich also vorstellen, wie viel Glück im Spiel war, dass die richtigen Teile in der benötigten Menge und zum erforderlichen Zeitpunkt im Wareneingang der Chaos GmbH eintrafen.

In einer solchen Konstellation ist es unmöglich, auch nur den geringsten Einfluss auf die Lieferanten zu haben. Weder in Bezug auf Qualität, Preis, Lieferbedingungen noch irgendetwas anderes von Relevanz, da die Chaos GmbH nur ein 08/15 Kunde im Portfolio der Lieferanten ist. Somit musste sich die Chaos GmbH komplett auf den guten Willen ihrer Lieferanten verlassen, um dringend benötigte Teile zu erhalten, die der

Einkauf vergessen hatte zu bestellen oder nicht bestellen konnte, weil das ERP-System aufgrund von Fehlern im System keinen Bestellvorschlag anzeigte.

In seiner sechsjährigen Amtszeit gelang es dem Beirat, den Einkaufschef dazu zu bewegen, die Anzahl der Lieferanten um 20 % zu senken. Inwieweit diese Reduktion das Ergebnis von aktivem Lieferanten-Management war oder nur das Ergebnis von Lieferanten, die wegen der Zahlungsmoral der Chaos GmbH nicht mehr bereit waren zu liefern, ging aus dem Bericht des Einkaufschef nicht hervor. Es blieben aber immer noch fast tausend Lieferanten übrig. Mit der Verschärfung der Krise kam es schliesslich hart auf hart, als die Mitarbeitenden im Einkauf entweder freigestellt oder in die Kurzarbeit geschickt wurden, um die rechtliche, minimale Kurzarbeitsquote zu erreichen.

Diese aussergewöhnlich hohe Anzahl von Lieferanten für ein KMU verursachte auch schwerwiegende Probleme in der Buchhaltung. Hunderte von Rechnungen pro Tag mit einem Betrag von weniger als £10 mussten auf Richtigkeit überprüft, gebucht und Überweisungsaufträge geschrieben werden. Nur für den Fall, dass einige Leser der Illusion unterliegen, dass das Überprüfen, Buchen und Überweisen automatisch von der Buchhaltungssoftware erledigt wurde: Jede einzelne Rechnung musste manuell von einem Team von fünf Personen, einschliesslich des Finanzchefs, bearbeitet werden ...

<u>Wie hätte diese Katastrophe verhindert werden können?</u> – Ganz einfach, indem man seinem Chef sagt «*Nein!*» und dass er sich um seine eigenen Angelegenheiten kümmern oder Ihre Aufgaben übernehmen soll. Wenn er Spass versteht, kann man gerne eines meiner Lieblingszitate verwenden: «*Warum haben*

Sie sich einen Hund zugetan, wenn Sie selber weiterbellen wollen?» Ihre Verantwortung als Einkaufschef besteht darin, ein Portfolio von Lieferanten an der Hand zu haben, die das Geschäft der Chaos GmbH verstehen und in der Lage sind, Waren und Dienstleistungen zu angemessenen Kosten zu liefern sowie flexibel sind, da in KMU die Bedeutung von Make- oder Buy-Optionen meist stark unterschätzt wird, obwohl sie der Produktion wirklich Flexibilität verleihen und die Durchlaufzeiten enorm verkürzen können.

Ähnlich wie das bereits erwähnte standardisierte ERP-System sind QMS sowie ISO eine Sammlung von Erfahrungen aus verschiedenen Branchen. Anzunehmen, dass diese nicht zur Chaos GmbH passen können, ist eine Anmassung.

Vergleichen Sie den Ansatz der Chaos GmbH mit dem Ansatz der Toyota Motor Company (TMC). Bei TMC ist der Einkauf integraler Bestandteil des Supply Chain Management Systems (SCM), das fünf wesentliche Aufgaben hat:

1) Beziehung zwischen SCM und organisatorischen Geschäftszielen;
2) Nutzung von IT, um Lieferantenbeziehungen in einer Organisation zu optimieren;
3) wie kann die IT das SCM in der Integration der Lieferketten in eine Organisation unterstützen;
4) die Wichtigkeit von Logistik und Beschaffung im SCM; und
5) Strategie für die Verbesserung des SCM in der Organisation erstellen.

Klingt nicht gerade nach Raketenwissenschaft, oder? So ist es aber mit allen strukturierten Vorgehensweisen. Sie sind in der Ausführung nur schwierig, weil sie langweilig sind. Ein funktionierendes SCM bietet keinen Raum für Feuerwehraktionen wie schnell mit dem Geschäftsauto mehrere hundert Kilometer fahren, um dringende benötigte Teile vom Lieferanten frisch ab Maschine abzuholen...

Beispiel 2: Einem Monopolisten (d. h. es gibt sonst keinen Lieferanten, der die benötigten Teile mit Alleinstellungsmerkmalen herstellen kann) vorwerfen, fehlerhafte Waren geliefert zu haben, nur damit die Chaos GmbH nicht dafür bezahlen muss, kann als Vergehen angesehen werden. Wird aber auf diesem Vorwurf rumgeritten, so grenzt es an ein Verbrechen.

In diesem speziellen Fall war dieser Vorwurf unethisch, kriminell und strunzdumm. Die Spezifikationen, was, wie, womit und mit welchen Hilfsstoffen die Waren vom Lieferanten zu fertigen sind, kamen ausschliesslich alle aus der Entwicklungs- und der Qualitätsabteilung der Chaos GmbH. Daher war es für diesen Monopolisten ein Kinderspiel, seine Unschuld zu beweisen, denn die Ware war – gemessen an diesen Spezifikationen – qualitativ hochwertig und somit einwandfrei.

Der Einkaufschef musste sich auf den Gang nach Canossa begeben und beim Lieferanten als reumütiger Bittsteller vorsprechen, damit die Chaos GmbH die dringend benötigten (und vom Lieferanten aufgrund der korrigierten Spezifikationen nachgearbeiteten) Teile bekam. Die Angelegenheit wurde aussergerichtlich geregelt, und der Lieferant stimmte zu, die Lieferungen aufrechtzuerhalten, solange die Chaos GmbH sich an die neuen Lieferbedingungen halten würde. Der Lieferant erhöhte seinen Preis für die Ware und verlangte eine 12-monatige rollierende Mengenprognose, Vorauszahlung für seine Rohstoffe, Chargenbestellungen und Lieferung in Losgrüssen (was den Bedarf der Chaos GmbH bei manchen Teilen um mehrere Wochen übertraf und die knappen Lagerkapazitäten blockierte). In einer engen Cashflow-Situation sind es genau solche Vereinbarungen, die das Herz eines jeden Finanzchefs höher und schneller schlagen lassen...

Es schien unmöglich, ein so völlig dummes Verhalten wie das oben beschriebene zu übertreffen. Dem Geschäftsführer gelang jedoch, in Absprache mit dem Einkaufschef, alle noch so unmöglich geglaubten Vorstellungen zu übertreffen. Der Geschäftsführer fasste es in seiner schieren Egomanie als persönliche Beleidigung auf, dass dieser Monopolist auf den oben genannten Lieferbedingungen bestand. Er befahl dem Einkaufschef unmissverständlich, sofort nach einem anderen Lieferanten zu suchen. Die Lieferantensuche ist ein Standardverfahren des Einkaufs. Allerdings wird diese normalerweise sofort nach Feststellung der Monopolstellung des Lieferanten gestartet und/oder Anstrengungen unternommen, solche Teile selbst zu fertigen. Es kommt vor, aber es ist kein inhärenter Bestandteil des Standardverfahrens der Lieferantensuche, was als nächstes passierte: Der Einkaufschef (sicherlich kein Vollblut-Profi aber auch kein «Experte», so, wie dieser hier im Buch definiert ist) stand unter enormem Druck, eine Alternative zu diesem einzigen Lieferanten zu finden. Er tat etwas, was zwar menschlich verständlich, aber aus unternehmerischer Sicht ein völliges «No Go!» ist. Er nahm den ersten Lieferanten, der sagte, er könne die Teile herstellen. Er tat dies, ohne zu prüfen, ob der potentielle Lieferant die Teile wirklich in der geforderten Qualität liefern konnte. Sobald der Einkaufschef dem Geschäftsführer eine «Mission erfüllt» zurief, nahm dieser das Telefon in die Hand und rief sein Gegenüber beim Monopolisten an und teilte ihm mit, wohin er seine Ware und seine neuen Lieferbedingung schieben kann. Er bedachte seinen Gesprächspartner noch mit anderen Ausdrücken bis er, von seiner aufgestauten Wut befreit, den Hörer wieder auflegte. Im Nachhinein erwies sich seine Wahl des Kommunikationsinstrumentes als ein Segen.

Natürlich konnte der neue Lieferant die Teile nicht in der geforderten Qualität produzieren, und so musste der Einkaufschef den Gang nach Canossa zum Monopolisten wieder beschreiten. Allerdings war dieser Gang etwas leichter, denn einer der Gesellschafter brachte den Geschäftsführer des Monopolisten dazu, eine persönlich vorgetragene und ehrlich gemeinte Entschuldigung des Geschäftsführers der Chaos GmbH für die Beschimpfungen am Telefon zu akzeptieren.

<u>Wie hätte diese Katastrophe verhindert werden können?</u> – Ganz einfach durch die Vermeidung schäbiger Taschenspielertricks für einen höchst unwahrscheinlichen und sehr kurzen Zeitvorteil. Ausserdem sollte ein Einkaufschef, der von einem Monopolisten A-Teile bezieht, ganz dringend zum Psychologen und/oder einen «Grundkurs: Einkauf» belegen. Na, und dann ist ja da noch die Sache, dass der Geschäftsführer ausfällig wird … Ich mache keinen Unterschied, ob er gegen Mitarbeitende oder Externe ausfällig wird, es ist die absolut unterste Schublade. Es zeigt aber ganz deutlich, dass er ein sehr ernstes Problem mit Respekt und Anmassung gehabt hat. Den Bückling vor dem Geschäftsführer des Monopolisten machen

zu müssen, hatte er übrigens nicht gut vertragen: er liess seine Stimmung an allen aus, die seinen Weg in den nächsten Tagen kreuzten.

Dieses Beispiel lässt mich wieder fragen, ob ein solcher Wahnsinn Methode hatte: War es das Ergebnis völliger Ignoranz und völliger Inkompetenz oder böswilliger Absicht, die Chaos GmbH vollständig zu zerstören?

Als Faustregel gilt, dass A-Teile (dies sind entweder teure oder schwer zu beschaffende Teile, die für die Herstellung von Fertigwaren im Unternehmen unbedingt erforderlich sind) von drei Lieferanten geliefert werden sollten, wobei der erste Lieferant 50 %, der zweite 35 % und der dritte 15 % der benötigten Menge liefert. Die Lieferanten von A-Teilen müssen auch regelmässig von den Abteilungen Einkauf und QM auditiert werden, um sicherzustellen, dass sie auf Zack sind. Mittelständische Unternehmen können auch den Hauptlieferanten bitten, ihnen einen *Resident Engineer* zur Verfügung zu stellen. Dieser ist beim Lieferanten angestellt, hat aber seinen Schreibtisch beim Kunden. Meistens sitzen solche Ingenieure in der Entwicklungsabteilung und informieren sich eingehend über neue Entwicklungen und neue Designs. Sie dienen auch als Sparringspartner für die Ingenieure und Designer der Entwicklungsabteilung. Diese für beide Seiten vorteilhafte Zusammenarbeit hilft dem Lieferanten zu verstehen, was einer seiner Hauptkunden vorhat, und sich auf die Herstellung von Prototypen, neuen Produktionsprozessen, Werkzeugen, Materialien usw. vorzubereiten.

Natürlich sprechen diese *Resident Engineers* auch mit anderen Abteilungsleitern, Mitarbeitenden und idealerweise mit dem

Supply Chain Manager (der in jedem KMU mit einem Personalbestand > 200 ein «Muss» sein sollte), der alles über die Hauptprodukte des Unternehmens wissen sollte und was die wichtigsten Projekte der Entwicklungsabteilung sind.

<u>Beispiel 3</u>: Die Reduzierung des Sicherheitsbestandes auf null, um den Lagerbestand zu senken und damit einen Cashflow zu generieren, erinnert stark an die Mitglieder der *Shinpu Tokobetsu Kogekitai* Luftwaffeneinheit während des Zweiten Weltkriegs. Sie sind besser bekannt als Kamikaze-Flugzeugpiloten. Die Kamikaze-Methode und Methode der Reduzierung des Sicherheitsbestandes auf null haben zumindest eines gemeinsam: Sie sind beide Verzweiflungstaten. Wenn also diese Methoden fehlschlagen, ist alles verloren.

Als ich zum ersten Mal von dieser Entscheidung des Einkaufschefs erfuhr, dachte ich, mein Informant würde mich veralbern. Als der Produktionschef dies als Tatsache bestätigte, lud ich den Einkaufschef zu einem beabsichtigen Verhör in mein Büro ein. Der Einkaufschef war an einem Verhör nicht interessiert, also gab er sofort zu, die Anweisung gegeben zu haben, die Sicherheitsbestände auf null zu reduzieren. Bevor ich fragen konnte, was ihn dabei geritten hatte, sagte er:

« Herr Carter, ich weiss, es ist eine idiotische Entscheidung. Es wurde von einem der Berater vorgelegt, die im Schlepptau des Geschäftsführers kamen. Ja, ich weiss, ich hätte alles unternehmen sollen um dies zu verhindern. Aber der Big Boss drohte mich zu entlassen. Und in meinem Alter werde ich keinen anderen Job wie diesen finden. Ausserdem betrug der Lagerbestandswert atemberaubende 50 % des Jahresumsatzes – über den grossen Daumen Berechnungen ergaben, dass 5 %

ausreichen würden, um die Chaos GmbH am Laufen zu halten. Die Mitglieder des Beirats sahen den Lagerbestand plötzlich als Füllhorn. Deshalb gaben sie auch sofort grünes Licht für diese absurde Idee.»

Ich starrte ihn nur an und versuchte, einen Sinn für das zu finden, was er gerade gesagt hatte – «*...5 % ausreichen...*» Natürlich reichen 5 % des Jahresumsatzes als Lagerbestand aus! Aber nur unter der strikten Bedingung, dass das richtige Material an Lager ist. Wobei sich «richtige» auf die Materialbedarfe der offenen Aufträge bezieht. Das ist aber in 99.99999 % der Unternehmen nicht der Fall. Somit sind solche Berechnungen akademischer Natur und in der Praxis völlig unbrauchbar! Er schien meine Verwirrung zu geniessen, denn er fuhr fort:

«*Wussten Sie übrigens, dass der Assistent dieses Beraters eine Prognose erstellt hatte, welche wichtigen Teile regelmässig bestellt werden müssen? Anstatt uns seine Ergebnisse zur Überprüfung zu geben, unterzeichnete er entsprechende Vereinbarungen mit Lieferanten.*» Ich schüttelte den Kopf und deutete an, dass ich diese fantastische Geschichte noch nicht gehört hatte. «*Nein? Nun, der Finanzchef hat gerade eine Rechnung für die Aufbewahrung dieser Artikel in einem Konsignationslager bei den Lieferanten von £70,000 erhalten. Und das ist noch nicht alles*», fuhr er fort, bevor ich etwas einwerfen konnte, «*diese besagten Artikel werden, bei gegenwärtigem Verbrauch, für etwa 40,000 Jahre reichen. Ja, vierzigtausend Jahre. Der Assistent nahm für seine Berechnungen nicht die Zahlen, die den Verbrauch dieser Artikel angaben, sondern fälschlicherweise die Teilenummern dieser Artikel...*» – Ich war für den Rest des Tages sprachlos...

Wie hätte diese Katastrophe verhindert werden können? – Ganz einfach, indem man sich die langfristigen Auswirkungen der eigenen Entscheidungen vor Augen hält, wartet und dann, um Schaden vom Unternehmen abzuwenden, eine andere Vorgehensweise ergreift, um die gleichen Ziele zu erreichen. Sicherheitsbestände im ERP-System wurden für alle Vorratsteile automatisch auf null gesetzt. Es hätte ausgereicht, die Sicherheitsbestände an «B»- und «C»-Teilen auf null zu setzen. Diese Arten von Teilen können zu einem relativ niedrigen Preis von einer Vielzahl von Lieferanten bezogen werden. A-Teile hingegen sind teuer, haben eine lange Lieferzeit und sind nur aus wenigen Quellen erhältlich.

Zugegeben, der schnellste und grösste Cashflow-Effekt ergibt sich aus A-Teilen. Aber Leute, es macht überhaupt keinen Sinn, zu versuchen schnelles Geld zu machen, wenn damit die Existenz des Unternehmens gefährdet wird!

Ein praktikabler kurzfristiger Ansatz wäre eine Kombination aus

1) vom Lieferantenverwalteter Lagerbestand;
2) Konsignationslager beim Lieferanten;
3) Just-in-time-Lieferungen; und
4) *Make* statt *Buy*, d. h. A-Teile (wenn möglich, natürlich) in die Eigenfertigung übertragen.

Ja, eine solche Methode erfordert etwas Gehirnschmalz und Sitzfleisch sowie Koordination und Organisation mit den Lieferanten. Aber die Mühe hätte sich gelohnt. Auf lange Sicht hätte die Entwicklungsabteilung die A-Teile umkonstruieren können, um die Variabilität auf ein Minimum zu reduzieren und damit die Lagerbestände zu reduzieren.

Ich habe bereits über den negativen *Lopez-Effekt* geschrieben (Lieferanten gehen aufgrund erzwungener Preissenkungen pleite). Aber es gibt auch einen positiven *Lopez-Effekt*. Ja, es ist von derselben Person: José Ignacio López de Arriortúa. Die Senkung der Lieferantenpreise führte zu positiven Auswirkungen auf die Gesamtkostenbasis der Automobilhersteller. Ein Teil dieser Gesamtkostenbasis ist auf reduzierte Lagerbestände, reduzierte Teilevielfalt, Just-in-time-Produktion usw. zurückzuführen – ich war ja nicht dabei, als der «Experte» die Reduzierung der Sicherheitsbestände auf null vorschlug, wenn er hierbei mit dem positiven *Lopez-Effekt* argumentierte – was der Einkaufschef aufgeschnappt haben möchte – so ist sein völliges Unverständnis an den Grundlagen der Beschaffungs- und des Bestandsmanagements sichtbar.

3.9. Der Produktionschef

Wie hat der Produktionschef dazu beigetragen, dass die Chaos GmbH ihrem Namen gerecht wurde?

1) indem er dem Geschäftsführer schmeichelte (das amerikanische BNTBG – *brown-nosing-the-big-guy* ist halt in Deutsch schwer zu erreichen ...);
2) indem er es an Professionalität mangeln liess und nur die Befehle seines Chefs ausführte;

3) indem er alle Fehler seinen Mitarbeitenden in die Schuhe schob;
4) indem er sich nicht um make/buy-Optionen kümmerte;
5) indem er auf «optimale» Produktionschargen beharrte und dabei Überproduktion auf Lager in Kauf nahm;
6) indem er nicht darauf bestand, ein Mitspracherecht bei der Auswahl der Produktionsausrüstung zu haben (um z. B. make/buy-Optionen optimieren zu können);
7) indem er die Wartung von Maschinen und Anlagen aufgrund von Kostensenkungen vernachlässigte;
8) indem er Materialwechsel aufgrund von Kostensenkungen zuliess, obwohl sie Probleme an den Maschinen verursachten; und
9) indem er Maschinenbediener mit statistischen Datenanforderungen überlastete.

Beispiele aus der Praxis der oben genannten Beiträge des Produktionschefs und ihre Auswirkungen auf die Chaos GmbH:

Beispiel 1: Maschinen, Anlagen, Werkzeuge, Vorrichtungen und dergleichen durch Verkäufer bestimmen zu lassen, ist entweder ein Zeichen von Gleichgültigkeit oder Inkompetenz des Produktionschefs. Die Chaos GmbH kaufte die Maschinen und Anlagen von verschiedenen Lieferanten, die zufällig Kunden waren oder Kunden wurden, weil der Verkaufschef und/oder Geschäftsführer einen «wenn Du von mir kaufst, kauf ich von Dir»-Deal eingefädelt hatten. Diese komische Verkaufsstrategie – leider selbst in gut geführten KMU nicht unbekannt – wirkt sich unmittelbar auf die Instandhaltung, die

Besetzung der Maschinen, die IT/MCS und die Gesamtanlageneffektivität (OEE) aus.

Warum auf Wartung? – Maschinen unterschiedlicher OEMs warten zu müssen, stellt selbst für hervorragend organisierte KMU eine fast unerträgliche (und vor allem völlig unnötige) Belastung dar. In der Instandhaltung werden in der Regel wichtige Ersatzteile, die die Maschinenbediener und/oder Instandhaltungsmitarbeitende selbst wechseln können, auf Lager gehalten. Es ist sehr selten, dass solche wesentlichen Teile zwischen verschiedenen Gerätemarken austauschbar sind. Daher muss die Instandhaltung für jede Maschinenmarke die gleichen wesentlichen Teile auf Lager halten. Das belastet nicht nur den Cashflow, sondern auch die Lagerfläche. Eine Vielzahl von Maschinenmarken eliminiert auch jede Hebelwirkung, die eine Instandhaltungsabteilung auf den Maschinenlieferanten haben könnte, falls die Maschine ausfällt und/oder von den Wartungsarbeitern des Lieferanten gewartet werden muss.

Warum personell? – Es ist schwieriger, Maschinenbediener auf einer Vielzahl von Maschinen verschiedener Anbieter zu schulen als auf Maschinen eines Lieferanten. Es verhindert in der Regel auch die Ausbildung von Mehrmaschinenbedienern, d. h. Maschinenbedienern, die an mehreren Maschinen arbeiten können. Bei KMU ist dies absolut notwendig, da die Maschinen in der Regel nicht 24/7 laufen. Daher sollten Maschinenbediener in der Lage sein, an so vielen Maschinen wie möglich zu arbeiten, um zumindest eine akzeptable OEE zu erhalten.

Warum auf IT/MCS? – Die Synchronisierung unterschiedlicher Maschinensteuerungssoftware für die Datenprotokollierung ist äusserst schwierig und kostspielig. Die Datenübertragung von CAD zu computergestützten Fertigungssystemen ist ohne manuelle Eingriffe an der einen oder anderen Stelle nahezu unmöglich. Und das (manuelle Eingriffe) sind die grössten Fehlerquellen überhaupt.

<u>Wie hätte diese Katastrophe verhindert werden können?</u> – Ganz einfach, indem man Manns genug ist, um zu sagen: «*NEIN! Auf keinen Fall! Nur über meine Leiche!*» oder irgendeinen anderen Ausdruck, der die Entschlossenheit zeigt, unausgegorene Ideen abzuwehren. Den Weg des geringsten Widerstandes zu gehen, bringt auch für andere Abteilungen den Untergang. Der beste Ansatz besteht darin, die Abteilungen ihre Sachen selber machen zu lassen und sicherzustellen, dass die Schnittstellen zwischen den Abteilungen wie Wirths Modula sind. Eine von Prof. Dr. Nikolaus Wirth Ende der 70er Jahre an der ETH Zürich entwickelte Programmiersprache, die Legosteine® nachahmt. Individuell und unabhängig codierte Software wird als «Modul» bezeichnet (daher der Name «Modula»). Ein solches Modul kann beispielsweise eine «Rechtschreibprüfung» sein, die dann für Textverarbeitungssoftware, Tabellenkalkulationen oder in jeder anderen Software, für die eine Rechtschreibprüfung erforderlich ist, verwendet werden kann. Diese Module können dann zu einer grösseren, komplexeren Software zusammengefügt werden, genau wie das Zusammenfügen von Legosteinen®, um ein Haus oder ein Auto oder was auch immer zu bauen. Es war wirklich so einfach zu handhaben, dass sogar meine Textverarbeitungssoftware, welche ich während meines

Studiums an der Universität Zürich mit Modula programmieren musste, funktionierte...

In einer arbeitsteiligen Gesellschaft sind Unternehmen gut beraten, ihre Abteilungen mit Fachleuten zu besetzen, damit sie in jeder Abteilung die bestmögliche Leistung erzielen. Ein QMS stellt die Schnittstellenprozesse und -verfahren zwischen diesen Abteilungen sicher, damit das Unternehmen reibungslos läuft. Selbstverständlich stellt es auch die Prozesse und Abläufe mit den Abteilungen für eine effiziente Gesamtleistung zur Verfügung.

Profis lassen sich im Gegensatz zu «Experten» (bekannt als Erfüllungsgehilfen der staatlichen Mainstream-Medien) nicht von Ideologie und/oder eigennützigen Geschäftsführern kompromittieren, sondern wissen, was sie tun müssen, und tun dies im besten Interesse und zum besten Nutzen des Unternehmens.

Beispiel 2: Kanban wurde von Taiichi Ohno in den 1940er Jahren (jüngeren Lesern sei gesagt, dass Computer etwa 40 Jahre später kamen) als einfaches Planungswerkzeug, um Arbeit und Inventar in jeder Phase des Herstellungs- und Montageprozesses optimal steuern und verwalten zu können, erfunden. Kanban besticht durch seine Einfachheit: mit drei Karten (grün, gelb und rot), auf die die Anzahl (basierend auf den Verbrauch) der zu produzierenden und/oder zu bestellenden Teile gedruckt ist, lassen Produktion und Montage reibungslos organisieren.

Der Chaos GmbH gelang es, dieses einfache System zu «verbessern», indem es fast 2.000 Kanban-Teileübergabestationen in einer 30.000 m² grossen Produktionsstätte (d. h. eine Übergabestation alle 15 m²; die Grösse eines durchschnittlichen Schlafzimmers) mit fast 5.000 Teilen einrichtete. Um die Vorzüge des «Kanban-System der Chaos GmbH» noch weiter auszuführen, sei mitgeteilt, dass weder der Einkauf noch die Logistik wussten, wie Kanban-Teile aufgefüllt wurden. Auch hier bestätigt die Ausnahme die Regel: Einige Lieferanten füllten, vertragsgemäss, ihre Kanban-Behälter regelmässig und unaufgefordert auf. Kanban im Sinne des Erfinders ist aber ein Selbststeuerungsinstrument und hat somit mit Regelmässigkeit reichlich wenig zu tun, denn richtige Kanban-Teile müssen spätestens produziert/bestellt werden, wenn die rote Karte in der Produktion oder Beschaffung auftaucht. Dies kann jede Woche für ein paar Monate und dann vierteljährlich für Jahre passieren. Es würde den Rahmen dieses Buches sprengen, hier die richtige Verwendung von Kanban zu definieren. Soviel sei aber gesagt, dass (traditionelles) Kanban nur für Teile mit schwankendem Verbrauch verwendet werden sollte. Da die Chaos GmbH eine Aversion gegen funktionierende Systeme zu haben schien, wurden die Kanban-Auffüllungsverträge mit den oben erwähnten Lieferanten aus Kostengründen gekündigt. Schilda lässt grüssen …

<u>Wie hätte diese Katastrophe verhindert werden können?</u> – Ganz einfach, indem man sich an die traditionelle Definition von Kanban hält und sie dort einsetzt, wo es angebracht ist, und andere Methoden der Produktionsplanung/Beschaffung für andere Anforderungen einsetzt. Kanban kann, sofern es richtig eingerichtet wird und das Setup nicht oft geändert wird, als Allheilmittel für eine chaotische Produktion/Beschaffung eingesetzt werden.

Für alle Leser, die sich als Kanban-«Experten» bezeichnen: Ich verwende bewusst den traditionellen Kanban-Ansatz. Teile, die mit einer gewissen Regelmässigkeit benötigt werden, werden automatisch bestellt/produziert. Eine automatisierte Bestellung ist kein Kanban. Der phänomenale Erfolg des traditionellen Kanban inflationierte den Begriff «Kanban» so, dass es heute fast für jedes Beschaffungs- und Produktionssteuerungssystem als Namensgeber herhalten muss. Dies ist sehr bedauerlich, denn als Kanban bezeichnete, nicht-funktionale Systeme hatten eine negative Rückkoppelung auf das traditionelle Kanban. Darum ist es immer zweckmässig, unterschiedlichen System auch unterschiedliche Bezeichnungen zu geben.

Hier sind drei Beispiele, bei denen das verwendete System Kanban heisst, aber es so zu nennen, ist nur in einem Fall korrekt (Zara). Die anderen Systeme sind «Workflow und Dashboard» (Pixar) und «Dashboard» (Spotify):

> *1) Pixar wurde stark von dem ursprünglichen Kanban-System inspiriert, das innerhalb des Toyota-Produktionssystem implementiert wurde, mit der Ausnahme, dass der Prozess im Fall von Pixar weitaus mehr Kreativität erforderte. Für Pixar war es entscheidend, dass jeder Film in der richtigen Reihenfolge gedreht wurde, was bedeutete, dass er nach Abschluss eines Prozesses an das nächste Team weitergegeben wurde. Um dies zu erreichen, wurde ein High-Level-Kanban-Board verwendet. Es gab auch allen beteiligten Teams eine gute Übersicht, da sie zu jedem Zeitpunkt des Prozesses sehen konnten, was jeder tat. Darüber hinaus*

wurden sie darauf aufmerksam gemacht, wie sich ihre Arbeit auf die anderen Teammitglieder auswirkte.

2) *Spotify fing an Kanban zu benutzen, nachdem es die Schwierigkeiten mit dem Zeitmanagement für ihre geplanten Projekte nicht lösen konnte. Die Methode von Spotify basierte auf der Einführung eines einfachen Kanban-Boards mit drei vertikalen Spalten: «Zu machen», «In der Mache» und «Gemacht». Es gibt auch zwei horizontale Spalten mit konkreten Aufgaben, wie z. B. der Planung einer Servermigration und dem Entwerfen von Datenbanken. Spotify kategorisierte seine Arbeit in drei separate Kategorien von Jobs: klein, mittel oder gross. Kleine Aufgaben würden einen Tag dauern, mittelgrosse ein paar Tage und grosse Jobs Wochen. Grössere Aufgaben wurden in kleine, mittlere und grosse Aufgaben aufgeteilt und nahtlos in das Kanban-Board eingefügt. Dies trug dazu bei, dass auch alle immateriellen Aufgaben erledigt wurden.*

3) *Zara, der grösste Modehändler der Welt, hat Kanban-Systeme seit vielen Jahren ausprobiert und getestet. Um im Moderennen die Nase vorn zu haben, hat Zara seine Modekollektionen kontinuierlich aktualisiert, indem es einen niedrigen Lagerbestand hält. Kanban-Systeme werden direkt von der Filialebene aus bedient. Filialleiter sind für ihr Kanban verantwortlich. Bestellungen werden zweimal pro Woche an die Zentrale gesendet, basierend auf den aktuellen Verkaufsdaten. Darüber hinaus sind die Renner, die von treuen Kunden stark nachgefragt werden, Teil der Liste. Das kaufmännische Team bearbeitet die Bestellung unter Berücksichtigung der beliebtesten*

Bekleidungstrends. Neue Kleidungsstile werden der Bestellung hinzugefügt und in nur zwei Tagen in die Filialen geliefert!

<u>Beispiel 3</u>: In der Luftfahrt bezieht sich eine Lehrbuch-Landung auf die perfekte Art, ein Flugzeug zu landen. Im Schulunterricht verhindert der Lehrbuch-Ansatz den individuellen Lernstil und/oder vernachlässigt die Interessen eines Kindes und verhindert originelles und unabhängiges Denken. Hier stelle ich ein Lehrbuch-Beispiel (wie im Schulunterricht) vor, wie ein Produktionschef seine Abteilung nicht leiten sollte.

Bei der Mitarbeiterführung geht es nicht darum, Ihr Fachwissen zur Schau zu stellen, indem Sie komplizierte mathematische Gleichungen präsentieren, langatmige Passagen aus Ihren Lieblingslehrbüchern rezitieren, Mitarbeitende mit mehr als 60-seitigen PPPs langweilen, die Maschinen bedienen oder in der Endmontage arbeiten und andere solche Sachen, die das einzige Ziel haben, jedem zu zeigen, wie schlau Sie sind. Es sei denn, Sie als Produktionschef leiden unter Narzissmus, wie die böse Königin in *Schneewittchen und die sieben Zwerge* von den Brüdern Grimm, die sagte: «*Spieglein, Spieglein, an der Wand, wer ist die Schönste im ganzen Land?*». Natürlich wird im Falle eines narzisstischen Produktionschefs «Schönste» durch «Schlauste» ersetzt. Seine ausgefeilten PPPs, gespickt mit hochtrabenden Fremdwörtern und Formeln fortgeschrittener Mathematik, waren vielleicht gar nicht für die Mitarbeitenden bestimmt, sondern eine Eigen-Werbekampagne für die Beiräte. Jedem Abteilungsleiter war ein Beirat zugewiesen, der die lernwilligen Manager in gutmütiger, väterlicher Weise bevormundete. Der Mentor des Produktionschefs war immer entzückt über diese Präsentationen, die überhaupt keinen praktischen Nutzen hatten.

Die Beiräte waren alle aktuelle oder ehemalige Mitarbeitende multinationaler Unternehmen. Daher schwelgten sie in ausholenden PPP und waren hingerissen von theoretischen Methoden, die in einem KMU überhaupt keinen Nutzen hatten – nicht einmal pädagogischen. Sie stachelten den Produktionschef sogar an, diese Präsentationen regelmässig zu aktualisieren. Interessanterweise wiesen mich genau diese Leute darauf hin, dass dem Produktionschef jeglicher Pragmatismus fehlte. Gebetsmühlenartig wiederholten sie das Mantra «*Leider hat es die Chaos GmbH nie geschafft, von einem Handwerksbetrieb in einen Industriebetrieb zu mutieren*». Die offensichtliche Vorliebe der Beiräte für realitätsferne Ansätze lässt mich bis heute rätseln, warum zwei, drei Wochen vor dem Ende meiner Zeit bei der Chaos GmbH der Vorsitzende des Beirats mich aufforderte: «*Bringen Sie etwas von Ihrem ausgezeichneten Pragmatismus dem Produktionschef bei!*» Nun, der Vorsitzende und mit ihm der gesamte Beirat hatten immer schon ein amerikanisches Verhalten an den Tag gelegt – zumindest im Sinne, wie Winston Churchill die Bewohner der ehemaligen Kolonien sah: «*Man kann sich immer darauf verlassen, dass die Amerikaner das Richtige tun – nachdem sie alles andere versucht haben.*»

Das war in der Tat ein vernichtendes Kaikaku, denn der scholastische Ansatz des Produktionschefs war eine grobe Abweichung von den gewöhnlichen Führungs- und Schulungsarten in KMU. Mitarbeitende, Management, Beiratsmitglieder und sogar einige Gesellschafter waren sich über den Produktionschef einig: Er würde in jeder akademischen Institution einen hervorragenden Dozenten abgeben.

Wie hätte diese Katastrophe verhindert werden können? – Ganz einfach durch das Eingeständnis, dass sowohl der Produktionschef als auch die Mitglieder des Beirats völlige Fehlbesetzungen waren. Allerdings ist dies sicher zu viel verlangt. Realistische Selbstwahrnehmung ist schwer zu erreichen, weil das eigene Ego eine klare Sicht auf sich selbst verzerrt. Auch Beobachtungen von Familienmitgliedern, Freunden und Bekannten werden selten ehrlich an die Person weitergegeben, die um Feedback über sich selbst bittet. Das liegt an einem komplizierten inneren mentalen Hin-und-Her- Prozess, bei dem man die Gefühle des anderen nicht verletzen will, aber dennoch versucht, Fragen ehrlich zu beantworten. Das Ergebnis ist in der Regel Kauderwelsch, was die Person, die um ehrliches Feedback gebeten hat, weiter verwirrt.

Was auch immer man über sich selbst denkt oder was andere denken, entscheidend für den Erfolg ist der eigene Führungsstil als Kader-Manager. Der Produktionschef im obigen Beispiel hatte einen fast ausschliesslich idealistischen Führungsstil (einschliesslich Fragen an seine ihm direkt unterstellten Mitarbeitenden wie «*Ich heisse Paul. Du heisst Jakob, richtig? Kann ich Dich Jakob nennen? Dann kannst Du mich Paul nennen*»), was sich auf die Leistung seiner Abteilung abfärbte. Hätte er einen pragmatischeren Ansatz versucht, hätte er die Durchlaufzeiten um mehrere Wochen verkürzen können, was ich ein paar Wochen nach meiner Ankunft bei der Chaos GmbH erreichte. Deshalb bat mich der Vorsitzende des Beirats etwas von meinem Pragmatismus an den nicht-pragmatischen

Produktionschef weiterzugeben. Ich gebe gerne zu, dass ich diesem Unterfangen nur sehr wenig Erfolgschancen einräumte. Mitarbeitende, die meinen Versuch beobachteten, ihm eine etwas praktischere Sichtweise beizubringen, warteten, bis ich allein war, kamen auf mich zu und sagten: «*Robert, versuchst du gerade die Quadratur des Kreises?!*», während andere sagten: «*Robert, du bist so bodenständig. Dein Versuch, Paul Pragmatismus beizubringen, ist ein Paradoxon.*»

Der Leser kann selbst herausfinden, ob er ein pragmatischer oder idealistischer Kader-Manager ist. Das Ideale (kein Wortspiel beabsichtigt) ist natürlich eine Mischung aus beiden Führungsstilen:

1) Pragmatische Kader-Manager denken praktisch. Ihre oberste Priorität und ihr Hauptaugenmerk sind die Prozesse hinter jeder Aufgabe und wie man das Team dazu bringt, die anstehende Arbeit effizient zu erledigen, einschliesslich der Beseitigung von Schwierigkeiten und Hindernissen für Mitarbeitende aus dem Weg räumen. Somit sind Menschen mit diesem Führungsstil Macher und ermutigen andere, auch Macher zu sein.
2) Idealistische Kader-Manager konzentrieren sich auf die grosse Idee, haben Visionen über die Zukunft (Helmut Schmidt, ehemaliger deutscher Bundeskanzler, witzelte einst: «*Wenn Sie Visionen haben, sollten Sie einen Arzt aufsuchen*») und sind hauptsächlich um das Endergebnis besorgt und kümmern sich weniger darum, wie man dorthin kommt.

Ein typisch idealistischer Ansatz wurde von Antoine de Saint-Exupéry (einem französischen Schriftsteller und Piloten) vorgeschlagen, als er sagte: «*Wenn Sie ein Schiff bauen wollen, trommeln Sie keine Leute zusammen, um Holz zu sammeln, und weisen Sie ihnen keine Aufgaben und Arbeiten zu, sondern bringen Sie ihnen bei, sich nach der endlosen Unendlichkeit des Meeres zu sehnen*». Mit einem solchen idealistischen Führungsansatz lassen sich Holzflösse und Baumkanus (mit denen vor Hunderttausenden von Jahren unsere Vorfahren – nicht einmal *Homo sapiens* – die Ozeane erkundeten, indem sie zum Beispiel nach Australien reisten, oder, wie Archäologen zeigten, *Homo erectus* vor mindestens 130.000 Jahren das Mittelmeer besegelte) oder sogar Wikingerschiffe, wie das von Leif Ericson (der, basierend auf der Saga von Erik dem Roten, Segel setzte und auf einem felsigen Abschnitt von Labrador und später an den Sandstränden von Neufundland landete) sicherlich bauen.

Beim *Seven Seas Explorer* – gebaut vom italienischen Schiffbauer *Fincantieri*, im Besitz der *Norwegian Cruise Line Holdings* und betrieben von *Regent Seven Seas Cruises* – führt nur ein pragmatischer Führungsansatz zum Erfolg.

Kapitel 4

Die Beispiele aus der Praxis in Kapitel 3 haben gezeigt, welche katastrophalen Folgen grobe Nachlässigkeit, blinde Obrigkeitshörigkeit und überhebliche Arroganz auf ein Unternehmen haben können. Jedes Unternehmen wird untergehen, wenn grundlegende betriebswirtschaftliche Prozesse und Abläufe von den Verantwortlichen über einen langen Zeitraum vernachlässigt werden. Deshalb müssen Gesellschafter, Beiräte, Kade und Betriebsratsmitglieder Farbe bekennen und für und mit dem Unternehmen, spätestens sobald es in Schieflage gerät, kämpfen. Wenn es, aus welchem Grund auch immer, Uneinigkeit zwischen den oben genannten Parteien gibt, wird das Unternehmen im Strudel der Meinungsverschiedenheiten den Bach runtergehen.

KMU sind anfälliger für Scheitern als grössere Unternehmen oder gar multinationale Konzerne. Letztere haben strenge Regeln und Vorschriften, können es sich leisten, Mitarbeitende im Handumdrehen zu ersetzen, und können sich, wenn es hart auf hart kommt, immer darauf verlassen, dass die Regierung sie aus fast allen Schwierigkeiten rettet, nur weil sie zu gross sind, um zu scheitern. KMU stützen sich auf den Gründer, den Eigentümer und eine Handvoll wichtiger Mitarbeitender. Regeln und Vorschriften werden hauptsächlich nur eingeführt, um einen Meilenstein in der Entwicklung des Unternehmens zu signalisieren oder auf Geheiss eines grossen Kunden. Mitarbeitende können nicht (auf jeden Fall sollten sie nicht) aus einer Laune heraus entlassen werden, weil es schwierig sein könnte, einen Ersatz zu finden. Die Ausbildung für den Job könnte zu viel Zeit in Anspruch nehmen oder im Unternehmen beschäftigte Familienmitglieder könnten aus Protest kündigen. Kurze Entscheidungswege können zu Schnellschuss-Entscheidungen verleiten. Wenn es hart auf hart kommt, sind die einzigen Personen, die das Unternehmen retten können, seine Gesellschafter, Banker oder Finanzinvestoren, Letztere zu Wucherzinsätzen und/oder nur gegen Beteiligung am Unternehmen.

Es gibt natürlich Glück und Unglück, wo sich Letzteres in Murphys Gesetz widerspiegelt («*Was schief gehen kann, wird schief gehen*» – oder die längere und angeblich Originalversion, «*Wenn es mehr als einen Weg gibt, einen Job zu erledigen, und einer dieser Wege zu einer Katastrophe führen wird, dann wird er diesen wählen*») und Ersteres in Yhprums Gesetz («*Alles, was funktionieren kann, wird funktionieren*» – oder die längere Version, «*Manchmal funktionieren Systeme, die nicht funktionieren sollten, trotzdem oder zumindest ziemlich gut*»). Während das Unglück jedoch ein siamesischer Zwilling zu sein scheint, ist das Glück ein launenhafter Begleiter durch das Leben. Daher ist es möglicherweise nicht ratsam, sich auf das Glück zu verlassen, wenn das Wohlergehen eines Unternehmens (und seiner Mitarbeitenden) auf dem Spiel steht.

Es gibt auch die Begriffe Rationalität/Logik/System und Irrationalität/Intuition/Chaos, wo Letztere nichts anderes bedürfen als Stimmungsschwankungen, um wichtige Entscheidungen hin und her umzukehren, während erstere eine Menge Datenerfassung und -analyse erfordern, um den besten Weg nach vorne zu finden. In einem KMU ist das Verhältnis in der Regel 20:80 und in einem multinationalen Unternehmen 80:20. Beide Arten von Unternehmen versuchen ihre jeweiligen Verhältnisse in Richtung 50:50 zu drücken, weil multinationale Unternehmen sich in der Regel als zu sklerotisch empfinden und KMU sich als viel zu flatterhaft wahrnehmen. QMS können beiden Typen helfen, Fortschritte in Richtung dieses Ziels zu unternehmen. Insbesondere *Kaizen*, ein integraler Bestandteil jedes modernen QMS, ist fast ein sprichwörtliches Allheilmittel, um Diskrepanzen in aktuellen und angestrebten Stadien zu überwinden. *Kaizen* mit seinem Winzige-Schritte-Ansatz kann nicht vorgeworfen werden, jemanden aus seiner Komfortzone zu reissen, sondern sorgt für eine allmähliche Verbesserung jeder Situation.

Kaizen hilft auch Management und Mitarbeitende auf Trab zu halten und dadurch «ständige Wachsamkeit» zu üben, dass nicht nur das Schlagwort von Alastor 'Mad-Eye' Moody aus den Harry-Potter-Büchern bleiben sollte, sondern in aller Munde sein muss, um besser für das Unvorhersehbare gewappnet zu sein. Nicht erst seitdem Yogi Berra (ein Baseball spielender Philosoph oder ein philosophierender Baseballspieler) witzelte wissen wir, dass es schwierig ist, Vorhersagen zu treffen, insbesondere über die Zukunft. Daher hilft ständige Wachsamkeit wirklich störende Überraschungen und unerwünschte Ereignisse weitestgehend zu verhindern.

Alles Glück, rationales Denken, Logik, Systemaufbau, *Kaizen* und ständige Wachsamkeit sind jedoch umsonst, wenn Menschen nicht auf die eine oder andere Weise miteinander kommunizieren oder wichtige Informationen teilen. In Johannes 1,1 lesen wir: «*Am Anfang war das Wort [...]*» Und in Mose 1,3 sagt Gott: «*Es werde Licht*». Die Zeitlinie ist hier ein bisschen verdreht, ich weiss, weil Johannes das Neue Testament ist und die Genesis das Alte Testament. Johannes

1,1 in voller Länge («*Am Anfang war das Wort, und das Wort war bei Gott, und das Wort war Gott*») löst diese Verzerrung im Zeitkontinuum jedoch auf. Ohne Worte gäbe es also nichts, oder? Auch wenn Worte die Quelle von allem sind, sollten sie zu allen Zeiten in homöopathischen Mengen verwendet werden. Da es nicht immer einfach zu erkennen ist, was wichtige Informationen und was nur Geschwätz ist, kann es hilfreich sein, mit ZDF (Zahlen, Daten Fakten, also das Gegenteil vom Zweiten Deutschen Fernsehen…) zu sprechen, um einen Unterschied zu Geplapper zu machen. Wenn die Datenqualität zu wünschen übriglässt, so teilt man nur seine Meinung mit. (Anmerkung für die Ausgabe in deutscher [Schweiz] Sprache: Mit der Endung «-ung» bekommt das Possessivpronomen «mein» Substanz… es gibt aber keine «Deinung», «Seinung» etc. interessant, oder?)

All dies, einschliesslich der Kommunikation mit Qualitätsdaten, kann immer noch Chaos verursachen, wenn man es an Selbstdisziplin mangeln lässt, was laut Harvey A. Dorfman wie folgt definiert wird:

«*Selbstdisziplin ist eine Form der Freiheit. Freiheit von Faulheit und Lethargie, Freiheit von den Erwartungen und Forderungen anderer, Freiheit von Schwäche und Angst und Zweifel. Selbstdisziplin ermöglicht es einem Menschen, seine Individualität, seine innere Stärke, sein Talent zu spüren. Er ist der Herr und nicht der Sklave seiner Gedanken und Emotionen.*»

Der wichtigste Teil der Selbstdisziplin, in dem sich jeder auszeichnen sollte, ist die Unterscheidung zwischen Geschäft und Freizeit: Bei der Arbeit gilt es, sich auf diese zu konzentrieren und private Meinungsäusserungen auf ein Mindestmass zu beschränken, da der Arbeitgeber ja nicht für private Plaudereien bezahlt – oder würden Sie gerne jemanden bezahlen, der nicht das tut, was er sollte? Wie die Freizeit verbracht wird, ist jedem anheimgestellt, zumindest bis zur Einführung des Sozialkreditsystems…

Lassen Sie uns anschauen, was in den fünf Zyklen eines Unternehmens gemacht werden kann: (4.1.) Start-up, (4.2.) Wachstum, (4.3.) Reife, (4.4.) Übergang und (4.5.) Nachfolge.

4.1. Start-up

Bei der Grundsteinlegung Ihres Unternehmens kann Einiges schief gehen. Gründen Sie alleine? Gründen Sie mit jemandem zusammen? Nehmen Sie bei der Gründung externe Hilfe in Anspruch? Dies sind nur einige der Fragen, die Sie sich bei der Etablierung eines Unternehmens stellen sollten. Welche Fragen Sie sich auch stellen, seien Sie versichert: Wie Sie Ihr Unternehmen aufbauen, ist entscheidend und wirkt sehr nachhaltig.

Ein Unternehmen wird auch als Körperschaft bezeichnet. Die Seele eines Unternehmens (in diesem «Körper») ist seine Kultur. Und eine Kultur entwickelt sich im Laufe der Zeit, so wie sich ein Neugeborenes zu einem Kleinkind entwickelt, einem Kind, einem Teenager, einem jungen Erwachsenen und so weiter. Während dieser Entwicklung manifestieren sich Gewohnheiten, geben der Kultur Struktur und Grundlage und definieren die Komfortzone. Ich versuche nur, die wesentliche Bedeutung der Initiierung Ihrer Gründung zu betonen.

Mit der Initiierung müssen Sie Ihrem Unternehmen auch eine Philosophie oder politische Richtung geben, wie z. B. konservativ, liberal, sozial oder ökologisch. Jede Mischung dieser Philosophien ist natürlich nicht nur möglich, sondern sollte auch Ihr Ziel sein. Genau wie beim Kochen verwendet man nicht nur Salz und Pfeffer, um ein leckeres Essen zuzubereiten, sondern auch andere Gewürze, oder?

Das Fundament Ihres Unternehmens sollte konservativ sein; Das heisst, Sie sollten von Anfang an ein QMS implementieren. Jedes QMS beginnt mit Definitionen und Syntax, bei denen Sie gezwungen sind, darüber nachzudenken, welche Wörter Sie verwenden möchten und was sie bedeuten sollen. Das ist extrem wichtig, weil es das Leben auf lange Sicht einfacher macht, wenn alle Beteiligten das gleiche Verständnis für die Worte haben, die sie symbolisieren. Wenn ich zum Beispiel «Tisch» sage, bekommen Sie eine sehr grobe Vorstellung davon, was ich meine – etwas mit vier Beinen und einer Oberfläche, aber man weiss nicht, ob es sich um einen Couchtisch, Esstisch usw. handelt oder ob er aus Kunststoff, Holz oder Metall besteht. Legen Sie im QMS des Unternehmens die Verwendung von *Kaizen* und *Hansei* fest. Ein solides Fundament ermöglicht es Ihrem Unternehmen, liberale Ansichten zu haben.

Die Struktur Ihres Unternehmens sollte liberal sein. Stellen Sie sich ein Himbeergelee auf einem Teller oder einen japanischen erdbebensicheren Wolkenkratzer vor (der verstärkte Stahlrohre und bewegungsabsorbierende Technologien mit Öldämpfern enthält). Wenn das Gebäude während eines Erdbebens bebt, gleichen die Dämpfer die Erschütterungen aus. Sie verstehen was gemeint ist, oder? Ihr Unternehmen muss auf einem soliden Fundament ruhen, aber es muss auch flexibel genug sein, um sich an interne und externe Einflüsse anzupassen und denen standzuhalten, die es nicht beeinflussen kann.

Fundament und Struktur sind harte Faktoren und damit der Körper Ihres Unternehmens. Soziale und ökologische Ansichten sind die weichen Faktoren oder das Herz und die Seele Ihres Unternehmens. Sozial bedeutet nicht sozialistisch. Ich meine sozial im Sinne der Interaktion zwischen Menschen aus allen Lebensbereichen, um mit Respekt und Verständnis für gegenseitige monetäre und nicht-monetäre Vorteile zusammenzuarbeiten. Mit ökologisch meine ich:

«*Wir haben die Erde nicht von unseren Vätern geerbt. Wir haben sie von unseren Kindern geliehen*» (wird Häuptling Seattle, John Madison, Oscar Wilde usw. zugeschrieben – dieser Ausspruch ist so weise und aufschlussreich, dass seine Vaterschaft auf «*Erfolg hat viele Väter, Misserfolg ist ein Waisenkind*» von John F. Kennedy hinausläuft, der es von Tacitus geliehen hat).

So wie Sie als verantwortungsbewusster Elternteil niemals etwas tun würden, das die Zukunft Ihrer Nachkommen schädigen würde, sollten Sie Ihr Unternehmen in demselben Sinne gegenüber der natürlichen Umwelt handeln lassen.

Es ist immer spannend, darüber zu sinnieren, was für ein Unternehmen gegründet werden soll, und darüber zu träumen, wie erfolgreich dieses Unternehmen sein wird. Das Unternehmen wird jedoch ein Traum bleiben, wenn die finanziellen Mittel nicht zur Verfügung stehen um loszulegen. Dieses Buch hat nicht die Absicht, einen frisch gebackenen Unternehmer durch die ersten Schritte zu führen, sondern möchte stattdessen die Hauptthemen skizzieren, die angesprochen werden müssen, wenn man beabsichtigt, ein eigenes Unternehmen zu gründen. Der allererste Schritt ist ein Businessplan.

Das Schreiben eines Geschäftsplans (vorzugsweise in einem Geschäftsplan-Ersteller wie LivePlan, GoSmallBiz oder PlanGuru, um nur einige auf dem Markt erhältliche zu nennen) erfordert nur Zeit und ein bisschen Nachdenken. Entgegen der landläufigen Meinung wird ein Geschäftsplan nicht für Investoren und Banken geschrieben, sondern für den zukünftigen Unternehmer. Möglicherweise haben Sie eine sehr klare Strategie, wie Sie Ihr Geschäft führen möchten. Die Erfahrung zeigt jedoch, dass, sobald die eigenen Gedanken auf einem Blatt Papier in Worte gefasst werden, sie plötzlich nicht mehr so glasklar sind, wie sie im Kopf waren. Schreiben Sie daher den Geschäftsplan und warten Sie dann ein oder zwei Wochen. Überprüfen Sie es, und überprüfen Sie es erneut. Sobald Sie damit zufrieden sind, zeigen Sie es Mitgliedern Ihrer Familie und Ihren Freunden und bitten Sie sie, Ihnen Feedback zu geben. Es besteht keine Notwendigkeit, zumindest nicht in diesem Stadium, den Entwurf Ihres Geschäftsplans von einem professionellen Geschäftsplanberater überarbeiten zu lassen. Statten Sie lieber Ihrer lokalen Bank einen Besuch ab und fragen Sie, ob sie eine Abteilung haben, die Start-ups hilft. Normalerweise haben sie das, und sie können Ihnen auch sagen mit ungefähr wieviel Geld Sie rechnen können, vorausgesetzt, die Bank gibt grünes Licht für Ihr Projekt. Dies ist der zweitwichtigste Schritt: die Sicherung der Finanzierung.

Wenn Sie sich nicht mit der Idee anfreunden können, von einem Finanzinstitut oder einem Investor Geld zu leihen, können Sie auch mit dem Hut bei Ihren wohlhabenderen Familienmitgliedern herumgehen. Unabhängig davon, welchen Weg Sie wählen, stellen Sie sicher, dass Sie über genügend Liquidität verfügen, um richtig starten zu können. Es gibt nichts Ärgerlicheres, als wenn während der Start-up-Phase das Geld ausgeht. Es ist nicht nur ärgerlich, sondern auch gefährlich, weil Sie unter enormem Druck stehen, Finanzmittel zur Verfügung zu haben. Unter Druck könnten Sie auch geneigt sein, Vorschlägen nachzugeben, die Sie normalerweise nie akzeptieren würden. Es ist schwer, einen kühlen Kopf zu bewahren, wenn Ihr Unternehmen an Geldmangel leidet. Wenn Ihr Unternehmen gleich richtig durchstartet, könnten Sie vor Ihrem geistigen Auge sehen, wie Sie innerhalb weniger Monate eine Pressekonferenz geben, in der Sie den Börsengang Ihres Unternehmens ankündigen. Nun, Einhörner sind in der Tat sehr seltene Kreaturen. Aus diesem Grund wurde in einem *TechCrunch*-Artikel mit dem Titel «*Welcome To The Unicorn Club: Learning from Billion-Dollar Startups*» («*Willkommen im Einhorn-Klub: Lehren aus einer Milliarde Dollar Start-ups*») diese mystische Kreatur ausgewählt, um magisch erfolgreiche Start-ups zu benennen. Inzwischen gibt es auch rund zwei Dutzend *Decacorns*, (Anmerkung für die Ausgabe in deutscher [Schweiz] Sprache: ich tue das jetzt niemandem an, «Zehnerhorn» zu schreiben...) Start-ups in Privatbesitz im Wert von mindestens zehn Milliarden Dollar. Sollten Sie in der Lage sein, eines davon zu züchten, wird die Finanzierung das geringste Ihrer Probleme sein...

Die *Burn-Rate* (auch bekannt als negativer Cashflow, muss periodisch errechnet und kommuniziert werden, wie in «*Mein Unternehmen verbrennt durchschnittlich £30.000 pro Monat.*

Bei diesem Burn-Rate werden wir in zwei Wochen den Laden schliessen müssen») kann grossen Schwankungen unterliegen, so dass selbst der beste Geschäftsplan zu einer vagen Prognose wird. Bitte erinnern Sie sich daran, was Yogi Berra über Prognosen sagte und was Albert Einstein über Planung zu sagen hatte: «*Planung ersetzt Zufall durch Irrtum*». Niemand kann mit verbindlicher Sicherheit wissen, wann Ihr Unternehmen einen positiven Cashflow erzielen wird.

Die Gründung eines eigenen Unternehmens sollte interessant sein und Spass machen. Was es mit Sicherheit nicht sein sollte, ist, eine Gefahr für oder sogar der Zerstörer Ihrer Ehe und Ihrer Bindungen zu Ihrer Familie und Ihren Freunden zu sein. Investieren Sie nur Geld, das Sie sich leisten können zu verlieren. Es ist sinnbefreit zu behaupten: «*Ich arbeite am besten unter Druck. Ich gehe das volle Risiko ein und verbrenne die Brücken hinter mir, damit ich weiss, dass es keinen Weg zurück gibt.*» Denken Sie daran, dass Sie Ihr Schicksal nicht allein bestimmen. Es gibt äussere Umstände und Hindernisse, die alle Bemühungen, die Sie unternehmen, zunichtemachen können und werden. Die Helvetier (wie die Schweizer in der Antike genannt wurden) lernten dies auf die harte Tour, als sie im März 58 v. Chr. die Schlacht von Bibracte gegen sechs römische Legionen unter dem Kommando von Gaius Julius Cäsar verloren. Die Helvetier hatten es satt, in der kargen Bergregion der heutigen Schweiz zu leben (das Bankenwesen war noch nicht erfunden …) und beschlossen, die Zelte abzubrechen und in die fruchtbaren Regionen Südfrankreichs auszuwandern. Um die Zweifler und die Besserwisser (im wahrsten Sinne des Wortes, wie die Geschichte zeigte) zum Schweigen zu bringen, befahlen die Häuptlinge die vollständige Zerstörung der

Dörfer, bevor sie sich auf den Weg machten. Sie können sich sicherlich die Freude der Helvetier bei ihrer Zwangsrücksiedlung durch Julius Cäsar vorstellen, die sie empfanden, als sie nach Hause in abgebrannte Häuser kamen und bei Null wieder anfangen mussten.

Seien Sie also kein Dickschädel: Denken Sie nach, bevor Sie handeln. Wenn Sie es von Anfang an richtig machen, werden Sie sich so konditionieren, dass Sie dies auch in der Zukunft tun werden. Das heisst, Sie werden die Gewohnheit entwickeln, die richtigen Dinge auf die richtige Weise zu tun. Die Vorteile von Geduld sind laut *mindful.org*, dass (1) geduldige Menschen eine bessere psychische Gesundheit geniessen, (2) geduldige Menschen bessere Freunde und Nachbarn sind, (3) Geduld uns hilft, unsere Ziele zu erreichen und (4) Geduld mit guter Gesundheit verbunden ist. Um Geduld zu fördern, üben Sie, (1) die Situation neu zu interpretieren, (2) Achtsamkeit und (3) Dankbarkeit.

Wenn Sie all das oben Genannte tun, wird es für jeden, ausser dem Schicksal, sehr schwer sein, Ihr Unternehmen am Wachstum zu hindern.

4.2. Wachstum

Sobald Ihr Unternehmen seine Kinderkrankheiten überwunden und einige finanzielle Reserven angesammelt hat, können Sie den Wachstumsschub starten, indem Sie es entweder alleine wagen oder nach geeigneten Partnern suchen. Für welche

Option Sie sich auch entscheiden, bitte lassen Sie nicht die Methoden und Systeme hinter sich, die Sie zu diesem Punkt gebracht haben. So lukrativ ein neuer Weg auch erscheinen mag, seien Sie vorsichtig und gehen Sie Schritt für Schritt vor. Dies ist höchstwahrscheinlich nicht immer möglich, da sich die Branche, in der Sie arbeiten, sprunghaft entwickeln kann und die nächste Stufe möglicherweise ein völlig neues Setup erfordert (finanzielle Mittel, Mitarbeitende, Organisation, Struktur usw.). Sollte dies der Fall sein, ist es an der Zeit, externe professionelle Hilfe in Anspruch zu nehmen, indem Sie nach dem richtigen Berater suchen. Ihre Bank, Ihr Treuhänder, regionale KMU-Förderung und gemeinnützige Vereine können Sie an den für Ihr Unternehmen richtigen Berater verweisen. Wenn Sie gut betucht sind, können Sie natürlich auch grosse Beratungsfirmen wie McKinsey, Bain & Company und Egon Zehnder um Hilfe bitten.

Die oben genannten grossen Beratungsfirmen sind wirklich ausgezeichnet. Wenn Sie sie sich auch für die Umsetzungsphase der Wachstumsstrategie Ihres Unternehmens leisten können, sollten Sie das tun. Sie werden Ihnen helfen, eine Grundlage für die langfristige Ausrichtung Ihres Unternehmens zu legen und Ihren Fortschritt sorgfältig zu überwachen. Allerdings müssen Sie auch einige Ihrer Exekutivbefugnisse an solche Berater abgeben, da Sie die Sachen schnell umgesetzt haben wollen, oder? Meine Erfahrung mit Beratern namhafter Unternehmensberatungen ist, dass sie es mit Mitarbeitenden von KMU schwer haben und den Mitarbeitenden im Gegenzug eine schwere Zeit bereiten. So sind Sie vielleicht besser beraten, entweder ein kleineres Beratungsunternehmen, einen Freelancer oder sogar einen Beirat zu gründen und diesen nach den Bedürfnissen Ihres Unternehmens zu besetzen. Bitte stellen Sie sicher, dass Sie Beiräte wählen, die das komplette Gegenteil von denen in Chaos GmbH sind...

Die Übergabe oder zumindest das Teilen von Exekutivgewalt in der Wachstumsphase eines Unternehmens ist mit extremen Gefahren behaftet, die, wenn sie nicht im Keim erstickt werden, Ihr Unternehmen in die Knie zwingen und sogar pleite gehen lassen können. Als Gründer und Inhaber Ihres Unternehmens müssen Sie niemanden um Erlaubnis fragen, welchen Weg Sie gehen sollen (Ehemänner müssen jedoch möglicherweise ihre Ehefrauen fragen, und auch hierfür gibt es einen sehr guten Grund: Nicht umsonst können Sie auf T-Shirts Aufdrucke lesen wie «*Wenn Sie im ersten Anlauf keinen Erfolg haben, versuchen Sie es so zu machen, wie Ihre Frau es Ihnen gesagt hat*» oder «*Ich brauche Google nicht. Meine Frau weiss alles*»). Wenn Sie jedoch Abteilungsleiter beschäftigen, ist mitunter das Schlimmste, was Sie tun können, ihnen zu sagen, wie sie ihre Abteilungen leiten sollen, oder, schlimmer noch, zu erwarten, dass sie ihre Abteilungen so leiten, wie Sie es leiten würden. Denn wenn Sie darauf bestehen, dass alle Abteilungen so geleitet werden, wie Sie es wollen, so werden Sie bald einen Haufen Ja-Sager um sich haben. Und wohin dies führen kann, ist in Kapitel 3 beschrieben.

Auch wenn Sie über meinen nächsten Vorschlag total entsetzt sein sollten: Sie können auch einen Geschäftsführer einstellen, um Ihr Unternehmen zu führen, damit Sie frei sind, das zu tun, was Sie am besten können: Als gottbegnadeter Ingenieur oder Designer können Sie neue Produkte entwickeln; als erstklassiger Mechaniker können Sie weiterhin knifflige Maschinen reparieren; als genialer Verkäufer können Sie dem Teufel ein Ohr abverkaufen usw. Sie müssen kein Unternehmen führen, nur weil es Ihnen gehört. Bitte beachten Sie auch mein Buch *Kaikaku – Höhen und Tiefen: Ein Wegweiser für interim CROs und do-it-yourself-Management-Teams in KMUs.*

Welche Entscheidung Sie auch immer zu diesem Thema treffen, bitte stellen Sie sicher, dass eine der Säulen Ihrer Wachstumsstrategie die Anhäufung eines Notfallfonds beinhaltet. Es ist immer am besten, sein eigenes Geld zu verwalten und nicht gezwungen zu sein, nach externen Finanzquellen zu suchen. In der heutigen Welt klingt der Rat von Polonius in Shakespeares *Hamlet* an seinen Sohn Laertes über die Verwaltung von Geld: «*Weder ein Kreditnehmer noch ein Kreditgeber sein, denn ein Kredit verliert oft sowohl sich selbst als auch einen Freund, und ein Kredit schränkt die Haltung ein*», zweifellos anachronistisch. Wenn Sie jedoch den angeblichen Vorteilen der Hebelwirkung frönen wollen/müssen, stellen Sie sicher, dass das Eigenkapital-Fremdkapital-Verhältnis (= Gesamtverbindlichkeiten zu Eigenkapital) Ihres Unternehmens 1,5 (z. B. £150.000/£100.000) nicht überschreitet.

Darüber, wann die Wachstumsphase aufhört, wenn sie jemals aufhört, ist es in einem KMU müssig zu debattieren– es sei denn, Ihr Unternehmen ist ein Einhorn oder ein *Decacorn*, in diesem Fall werden Menschen mit mehr Geld, als Sie sich vorstellen können, Sie sowieso von der Last der Unternehmensführung befreien – denn der Markt und/oder die Marktposition Ihres Unternehmens könnte so volatil sein, dass sich Ihr monatliches Umsatzniveau so häufig ändert wie der Beziehungsstatus eines Hollywood-Sternchens.

Daher entscheiden Sie, wann Ihr Unternehmen die Reifephase erreicht hat.

4.3. Reifephase

Dies ist die Zeit, in der Sie sich zurücklehnen und ein bisschen in Nostalgie über das Erreichte schwelgen können. In dieser Phase möchten Sie vielleicht einen Teil Ihres Erfahrungsschatzes an die nächste Generation von Unternehmern weitergeben. Gratis-Beratung für Start-ups ist immer willkommen, vor allem, wenn an eine fundierte Beratung keine Bedingungen geknüpft sind. Oder Sie investieren einen Teil Ihrer zunehmenden Freizeit (weil die Dinge in Ihrem Unternehmen reibungslos laufen) in den Aufbau eines Ausbildungsprogramms für alle Abteilungen in Ihrem Unternehmen. Ich habe keinen einzigen KMU-Inhaber getroffen, der die Ausbildung in seinem Unternehmen nicht erwähnt hat und keine Bilder der erfolgreichsten Lehrlinge auf der *Wall of Fame* seines Unternehmens hatte. Mit einer Lehrlingsausbildung sind Sie nicht nur Arbeitgeber, sondern auch Mentor kommender Generationen.

Dies ist auch ein guter Zeitpunkt, um die Prozesse und Funktionen in Ihrem Unternehmen zu überprüfen. Wenn Sie dies noch nicht getan haben, ist es jetzt an der Zeit, sich mit dem QMS-Prüfer zu treffen und natürlich den Finanzprüfer zu bitten, Sie durch die äusserst spannende Jahresrechnung zu führen. Im Ernst, Sie sollten sich wirklich Zeit nehmen, um Ihre

Organisation zu analysieren. In dieser Phase kann sich Ihr Unternehmen auch einen Berater von McKinsey & Co. leisten.

Ihr Ehepartner könnte Sie dezent darauf hinweisen, dass Sie ein paar Kinder haben, die Sie seit Ewigkeiten nicht mehr gesehen haben, weil Sie so sehr damit beschäftigt waren, Ihr Unternehmen auszubauen. Einer oder sogar alle von Ihren Sprösslingen möchten vielleicht Ihre Nachfolge antreten, sobald Sie sich entscheiden, einen Schritt zurückzutreten und Ihren Ruhestand zu geniessen, was bei KMU-Inhabern nach ihrem 80. Geburtstag herum ganz vorsichtig angedacht wird ...

Womit auch immer Sie sich beschäftigen möchten, geniessen Sie es! Kein KMU ist jemals einem Veränderungsprozess entkommen.

4.4. Veränderung

Das ist eine Zeit, in der Ihr Unternehmen unvermeidliche Veränderungen bewältigen muss. Solche Veränderungen müssen nicht unbedingt negativ sein, wie z. B. sinkende Umsätze; veränderte Marktbedingungen aufgrund neuer Gesetze und Vorschriften, die sich nachteilig auf Ihr Unternehmen auswirken oder auf einige Ihrer Schlüssel-Mitarbeitenden (oder Sie selbst), die gesundheitliche Probleme haben, sondern können auch positiver Natur sein wie z. B. eine Fusion mit oder die Übernahme Ihres schärfsten Rivalen. Es ist auch möglich, dass Ihre herausragende Leistung das Interesse eines viel grösseren Unternehmens geweckt hat, welches Ihnen eine grössere Summe für Ihr Unternehmen bietet.

Welche Herausforderungen eine solche Übergangszeit auch immer bieten mag, Sie werden Ihre ungeteilte Aufmerksamkeit erfordern. Daher sind Sie gut beraten, Ihr Unternehmen jederzeit im bestmöglichen Zustand zu halten. Selbst die am besten vorbereitete Mannschaft kann es schwer haben, den Sturm zu überstehen. Möglicherweise müssen einige unpopuläre Entscheidungen getroffen werden, z. B. die Veräusserung Ihrer bevorzugten Tochtergesellschaften oder der Verkauf Ihrer Lieblings-Produktlinien oder Lieblings-Produktionsanlagen. Denken Sie immer daran, dass alles, was Sie aufgeben müssen, um Ihr Unternehmen zu retten, ohne Sie und den vorangehenden Erfolg Ihres Unternehmens nicht da wäre. Ich habe erwachsene Männer gesehen, die über einen Haufen Müll, den sie verkaufen mussten, um die Löhne und Gehälter des nächsten Monats zu bezahlen, Tränen grosser Trauer vergossen (nun, zumindest für unsensible Manager ist Produktionsausrüstung mit einer Auslastungsrate von unter 10 %/Jahr wie «Müll», was uns zu KMU-Besitzern bringt, die selbst die faulsten Mitarbeitende bemitleiden, die sie entlassen müssen, weil sie sie nicht mehr bezahlen können, aber immer noch als Teil der Familie ansehen).

In Zeiten von Veränderungen ist es immer ratsam, professionelle Hilfe in den Personen von Interim- Managern zu suchen. Ein blosser Berater reicht in diesem Stadium möglicherweise nicht aus, denn während sie andere Menschen hervorragend beraten, zögern sie meistens, Verantwortung zu übernehmen, wenn das Projekt, bei dem sie beraten, den Bach runterzugehen beginnt. Interim-Manager sind ehemalige Kader-Manager, die als Freelancer tätig sind. So sind sie es gewohnt, Entscheidungen zu treffen und diese auch umzusetzen. Sie können sie (fast) nach Belieben einstellen und feuern und einen neuen bringen, wenn Sie mit Ihrer Wahl nicht einverstanden sind. Es ist nicht einfach, £2.000/Tag für einen Interim-Manager in einer wachsenden Krise auszugeben, in der Ihre innere Stimme (und vielleicht Ihr Ehepartner) Sie anschreit, den Geldsack zuzuhalten. Ein erfahrener Interim-Manager kann aber Ihr Unternehmen retten, bevor Sie Insolvenz oder Konkurs anmelden müssen. Bevor das Vermögen Ihres Unternehmens liquidiert wird, gibt es noch etliche, rechtliche Möglichkeiten, Zeit für eine saubere Sanierung zu schinden. Es besteht also kein Grund zur Verzweiflung.

Nachdem Sie und Ihr Unternehmen die Veränderungsphase überstanden haben – ob gut oder schlecht, ist unerheblich – müssen Sie die Ereignisse analysieren und versuchen Präventivmassnahmen zur Abschwächung der nächsten Veränderungen parat zu haben.

Sobald Sie dies getan und sich um alle möglichen losen Enden gekümmert haben, die Ihnen in den Sinn kommen, ist es an der Zeit, sich an den Gedanken zu gewöhnen, dass Sie nicht ewig leben werden und daher nicht in der Lage sein werden, an der Spitze Ihres Unternehmens zu stehen, bis sich parallele Linien kreuzen. Ergo müssen Sie sich, ob Sie wollen oder nicht, um eine Nachfolge kümmern.

4.5. Nachfolge

Es gibt eine Vielzahl von Gründen, warum Sie sich entscheiden könnten, Ihr Unternehmen zu übergeben, z. B., wenn Sie sich für einen Pionier halten und es daher geniessen, ein Unternehmen zu gründen, anstatt es auf lange Sicht zu führen, ein Rivale/Finanzinvestor ein Übernahmeangebot macht, welches Sie nicht ausschlagen können, oder Ihre Familienmitglieder (sollten sie es geschafft haben, Sie zu überleben ...) drängen Sie, die nächste Generation ans Steuer zu lassen. Wenn Sie lange genug mit Ihrer Abdankung warten, könnten Sie vielleicht den Fluch der dritten Generation bannen, indem Sie Ihr Lebenswerk an die vierte Generation übergeben. Der redliche Versuch, den Fluch der dritten Generation zu vermeiden, ist ausserdem eine ebenso gute Ausrede wie jede andere, um länger das Zepter im Unternehmen schwingen zu können. Was auch immer es ist, das Sie dazu bringt, von der Kommandobrücke zu gehen, Sie werden sicherstellen wollen, dass Ihr Nachfolger alles ordentlich und gut organisiert vorfindet.

Alle Unternehmen werden von Menschen geführt. Nehmen wir für das Argument an, dass Sie Ihr Unternehmen mit bemerkenswerter Selbstdisziplin geführt und die besten Fachleute für jede Schlüsselposition in Ihrem Unternehmen besetzt haben. Selbst wenn dies der Fall sein sollte, sind Sie gut beraten, einen HR-Spezialisten (z. B. Hays) mit der Bewertung der Kader-Manager zu beauftragen. Es ist teuer, ja, aber Sie würden ja auch Ihr Auto nicht ohne erneuerte MFK (Motorfahrzeugkontrolle) verkaufen, oder?

Sollten Sie zögern, viel Geld für Berater auszugeben, gibt es einige sehr gute DIY-Tools wie (1) BambooHR Performance

Management, (2) AssessTeam oder (3) Lattice HR, mit denen Sie sehen können, wie sich die Mitarbeitenden in Ihrem Unternehmen entwickeln. Im Idealfall hätten Sie oder Ihr Personalchef schon vor Jahren ein solches HR-Instrument implementiert, so dass Sie nur noch eine Umfrage durchführen müssen, die Ergebnisse analysieren und diejenigen Mitarbeitenden schulen müssen, die nicht den Standards entsprechen, um sicherzustellen, dass sie für Ihren Nachfolger fit sind.

Dies ist jedoch eine sehr idealistische Situation. Es ist viel wahrscheinlicher, dass Sie Leute haben, die für Abteilungen in Ihrem Unternehmen verantwortlich sind, die den Job bekommen haben, weil Sie sie mochten oder weil Sie das Gefühl hatten, dass Sie für in der Vergangenheit erbrachte Leistungen in ihrer Schuld stehen. Selbst wenn es Ihnen das Herz bricht, werden Sie diese Leute um Ihretwillen und um ihrer selbst willen los. Sie möchten Ihr Geschäft nicht mit diesen Verbindlichkeiten übergeben, und Ihre alten Freunde und Wegbegleiter möchten sich möglicherweise nicht an einen neuen Chef gewöhnen ...

Es ist äusserst schwierig zu bestimmen, wie viel Zeit eine erfolgreiche Geschäftsübergabe benötigt. Der beste Ansatz ist, diese Angelegenheit ehrlich mit Ihrem Nachfolger zu besprechen. Vielleicht möchten Sie bleiben, um zu sehen, ob sich die Dinge in die richtige Richtung bewegen, während Ihr Nachfolger lieber früher als später die Gesamtverantwortung für das Unternehmen alleine übernehmen möchte. Oder sie freuen sich stattdessen auf den Tag, an dem Sie aufhören können zu arbeiten, und Ihr Nachfolger würde sich freuen, wenn Sie, bis er sattelfest ist, bleiben würden. Die Zeit, die Sie mit Ihrem Nachfolger verbringen, um den Leitungswechsel so reibungslos wie möglich zu gestalten, sollte irgendwo zwischen diesen Extremen liegen.

Die betriebswirtschaftliche Fachliteratur behauptet, dass die ideale Übergabezeit zwischen zwei und fünf Jahren liegt, abhängig von der Grösse des Unternehmens und der Komplexität der Prozesse. In einem KMU mit einer maximalen Grösse von rund 500 Mitarbeitenden klingen selbst zwei Jahre nach einer zu langen Zeit, um den Gründer und seinen Nachfolger gemeinsam an der Spitze des Unternehmens zu haben. Wenn sie sich über die beste Vorgehensweise einig sind, könnte es in Ordnung gehen, so lange zusammen zu regieren. Wenn aber alles wie am Schnürchen läuft, könnte das Geld für einen «überflüssigen» Geschäftsführer sinnvoller anderweitig verwendet werden. Wenn Sie sich nicht grün sind, sich nicht auf Augenhöhe begegnen, werden die täglich Hahnenkämpfe sich sehr negativ auf die Stimmung und Moral der Mitarbeitenden auswirken. Wie geeint eine Belegschaft auch erscheinen mag, sie sind schneller in ihrer Meinung gespalten, ob sie dem Gründer oder seinem Nachfolger folgen sollen, als Sie denken.

Eine der schlimmsten Methoden der Übergabe von einer Generation zur nächsten, die ich erlebt habe, ist, wenn die vorhergehende Generation ein Büro im Unternehmen unterhält, angeblich nur, um etwas Ruhe zu haben, um die Tageszeitungen zu lesen, seine Memoiren zu schreiben oder sich an die gute alte Zeit zu erinnern usw. Sobald sich Kader-Manager und Mitarbeitende mit ihrem neuen Chef nicht einig sind, klopfen sie an die Bürotür ihres ehemaligen Chefs und fangen an zu stänkern und zu mosern. Nur gelegentlich sah ich, wie der Gründer mit den Schultern zuckte und sagte:

«Nicht mehr mein Problem. Sie müssen es mit Ihrem neuen Chef besprechen. Was würde passieren, wenn ich Ihnen zustimmen und sogar Massnahmen ergreifen würde, um die Entscheidung meines Nachfolgers rückgängig zu machen? Das wäre ein klassischer Dolchstoss in den Rücken meines Nachfolgers, oder? Von diesem Tag an könnte ich ihn bitten, das Unternehmen zu verlassen und wieder die Leitung der Firma selber übernehmen.»

In den meisten Fällen, die ich miterlebt habe, ging es so: *«Was?! Wie kommt jemand, der vorgibt bei klarem Verstand zu sein, auf eine solche Schnapsidee?! Danke für den Hinweis, Paul. Ich werde ihn sofort zur Rede stellen und ihm sagen, dass er solchen Unsinn lassen soll.»* – und der Ruf des neuen Chefs ist fast irreparabel beschädigt. Auch formieren sich sofort die Lager «alter Chef» und «neuer Chef».

Hier sind vier spektakuläre Nachfolgen, aus denen man lernen kann:

1) *McCain Foods* (gegründet von Harrison und Wallace McCain): Wallace war sich sicher, dass sein in der Ivy League ausgebildeter Sohn die beste Wahl für die Leitung des Unternehmens sein würde. Harrison war sich ebenso sicher, dass ein Aussenstehender das Tagesgeschäft leiten sollte. Harrison gewann den Kampf der Worte. So verliess Wallace *McCain Foods* und leitete von da an *Maple Leaf Foods*, einen Rivalen.

2) *Gucci* (gegründet von Guccio Gucci): «*Der erste Botschafter der Mode*», wie Präsident John F. Kennedy Gucci nannte, fiel dem Fluch der dritten Generation zum Opfer – und sehr spektakulär, könnte man sagen,

auf typisch italienische Weise. Nach dem Tod des Gründers übernahm der älteste Sohn, Aldo, das Unternehmen und führte es in den folgenden Jahren sehr erfolgreich. Aldos ältester Sohn wollte eine neue Modelinie gründen. Weder sein Vater noch sein Onkel stimmten den Ideen zu. Das stachelte ihn trotzdem an, weiterzumachen. Sein Vater und sein Onkel fanden ihn heraus und entliessen ihn. Mit seinem tödlich verwundeten Stolz rannte der Möchte-Gern-Modezar zu den Behörden und verpfiff seinen Vater, der den italienischen Fiskus nicht lückenlos über alle seine Einkünfte unterrichtet hatte. Da Aldo wegen Steuerbetrugs im Gefängnis sass, war der Weg für seinen Erstgeborenen und dessen Cousin frei zu zeigen, was sie so auf der Pfanne hatten. Alle waren überrascht, wie schnell die zwei Supertalente Gucci in die Pfanne schlugen. Die Aussicht, den Vater respektive Onkel im Gefängnis längerfristig Gesellschaft leisten zu müssen, brachte die Einsicht, dass sie die persönlichen Schulden von rund 40 Millionen US-Dollar nur loswerden konnten, wenn sie Gucci an *Investcorp* verkauften.

3) *Reliance Industries* (gegründet von Dhirubhai Ambani): Nach dem plötzlichen Tod des Gründers übernahm sein erstgeborener Sohn das Amt des Vorsitzenden des Verwaltungsrates sowie die Geschäftsführung und sein Bruder das Amt des stellvertretenden Vorsitzenden des Verwaltungsrates. Innerhalb weniger Wochen gingen sich die Brüder gegenseitig an die Gurgel und mussten von ihrer Mutter, die ja Übung darin hatte, getrennt werden. Bevor sich die Brüder

gegenseitig erschlugen, schlugen sie ein, den Vorschlag ihrer Mutter anzunehmen, das Unternehmen aufzuteilen. Da eine Mutter immer nur das Beste für ihre Kinder im Sinn hat, war das Sprichwort «*das Gegenteil von gut ist gut gemeint*» nicht weit entfernt: Die Brüder, da die räumliche Trennung weder ein Erschlagen noch ein Erdrosseln zuliess, fetzten sie sich verbal in der Öffentlichkeit. Bald wurde es dem älteren Bruder zu bunt und er löste das Problem ein für alle Mal, indem er seinem Bruder so viel Geld anbot, dass dieser ihm seinen Teil des Unternehmens verkaufte.

4) *Viacom* (gegründet von Summer Redstone): Ein Vater und seine einzige Tochter bekamen sich in die Haare, trennten sich, dann kamen sie wieder zusammen, um sich wieder zu trennen, um dann wieder zusammenzukommen etc. Mit einem Husarenschnitt beendete Summer Redstone die Familienfehde, indem er seinen Stellvertreter vom Verwaltungsrat zu seinem Nachfolger wählen liess. Seine Tochter stimmte als einziges Verwaltungsratsmitglied gegen den Kandidaten ihres Vaters. Die Siegesstimmung des Summer Redstone war von kurzer Dauer, denn es ist gilt als mehrfach empirisch erwiesen, dass Töchter ihre Väter nach Belieben um den kleinen Finger wickeln können. Summer Redstone wurde so lange gewickelt, bis er nicht nur seinen ehemaligen Stellvertreter, sondern auch den Anwalt von *Viacom* verklagte. Die beiden in Ungnade gefallenen Top-Manager hatten den Zirkus bald satt und traten zurück. Nachdem ihre beiden Hauptkonkurrenten weg waren, tat sich Redstones

Tochter mit dem Interims-Geschäftsführer zusammen, um die Zukunft bei *Viacom* zu gestalten.

Nachfolgedramen, -tragödien und -scharaden bei KMU sind nicht so gut dokumentiert und öffentlich bekannt wie die von börsennotierten Unternehmen mit einem Jahresumsatz von mehreren Milliarden US-Dollar, aber sie passieren täglich. Deutschland ist bekannt für seinen Mittelstand (sie bilden das Rückgrat der deutschen Wirtschaft und beflügelten *The Times* den Begriff «Wirtschaftswunder» zu prägen als Ausdruck der Bewunderung, wie Deutschlands aus der Asche des Zweiten Weltkriegs emporstieg) und seine, mitunter sehr rabiate, Patriarchen. Im Jahr 2020 mussten über 227.000 mittelständische Unternehmen an die nächste Generation übergeben, an einen Konkurrenten verkauft, von einer Private-Equity-Gesellschaft übernommen oder von einem Konkursverwalter liquidiert werden. Dies brachte einen neuen Modus Operandi für das jeweilige Unternehmen und einen neuen Modus Vivendi für die Familienmitglieder mit sich.

In Deutschland gibt es Beratungsunternehmen und Rechtsanwaltskanzleien, die sich darauf spezialisiert haben, mittelständische Familien bei der Übergabe des Familienunternehmens und des gesamten angesparten Vermögens zu beraten. Tatsächlich tragen diese Beratungsunternehmen in ihrer Firma den Namen *Mittelstand* (z. B. Generationswechsel Mittelstand GmbH). Und das aus gutem Grund: Es ist ein höchst lukratives Geschäft, deutsche Mittelstandspatriarchen und ihre Nachkommen zu beraten. Selbst den Schwaben, den schlimmsten Geizhälsen unter den germanischen Stämmen, macht es überhaupt nichts aus, Tausende von Euro zu verschwenden, um ihren Willen durchzusetzen, wenn es darum geht, zu bestimmen, wer das Unternehmen erben soll. Einige Familien geraten in so heftige Rechtsstreitigkeiten, dass die Anteile ihrer Unternehmen von Gläubigern übernommen werden. Die deutsche Gesetzgebung erlaubt ein solches Verfahren, sieht aber vor, dass die ursprünglichen Gesellschafter auf die eine oder andere Weise entschädigt werden. Die Gläubiger beauftragen in der Regel einen M & A-Berater, der sich entweder für etwa £500/Stunde als Geschäftsführer ausgibt oder einen Interims-Restrukturierungsgeschäftsführer für etwa £2.000/Tag beruft, bis ein geeigneter Käufer für das Unternehmen gefunden ist.

Ein solches Verhalten von Unternehmern und ihren Familien erinnert an Äsops Fabel über die Gans mit den goldenen Eiern: Eines Tages fand ein Gänsezüchter, der nach seinen Gänsen suchte, eine, die auf einem glänzenden, gelben Ei sass. Er hob es auf, und als er bemerkte, dass es schwer war, dachte er, die Kinder des Nachbarn hätten ihm einen Streich gespielt, indem sie einen Stein bemalten, so dass er wie Gold aussah. Das brachte ihn zum Grübeln. Also nahm er das Ei mit nach Hause, um es sich richtig anzuschauen. Der Gänsezüchter war vor Freude überwältigt, als sich herausstellte, dass das Ei reines Gold war. Obwohl er durch den Verkauf der goldenen Eier stinkreich wurde, wurde er auch habgierig und ärgerte sich über die Gans, dass sie nur ein goldenes Ei pro Tag legte. Der Zusammenschluss von Ungeduld und Habgier machte auch mit der Gans, die die goldenen Eier legte, Schluss. Der Schock, kein Gold in der Gans zu finden, liess den Gänsezüchter zu Sinnen kommen und seine grenzenlose Dummheit erkennen. Mit dieser Erkenntnis war er den Beiräten und den inkompetenten Managern der Chaos GmbH weit voraus.

Gründer von KMU, ihre Familienmitglieder und ihre bezahlten «Helfer» haben so manche Gans, die goldene Eier legte, auf dem Gewissen...

Analyse und Schlussfolgerungen

«*Vorbeugen ist besser als heilen*», sagte Erasmus von Rotterdam (ein niederländischer Philosoph und katholischer Theologe) im fünfzehnten Jahrhundert. Nun, selbst fast 600 Jahre später wurde diese Weisheit nur von wenigen, die sich eines gesunden Menschenverstandes erfreuen dürfen, akzeptiert. Darum lässt sich die Mehrheit lieber heilen, als dass sie Krankheiten vorbeugt. Im alten China, wo ein Arzt von seinen Patienten bezahlt wurde, solange alle gesund blieben, war dieser Arzt sehr darum bemüht, bei seinen Patienten die Prävention zu fordern und zu fördern. Bitte stellen Sie sich die langen Gesichter der Pharma-Bosse, deren Lobbyisten, Krankenkassen-Bosse etc. vor, wenn wir als potentielle Patienten auf Prävention bestünden, anstatt uns biologischen und chemischen Präparaten sowie atomarer Bestrahlung aussetzen zu lassen.

Auch die Kollegen von Erasmus im Mittelalter, die Alchemisten und ihre Anhänger in der Renaissance, waren eher auf Heilung als auf Prävention bedacht, weil sie vergeblich versuchten die drei wichtigsten Heilmittel gegen Tod, Armut und Krankheiten zu finden:

1) «*Das Elixier des Lebens*»: das den Tod geheilt und das ewige Leben gegeben hätte (dies zeigt, dass Logik auch damals schon ganz arg vernachlässigt wurde, denn ohne den Tod hätten Geburten die Erde im Handumdrehen überbevölkert);

2) «*Der Stein der Weisen*»: der die Armut geheilt hätte, indem er gewöhnliche Metalle in Gold verwandelt hätte (dies zeigt, dass der ökonomische Bildungsgrad damals genauso niedrig war wie bei den Linken und Grünen heute); und
3) Das «*Allheilmittel*»: wie der Name verrät, wäre das ein Mittelchen gegen alle Beschwerden und Probleme (hier ist Sinn und Verstand zu erkennen, denn das ewige Leben sollte nicht in Krankheit verbracht werden).

Die Vorteile des ewigen Lebens zeigen sich im Film *Und täglich grüsst das Murmeltier* (1993), in dem die Hauptfigur einen Tag offenbar jahrzehntelang immer wieder durchlebt, sich dabei viele nützliche Fähigkeiten und Eigenschaften aneignet, die es ihm ermöglichen, die Liebe seines Lebens zu gewinnen. Haben wir uns nicht alle unseren «Murmeltiertag» gewünscht, damit wir die Fehler, die wir gemacht haben, ausbügeln oder einfach noch einmal etwas ausprobieren können, das uns wichtig war? Wenn Sie diese Meinung teilen, dann drücken Sie die Daumen für die Forscher bei Altos Labs (gesponsert vom Gründer von Amazon), denn die setzen dort auf, wo die Alchemisten versagt haben: das Heilmittel gegen den Tod zu finden und dadurch das ewige Leben möglich zu machen. – Halleluja!

Der Windmühlenkampf gegen die Armut ist fast so alt wie die Menschheit selbst. Billige Materialien – oder, wie König Midas, alles und jeden, den er berührte – in Gold zu verwandeln, ist ein ökonomischer Schwachsinn, denn Gold ist aufgrund seiner Knappheit wertvoll. – Mansa Musa, Herrscher von Mali (1312-1337), besuchte Kairo mit 21 Tonnen Gold und verschenkte so viel, dass Gold zwei jahrzehntelang seinen Wert verlor. – Geldbäume, die wie die chinesische Legende sagt, den Menschen Geld und Vermögen bringen, sind auch ökonomischer Schwachsinn, denn wenn jeder Zugang zu ihnen hat, wird es nie einen Mangel an Geld geben. Es ist wieder die Knappheit, die Geld wertvoll macht. Die Federal Reserve (die US-Zentralbank), die Europäische Zentralbank (EZB) und andere Zentralbanken versuchen seit der Weltwirtschaftskrise 2008/2009 diese botanische Unmöglichkeit nachzuahmen, indem sie Geld drucken wie blöd und diesen Vorgang «quantitative Lockerung» nennen (das Einzige was bei den Verantwortlichen locker ist, sind ihre Schrauben…). Die Geschichte zeigt, das Gelddrucken wie blöd zu Hyperinflation führt. Die Hyperinflation haben wir in Q1 2022 noch nicht erreicht, die Tendenz ist aber mit Beginn des Krieges zwischen Russland und der Ukraine erkennbar, Untersuchungen zeigen aber, dass mit der «quantitative Lockerung» die Reichen reicher und die Armen arm blieben.

Zwielichtige Ärzte und fanatische Wunderheiler behaupten, Allheilmittel gefunden zu haben. Ihre leichtgläubigen Patienten sterben wegen/trotz dieser angeblich universellen Heilmittel.

Daher müssen wir ein unprätentiöses, leicht langweiliges, aber dafür absolut praktisches Werkzeug einsetzen, das fast immer die richtigen Antworten findet: Ursachenanalysen. Jede andere Methode identifiziert nur die Symptome der Kernprobleme. Und wohin die Behandlung von Symptomen führt, kann in medizinischen Fachzeitschriften und im Nachruf jeder Zeitung nachgelesen werden.

Selbst mit den besten Absichten und mit grösster Sorgfalt bei der Durchführung einer Ursachenanalyse kann nicht gewährleistet werden, dass der absolute Grund für das Problem tatsächlich gefunden werden kann, denn «*Nichts ist absolut. Alles verändert sich, alles bewegt sich, alles dreht sich, alles fliegt und geht weg.*» – Frida Kahlo – mit der ich absolut (Wortspiel beabsichtigt) übereinstimme. Es bleibt eine sehr geringe Wahrscheinlichkeit, dass man ein oder zwei Fragen mehr hätte stellen können. Schauen Sie sich die Kernphysik an: Atom stand im Altgriechischen für «unzertrennlich» und «unteilbar», bis Sir Joseph John Thomson (ein britischer Physiker und Nobelpreisträger) 1897 die Existenz von Elektronen entdeckte. Der grosse Hadron Collider am CERN in Genf in der Schweiz bewies, dass weder diese noch Protonen noch Neutronen unteilbar sind. Nun, bei den Kosten von mehreren Milliarden US-Dollar wäre es ein Wunder gewesen, hätte sich die zu beweisende Theorie als falsch erwiesen, oder? Bei jedem Unterfangen muss das Kosten-Nutzen-Verhältnis über 1,0 gehalten werden, um einen positiven Nettogegenwartswert zu erzielen.

Toyotas Produktionssystem und sein Spin-off Lean Management leben von Einfachheit. Die einfachste Ursachenanalyse heisst 5 x warum (5W). Wann immer ein Problem auftritt, muss fünfmal «warum» gefragt werden, um die Ursache zu finden. Im Folgenden vereinfache ich die 5W-Analyse stark, da es nicht meine Absicht ist, eine vollständige Abhandlung dessen zu präsentieren, was bei der Chaos GmbH im Detail passiert ist. Es ist eher eine *quick-and-dirty*-Möglichkeit, dem Leser eine Vorstellung davon zu geben, wie die 5W-Analyse funktioniert. Lassen Sie uns also schauen, wie diese Methode dazu beiträgt, den wahren Grund für den Untergang der Chaos

GmbH aufzudecken und was das Allheilmittel (Wortspiel beabsichtigt) gewesen wäre, um es zu verhindern:

1) Warum musste die Chaos GmbH übernommen werden? – Weil die Gesellschafter die Chaos GmbH weder retten wollten noch konnten. Ihnen fehlten sowohl die finanziellen Mittel wie auch das Fachwissen, ihr Unternehmen aus dem Schlammassel zu führen. Ohne den Verkauf der Geschäftsanteile hätten sie Insolvenz anmelden müssen.

2) Warum kam die Chaos GmbH an den Rand der Insolvenz? – Weil dem Unternehmen das Geld ausging, da die Kosten für den Betrieb höher waren als sein Umsatz (auch bekannt als negativer Cashflow).

3) Warum waren die Kosten höher als die Einnahmen? – Weil das Unternehmen Kundenaufträge nicht effizient genug bearbeiten konnte, was zu einem Missverhältnis zwischen Mittelzufluss und -abfluss führte.

4) Warum konnte das Unternehmen Kundenaufträge nicht effizient bearbeiten? – Weil der Verkauf fast immer jede Laune der Kunden befriedigte, was die Forschung und Entwicklung zwang, eine enorme Anzahl neuer Teile zu entwerfen, wodurch die Beschaffung gezwungen war, immer mehr Lieferanten zu suchen, und wodurch auch die Produktion mehr neue Maschinen und Werkzeuge beschaffen musste. Das ERP-System war aufgrund eines chaotischen Vorgehens bei der Definition der Datenstruktur und Syntax nicht in der Lage, so grosse Datenmengen zu verarbeiten. Daher konnte die Chaos GmbH die für die Montage des Endprodukts erforderlichen Teile nicht

bestellen und/oder produzieren. Weitere Erläuterungen finden Sie in den Beispielen in Kapitel 3.
5) Warum wurden diese Probleme nicht von den Verantwortlichen gelöst? – Weil sie es falsch angegangen sind. Anstatt der einfachen 3K-Managementdoktrin der Schweizer Armee zu folgen, hörten sie (wie so viele andere) beim ersten "K" auf und kümmerten sich weder darum, wie ihre Befehle ausgeführt wurden, noch kümmerten sie sich um das Ergebnis. Dies kann sicherlich als Nachlässigkeit oder sogar als grobe Nachlässigkeit bezeichnet werden. Wenn es den Verantwortlichen egal ist, selbst wenn sie von den Mitarbeitenden unaufgefordert Hinweise über die Machenschaften derer bekommen, die die Dinge in Ordnung bringen sollten, dann scheinen sie zu stolz zu sein, Kritik von «den kleinen Leuten» anzunehmen. Überheblicher Stolz ist ein verlässlicher Indikator für Arroganz und ihren grösseren Bruder: Anmassung.

Nun, da die zugegebenermassen vereinfachte 5W-Ursachenanalyse das gewünschte Ergebnis erbracht hat, Anmassung und Nachlässigkeit als Hauptursachen für den Untergang der Chaos GmbH aufzudecken, müssen wir diese beiden Begriffe definieren. Definitionen sollten nicht der persönlichen Interpretation unterliegen, sondern möglichst universell verständlich sein. Nur wenn wir die Ursachen des Problems in ihrer Gesamtheit verstehen, können wir das richtige Gegenmittel finden, um die vorliegende Situation zu beheben.

<u>Anmassung</u> bezeichnet übermässigen Stolz in Kombination mit Arroganz (eine hohe oder übertriebene Meinung über die eigenen Fähigkeiten und Wichtigkeit, übermässiges Selbstver-

trauen oder der Glaube, anderen überlegen zu sein), einem Mangel an Demut und einer gute Portion Ignoranz, die zu «Blindheit» und «Taubheit» gegenüber der eigenen Umgebung führt. Anmassung kann eine aktive und eine passive Konnotation haben.

1) Beispiele für <u>aktive Anmassung</u> sind John Miltons *Paradise Lost*, in dem Luzifer versucht, andere Engel zu zwingen, ihn anstelle von Gott anzubeten; Mary Shellys *Frankenstein*, in dem Victor Frankenstein versucht die Toten wieder auferstehen zu lassen; Christopher Marlowes *Doktor Faustus*, in dem Doktor Faustus einen Deal mit dem Teufel unterzeichnet, um seinen Hochmut bewahren zu können; oder reale Menschen wie Napoleon Bonaparte und Adolf Hitler. Die *Lehman Brothers* beantragten *Chapter 11* bei einem Verlust an Vermögenswerten von angeblich 600 Milliarden US-Dollar; bei der Insolvenz von *Enron* verloren die Gesellschafter 74 Milliarden US-Dollar und so weiter. Betroffene von aktiver Anmassung (in der Psychoanalyse als *Ikarus-Komplex* beschrieben) werden obsessiv getrieben, um jeden Preis Erfolg zu haben. Sie suchen Befriedigung in der Anbetung durch die Massen. Dieses fanatische Streben nach Erfolg führt sie unweigerlich zu ihrem Untergang. Aus der griechischen Mythologie ist die Geschichte von Ikarus überliefert: Vor ihrer Flucht von Kreta warnte Dädalus seinen Sohn Ikarus, weder zu nahe an die Sonne, noch zu nahe ans Wasser zu fliegen – im übertragenen Sinn heisst dies, dass weder notorische Selbstüberschätzung noch notorische Selbstunterschätzung zielführend

sind. Bei der Chaos GmbH litten Geschäftsführer und einige Gesellschafter unter verschiedenen Graden aktiver Anmassung. Keinem war bei ihrer für ihre nächste Umgebung unerträglichen Anmassung die wahre Bedeutung des Damoklesschwertes (das an einem einzigen Haar vom Schweif eines Pferdes hing) bewusst: Mit grosser Macht geht grosse Verantwortung einher. Alle anderen Beteiligten, nämlich fast der gesamte Rest der Gesellschafter, fast alle Beiräte und fast alle Kader-Manager, litten unter unterschiedlichen Graden passiver Anmassung.

2) <u>Passive Anmassung</u> lässt sich am besten mit Herablassung und Dünkel beschreiben. Menschen, die darunter leiden, verströmen den archetypischen gallischen Hauch von Anmassung. Sie wissen nur, dass sie besser sind als der Rest der Menschheit, und sehen daher keine Notwendigkeit, auf irgendjemanden Rücksicht zu nehmen und zu hören, ausser auf ihre eigene innere Stimme oder Personen, die sie als gleichwertig akzeptieren. (Anmerkung für die Ausgabe in deutscher [Schweiz] Sprache: «Rück-Sicht» im Sinne von «Respekt», «Anerkennung», «Achtung» ist natürlich nur möglich, wenn das Denken dem Sprechen vorangeht ...) Die Pharisäer (eine auserwählte Gruppe von Gelehrten, die in ihrem Glauben daran, was richtig und falsch ist, unnachgiebig sind) aus den jüdisch-christlichen Überlieferungen sind zu Synonymen für selbstgerechte und heuchlerische Personen geworden. Andere Beispiele für Menschen mit passiver Anmassung sind Akademiker, Intellektuelle und Politiker in ihren Elfenbeintürmen (ein metaphorischer Ort, an

dem die Bewohner glückselig von den Realitäten ihrer Umgebung abgeschieden sind und so die Schönheit ihrer Theorien und Ideologien unbedroht bewundern können). Während Menschen, die an aktiver Anmassung erkrankt sind, sich ihrer Aussergewöhnlichkeit und ihres ausschliesslichen Rechts, Macht über andere auszuüben, voll bewusst sind, sind sich Menschen, die an passiver Anmassung erkrankt sind, dieser sehr unglücklichen Eigenschaft möglicherweise nicht einmal bewusst. Blindheit und Taubheit gegenüber Kritik und freiwillige Abgeschiedenheit im Refugium gleichgesinnter Menschen stärken die selige Unwissenheit oder Unbekümmertheit über die Realität. Das zeigte sich bei der Chaos GmbH in Bemerkungen wie «*Herr Carter, wir brauchen kein neues ERP-System – wir brauchen bessere Prozesse*» oder «*Der Geschäftsführer, den wir ausgewählt haben, ist die richtige Wahl. Wir gaben ihm eine Herkulesaufgabe zu erfüllen. Wunder brauchen Zeit*» (Bemerkungen von Gesellschaftern, nachdem sich die Finanzergebnisse des ersten Jahres der Geschäftsführung der vom Beirat vorgeschlagenen Oberkoryphäe zu einem historischen Verlust von mehreren Millionen Pfund geführt hatte) oder «*Herr Carter, die Mitarbeitende der Chaos GmbH sind dumm, schlafen bei der Arbeit und stellen nur übertriebene Forderungen. Keiner von denen ist bereit, auch nur ein bisschen mehr zu tun, um das Unternehmen aus dem Schlamm zu ziehen.*» oder «*Die Mehrheit der Mitarbeitenden sind Taugenichtse, die die Grundlagen der Funktionsweise des modernen Managements weder verstehen können noch wollen.»* oder «*Diese Idioten* [Mitarbeitende der Chaos GmbH] *leben und arbeiten immer noch wie damals, als die Chaos GmbH seine Produkte in einer Garage produzierte und von Mama und Papa geführt wurde*».

Ein bemerkenswert arroganter Filmcharakter, laut einer Crowdsourcing-Umfrage unter drei Millionen Freiwilligen, ist Joffrey Baratheon in *Game of Thrones*. Ältere Leser erinnern sich vielleicht an Caledon 'Cal' Hockley in *Titanic*. Ich zitierte die Bibel. Lassen Sie uns also anschauen, was der Koran über Arroganz zu sagen hat: Allah (Lob sei Ihm, dem Herrn der Welten) sagt im Koran in Sure An-Nisa, dass Er Stolz und Arroganz in klaren und einfachen Worten hasst. Sein Prophet ist spezifischer, indem er sagt: «*Man wird das Paradies nicht betreten, wenn man das Gewicht eines Atoms der Arroganz in seinem Herzen hat*» und fügt hinzu: «*Das Höllenfeuer ist der Wohnsitz des arroganten Volkes*». Die Beispiele in Kapitel 3 geben reichlich Beweise für beide Arten von Anmassung, die bei den Verantwortlichen der Chaos GmbH vorherrschten. Jetzt wissen wir auch, wo diese Verantwortlichen im Jenseits wohnen werden ...

Grobe Nachlässigkeit: Im römischen Recht bedeutete *culpa lata dolo aequiparatur* «*grobe Nachlässigkeit ist gleichbedeutend mit Böswilligkeit*». – «Böswilligkeit» im Sinne von aktiver Bereitschaft, einer anderen Person willentlich und wissentlich Schaden zuzufügen, gilt nur für die unter aktiver Anmassung Erkrankten. Der Geschäftsführer und vielleicht der eine oder andere Gesellschafter, der sich für wahrgenommene Demütigungen durch seine Mitgesellschafter rächen wollte, qualifizieren sich für und werden dieser harten Definition gerecht. Alle anderen Teilnehmer waren nur fahrlässig im Sinne, dass es ihnen egal war, was mit dem Unternehmen passierte, und können somit des französischen *Laissez-faire-Ansatzes* bezichtigt werden, bei dem man im halbwachen, völlig gelangweilten Zustand das Geschehen um sich herum verfolgt und egal, was passiert, mit einem gallischen Achselzucken billigt. Grobe Nachlässigkeit im Rechtsgebrauch:

«*Grobe Nachlässigkeit liegt dementsprechend vor, wenn die verkehrserforderliche Sorgfalt in besonders schwerem Masse verletzt wird, indem schon einfachste, ganz naheliegende Überlegungen nicht angestellt werden sowie das nicht beachtet wird, was in diesem Fall jedem hätte einleuchten müssen*».

Der überwiegenden Mehrheit der Mitarbeitenden der Chaos GmbH leuchteten die allereinfachsten Fehler in der Vorgehensweise der Verantwortlichen ein, und sie fragten sich, wieso nicht die naheliegendsten Überlegungen angestellt wurden, ganz zu schweigen von einer Machbarkeitsstudie… Eine gnädigere Erklärung für das Versagen der Führungsspitze ist, es auf eine einfache «Nichterfüllung der Pflicht» auslaufen zu lassen. Dies ist immer noch Grund genug, die Verantwortlichen mit Schmach und Schande zu belegen. Beispiele für Pflichtverletzungen und/oder (grobe) Nachlässigkeit finden Sie in Kapitel 3 zur Genüge. Ich rate Ihnen, lieber Leser, einige der Beispiele mit Sorgfalt und Offenheit zu lesen, damit sich Ihnen die Tiefe, das Gewicht und die Nachhaltigkeit des fahrlässigen Verhaltens erschliesst. Selbst für mich, der nicht nur das Verhalten, sondern auch die Auswirkungen gesehen und die Verantwortlichen persönlich getroffen hat, ist es schwer zu verstehen, wie so etwas so lange fortdauern konnte.

Ich habe oben gesagt, dass Anmassung einen blind und taub macht. Allah (Lob sei Ihm, dem Herrn der Welten) sagt dasselbe über die *Ghafilun* (Achtlose): «*Sie haben Herzen, mit denen sie nicht verstehen, sie haben Augen, mit denen sie nicht sehen, und sie haben Ohren, mit denen sie nicht hören. Sie sind wie Vieh.*» (Al-A'raf 7:179). Wenn Sie Kühe grasen gesehen haben, verstehen Sie, was hier gemeint ist: ein völlig autonomes Agieren unbedarft der Geschehnisse in der unmittelbaren Umgebung, wie z. B. das Erledigen von kleinen und grossen Geschäften, auch wenn ein Herdenmitglied direkt hinter einem genüsslich Frühstückt.

Und ihre Heilmittel: Demut und Logik

Demut: Demut ist eine Wertschätzung des Selbst, der eigenen Talente, Fähigkeiten und Tugenden. In Anerkennung der Geheimnisse und Komplexitäten des Lebens wird man demütig von der Grossartigkeit dessen, was man ist und was man erreichen kann, wobei Demut die Eigenschaft ist, bescheiden und unprätentiös zu sein. Demut bedeutet, andere an die erste Stelle zu setzen. Die reinste Form der Demut besteht darin, anderen zu dienen. Im Buddhismus sind Demut, Mitgefühl und Weisheit wesentliche Bestandteile des Erleuchtungszustandes. Im Islam gilt es als satanisch, sich zu weigern, demütig zu sein und sich für etwas Besseres zu halten. Die Bibel sagt, dass wahre Demut und Furcht vor dem Herrn «*zu Reichtum, Ehre und langem Leben führen*» (Sprüche 22:4, NLT). Eine moderne Definition von Demut ist, dass sie immer eine genaue

Selbstwahrnehmung erlaubt. Einer der bescheidensten Filmcharaktere, laut einer Crowdsourcing-Umfrage unter drei Millionen Freiwilligen, ist Samwell Tarly in *Game of Thrones*. Ältere Leser erinnern sich vielleicht an das unprätentiöse Auftreten des Kommissars Columbo (gespielt vom genialen Peter Falk), der immer demütig blieb, selbst wenn er den arrogantesten Bösewichten gegenüberstand. – Ein Zitat von Clive Staples Lewis fasst die Definition von Demut so zusammen: «*Demut bedeutet nicht weniger von sich selbst zu denken, sondern weniger an sich selbst zu denken*».

Logik ist das Studium der Gesetze der Gedanken, einschliesslich Beweisführung und/oder guter Argumente. Prämissen und Schlussfolgerungen sind die grundlegenden Bestandteile von Folgerungen oder Argumenten und spielen daher eine zentrale Rolle in der Logik. Prämissen und Schlussfolgerungen müssen entweder wahr oder falsch sein. Da dies ein sehr trockenes Thema ist, hier einige Zitate zur Logik, um das Verständnis zu fördern: –«*Drama beginnt, wo Logik endet*» – Ram Charan (indischer Schauspieler) und «*Logik ist der Anfang der Weisheit, nicht das Ende*» – Commander Spock (gespielt von Leonard Nimoy. Spock ist vielleicht der glühendste Anhänger der Logik). Garry Kasparov (russischer Schachgrossmeister) fasst die Definition von Logik so zusammen: «*Schach hilft Dir, Dich zu konzentrieren [und] Deine Logik zu verbessern. Es lehrt Dich, Dich an die Regeln zu halten und Verantwortung für Deine Handlungen zu übernehmen [und] wie Du Probleme in einer unsicheren Umgebung lösen kannst.*»

Mit den obigen Definitionen bewaffnet kann man mit sicherer Gewissheit sagen, dass Anmassung die Ursache und Nachlässigkeit ihre logische Konsequenz ist, die zusammen ein prosperierendes Unternehmen in Grund und Boden fahren liessen.

Anmassung ist auch die Grundursache von Habgier, weil das überhebliche Ego sich zu einem grösseren Anteil von allem berechtigt fühlt. Leute, die unter einem aufgeblähten Ego leiden, haben noch nie von Gandhis «*Die Welt hat genug für die Bedürfnisse aller, aber nicht für die Habgier aller*» oder von Mary Poppins «*Genug ist so gut wie ein Festmahl*» gehört. Diese Leute sehen auch überhaupt keine Veranlassung, sich in irgendeiner Art und Weise zurückzuhalten. Es ist zwar verständlich, dass Unternehmer das maximal Mögliche aus ihrem Unternehmen herausholen möchten, aber sie müssen dies Schritt für Schritt tun. Zum einen hat eine solche Methode eine viel bessere Erfolgsbilanz, als die Mitarbeitenden und das Management aus ihrer Kultur, alias Komfortzone, zu reissen. Unternehmer sollten sich in ihren Erwartungen in Bescheidenheit üben und sich über langsame Fortschritte in Richtung finanzieller Erfolg freuen. Zudem ist kein Unternehmen eine Insel. Alle in der Wirtschaft Partizipierenden zielen darauf ab, den Gewinn zu steigern. Daher ist es wichtig, seine Geschäfte auf faire Weise zu führen.

Anmassung (und nicht, wie Peter Drucker witzelte, schlechte Rechtschreibkenntnisse) ist auch dafür verantwortlich, dass Scharlatane (z. B. Mainstream-Medien-«Experten») anstelle von Gurus für Machtpositionen ausgewählt werden. Ein Scharlatan ist zwar auch an Anmassung erkrankt, jedoch mit dem Unterschied, dass der Scharlatan nicht nur über die Schwächen einer anmassenden Person Bescheid weiss, sondern versucht diese Schwächen zu seinem finanziellen Vorteil auszunutzen. Ein Guru (Sanskrit-Begriff für Mentor oder

Meister und «*Berater, der Werte mitgestaltet, Erfahrungswissen teilt, ein Vorbild im Leben ist, eine Inspirationsquelle ist und der bei der spirituellen Evolution hilft*») hat dagegen nur langweilige Empfehlungen, wie zum Beispiel «*Ohne ein voll funktionsfähiges ERP-System wird Ihr Unternehmen niemals in der Lage sein, überdurchschnittlich zu arbeiten. Es dauert etwa drei Mannjahre á acht Stunden/Tag und 250 Tage/Jahr, um die Datenbank auf Stand zu bringen.*» Vergleichen Sie dies mit dem, was ein Scharlatan vorschlagen wird:

«*Die moderne IT kann Ihre Datenbank im Handumdrehen in Ordnung bringen. Und wissen Sie was? Ich kenne den richtigen Mann für diesen Job. Er ist nicht billig, weil er einer der Besten in seinem Fach ist. Es wird ein paar Tage dauern, um eine solche Lappalie zu beheben. Drei Jahre! So ein Schwachsinn! Vertrauen Sie mir. Wir werden es für ein Zehntel der Kosten in Ordnung bringen, die dieser Möchtegern-Guru Ihnen vorgerechnet hat.*»

In 30 Jahren im Geschäft habe ich noch nie den Erfolg eines solchen Ansatzes erlebt, wie er vom Scharlatan vorgeschlagen wurde. Es war immer nur eine Verschwendung von Geld und Zeit. Die Verantwortlichen, die die Entscheidung trafen, den angeblich einfacheren Weg für die vermeintlich schnelle Lösung zu gehen, verwendeten viel Zeit und Mühe darauf, ihre Fehlentscheidung zu verbergen. Es braucht auch viel Zeit und Mühe, um dem Kader-Managern zu beweisen, dass die schnelle Lösung nicht funktioniert und dass das Unternehmen wieder Geld ausgeben muss, um es richtig zu machen.

Anmassung macht taub für Kritik und blind für wahrheitsgetreue Berichte. Die Anmassung ermöglicht, das

Offensichtliche zu ignorieren und Mahner zu denunzieren. Dieses Verhalten ist jedoch logisch: Leute, die an Anmassung erkranken, glauben solch aussergewöhnliche Gaben und Talenten zu haben, mit denen sie nichts falsch machen können. Somit können sie auch keine falschen Berater auswählen. Solche Leute können überhaupt keine falschen Entscheidungen treffen. Es ergeht ihnen aber so wie Affen, die die Kokosnuss im hohlen Baumstamm erst loslassen, wenn der Jäger sie gefangen hat. Denn arrogante Menschen erkennen die Konsequenzen ihrer Arroganz erst, wenn es zu spät ist. Weitere Informationen finden Sie unter: *Das Chimp Paradox: Das Mind Management Modell für Selbstvertrauen, Erfolg und Glück* – von Steve Peters (ISBN: 978-3406751301).

Anmassung ist extrem schwer in eine Tugend zu verwandeln. Seine mildere Form, Stolz, könnte jedoch in eine Tugend umgewandelt werden. Ein stolzer Mensch mag es nicht zu versagen. Um Misserfolge zu verhindern, kann die Energie des Stolzes genutzt werden, um die extra Anstrengung auf sich zu nehmen, um andere Wege zum Erfolg zu finden als nur den Weg des geringsten Widerstandes. Stolze Menschen lieben es, vergöttert zu werden. Neben der offensichtlichsten Lösung, die darin besteht, dass ein Haufen Arschkriecher ihren Chef für seine kleinste Leistung verehren, sollte er versuchen echten Respekt und Bewunderung von seinen Mitarbeitenden zu erhalten, indem er sie mit echten Leistungen beeindruckt. Es mag eine leicht schizophrene Natur erfordern, aber ich habe ein solches Verhalten in der Praxis schon gesehen: Der geschäftsführende Gesellschafter war die Verkörperung der Demut, wenn er mit Stakeholdern des Unternehmens zu tun hatte, und ein prahlerisches So-und-So, wenn er privat unterwegs war. Er hielt dieses Schauspiel so gut aufrecht, dass alle seine Mitarbeitenden glaubten, er sei die Demut selbst.

Während Stolz mit ein wenig gutem Willen in eine Tugend verwandelt werden kann, ist das bei grober Nachlässigkeit sehr schwierig. Ich bin immer bestrebt, den schlimmsten Situationen und den schlimmsten menschlichen Eigenschaften etwas Positives abzuringen. Das einzige Setup, in dem grobe Nachlässigkeit der Gesellschafter und der ersten Kaderebene als Tugend dienen könnte, ist, wenn sie die zweite Kaderebene gewähren lässt und sich nicht in die Unternehmensführung dieser Ebene einmischt. Ich kann mich an kein einziges Beispiel aus dem wirklichen Leben erinnern, wo das funktioniert hat. Am nächsten dran war ein Fall, in dem Manager aus der zweiten Reihe genau wussten, was zu tun wäre, sich aber weigerten, dies zu sagen oder entsprechend zu handeln. Sie wiesen vielmehr darauf hin, dass die notwendigen Entscheidungen weit über ihrer Gehaltsstufe lagen und das Top-Management ja schliesslich für das Fällen solcher Entscheidungen fürstlich entlohnt wird. – Tina Feys (amerikanische Schauspielerin, Komikerin, Schriftstellerin) witzige Bemerkung zeigt die einzig mögliche Lösung, um mit Nachlässigkeit davonzukommen: «*In den meisten Fällen bedeutet es, ein guter Chef zu sein, talentierte Leute einzustellen und ihnen dann aus dem Weg zu gehen.*»

Während meiner Karriere hatte ich reichlich Gelegenheit, Mitarbeitende und Manager in einer Vielzahl von Branchen und mit unterschiedlichen kulturellen Hintergründen zu interviewen. Die überwiegende Mehrheit dieser Mitarbeitenden bevorzugte die «harte aber faire» (definiert als «*ohne Voreingenommenheit Standards aufrechterhalten und durchsetzen*»)

Art der Führung. Als ich weiter nachfragte, meinten die Leute normalerweise mit «hart» eher «standhaft» und «entschlossen» und erklärten «fair» mit «Verständnis», «empathisch» und «mitfühlend». Fast alle Befragten gaben an, dass die wichtigste Charaktereigenschaft eines Kader-Managers die Identifikation mit dem von ihnen geführten Unternehmen sein muss. Egoistische und auf Eigennutz bedachte Schreihälse waren absolut unbeliebt.

Da sich unsere Gesellschaft von unterwürfigem Gehorsam gegenüber den Mächtigen weiterentwickelt (oder verfällt, je nach Standpunkt …), müssen sich Führungsstile von General George S. Pattons «Blut und Mut»-Ansatz zu etwas entwickeln, das der Geschäftsführer bei *Alphabet* ausübt. Er ist selbstironisch, einfühlsam, unterstützend und achtsam und findet sich in politischen Minenfeldern zurecht. Er vermeidet Konfrontationen und betont stattdessen die Zusammenarbeit. Um keine Opposition aufkommen zu lassen, wartet er, bis sich Konfliktsituationen von selbst entspannen. Aber selbst als leuchtendes Beispiel für demütige Menschenführung ist er nicht jedermanns Liebling: Etwa 10 % des oberen Kaders von Google verliessen das Unternehmen frustriert. Sie kamen mit der langwierigen Seelensuche und den zeitraubenden langen Lösungswegen, die unternommen wurden, um zu einem gegenseitigen Einverständnis zu kommen, nicht zurecht. Dies auch, weil sehr dringende Angelegenheiten auch mit der Achtsamkeitsmethodik entschieden – böse Zungen behaupten: ausgesessen – wurden.

Von Hopper in *Das grosse Krabbeln* (Pixar Animation Studios, 1998) lernten wir: «*Die erste Regel in der Führung ist: Alles ist Deine Schuld*». Daher sollten sich alle Kaderleute dieser

Tatsache bewusst sein, die, wenn man darüber nachdenkt, ziemlich einfach ist: Der Typ mit dem grössten Lohn muss die ganze Verantwortung, insbesondere für Misserfolge, tragen. Selbst in Zeiten von Moderatoren statt Kommandeuren suchen die Menschen nach jemandem, der die Schuld auf sich nimmt. Bei allem Respekt vor dieser modernen, idealistischen Sichtweise von «*alle sind gleich und lasst es uns gemeinsam tun*», kann die menschliche Natur nicht betrogen werden. Wenn zwei Menschen zusammenstehen, muss einer *primus inter pares* sein. Und sei es nur, um Vorschläge zu unterbreiten, denn andernfalls werden sie die Arbeit auf lange Sicht nicht erledigen.

Mitarbeitende erkennen bescheidene Kaderleute als solche an, wenn diese

1) ansprechbar sind: Menschen, die den Chef sehen wollen, müssen keinen Termin vereinbaren und können mit ihm sprechen, wenn sie sich über den Weg laufen;
2) Fehler und Unzulänglichkeiten verzeihen: Jeder macht Fehler, und niemand ist perfekt. Daher schätzen es die Leute, wenn man ihnen auf sachliche Weise sagt, dass ihre Leistung hätte besser sein können, wenn sie dies oder jenes auf eine andere Art und Weise getan hätten. Und wenn der Chef von seinen eigenen Fehlern und Unzulänglichkeiten erzählt, nimmt er gar menschliche Züge an…;
3) in der Lage sind, Lob zu verteilen, wo Lob berechtigt ist: Dies ist nicht immer einfach, da die Mitarbeitenden dazu neigen, ihre Arbeit überzubewerten und die Zeit,

Kosten, Ressourcen und Unterstützung, die sie von anderen erhalten haben, zu unterschätzen. Wenn diese Methode jedoch richtig angewendet wird, steigt die Motivation der Mitarbeitenden, und sie werden eher bereit sein, ihre neuesten Ideen und Verbesserungsvorschläge mit dem Unternehmen zu teilen.

Untersuchungen haben gezeigt, dass Demut mit zunehmender Verantwortung für Kaderleute, um Erfolg zu haben, immer wichtiger wird. Die Mitarbeitenden sind zu mehr und besseren Leistungen bereit, wenn sie erkennen, dass ihr Chef bei brenzligen Situationen ruhig und sachlich bleibt und bei Erfolg diesen mit den Mitarbeitenden teilt. Kaderleute, die mehr auf ihre direkten Mitarbeitenden eingehen, schaffen eine Kohäsion unter den Mitarbeitenden, die das Motto «*Vereint stehen wir, gespalten fallen wir*» wahr werden lässt.

Als bescheidene Führungskraft wissen Sie sicher, dass Sie nicht immer die klügste Person im Raum sein können. Wenn dies von Ihnen in dem Unternehmen, für das Sie arbeiten, erwartet wird, sollten Sie vielleicht nach einem anderen Job suchen, da die Kultur dieses Unternehmens lautet: «*Wenn Sie nicht wissen, was Sie tun sollten, fragen Sie Ihren Chef*». Eine solche Unternehmenskultur macht die Mitarbeitenden (denk)faul und setzt das Management unter ständigen Druck, für jedes Problem eine Lösung zu finden. Sie müssen nicht die klügste Person sein, denn Sie können unmöglich jedes einzelne Detail aus jeder Abteilung und zu jedem Thema kennen, für das eine Entscheidung erforderlich ist. Sie können auch das Denken von hunderten von Leuten nicht alleine übernehmen. Was Sie aber tun müssen, ist, Ihre direkten Mitarbeitenden und alle anderen Mitarbeitenden zu ermutigen, sich frei zu äussern. Sie müssen auch Respekt vor Meinungsverschiedenheiten zeigen und den besten Ansatz auswählen, unabhängig woher er kommt. Dies wird höchstwahrscheinlich Kaderleute verärgern, die um eine höhere Position kämpfen. Sie schätzen es in der Regel nicht, wenn der Geschäftsführer nicht nur mit jedem Mitarbeitenden im Unternehmen spricht, sondern auch noch auf dessen Vorschläge hört.

Es ist jedoch wichtig, allen Mitarbeitenden, die mit ihren Ideen auf Sie als Geschäftsführer zukommen, zu erklären, dass sie in einem ersten Schritt, ihre Ideen mit ihren direkten Chefs teilen sollten. Wenn sie dies nicht tun, werden diese mittleren Manager keine wichtigen Informationen mitbekommen und sich nutzlos fühlen. Ausserdem ist eine Hierarchie eine gute Sache, um Informationen auf den verschiedenen Ebenen nach oben und unten zu kaskadieren. Zugegeben, es ist etwas umständlich (gerade in einem etwas grösseren KMU), Manager aus allen Ebenen zu einem Maschinenbediener zu zerren, der glaubt nur der oberste Chef würde ihn verstehen. Wenn konsequent immer jede betroffene Kaderebene bei solchen Gesprächen dabei ist, wird der Mitarbeitende sehen, was für einen Aufwand er verursacht, und bald nur in absoluten Notfällen seinen direkten Chef umgehen. Es ist auch fast allen Mitarbeitenden klar, dass der Geschäftsführer nicht allgegenwärtig sein kann. Jeder Manager auf jeder Hierarchieebene singt normalerweise das Lied des Geschäftsführers (leider nicht nur die guten, sondern auch die schlechten Noten) und wird versuchen seinem Vorgesetzten nachzueifern, umso mehr, wenn er befördert werden will...

Demut in Kaderleuten ist meist mit den folgenden sieben Eigenschaften verbunden:

1) sie missbrauchen ihre Autorität nicht;
2) sie versuchen ständig andere zu fördern;
3) sie fordern und fördern Zusammenarbeit;
4) sie fordern und fördern Integrität und Vertrauen;
5) sie unterstützen ihre Mitarbeitenden;
6) sie sind in der Lage, ihre Fehler und Unzulänglichkeiten zuzugeben; und
7) sie sind die Ersten, die Verantwortung übernehmen, und die Letzten, die Lob einheimsen.

Auch Lean Management verlangt nach bescheidenen Kaderleuten, die die Hindernisse beseitigen, die ihre direkten Mitarbeitenden daran hindern, auf hohem Niveau zu arbeiten. Solche Hindernisse finden sich in der Kommunikation, den Abläufen und den Funktionen innerhalb einer Abteilung und den Interaktionen mit anderen Abteilungen.

Shigeo Shingo (ein japanischer Wirtschaftsingenieur und führende Autorität für die Prinzipien des Toyota Produktionssystems) hatte folgendes über Demut und Respekt zu sagen:

«*Ein gemeinsames Merkmal führender Praktiker von Operational Excellence ist ein Gefühl der Demut. Demut ist ein Wegbereiter, das dem Lernen und der Verbesserung vorausgeht. Die Bereitschaft einer Führungskraft, Input einzuholen, aufmerksam zuzuhören und kontinuierlich zu lernen, schafft ein Umfeld, in dem sich die Mitarbeitenden respektiert und bestärkt fühlen und ihrer Kreativität freien Lauf lassen. Verbesserung ist nur möglich, wenn Menschen bereit sind, ihre Verletzlichkeit anzuerkennen und Vorurteile aufzugeben, um einen besseren Weg zu finden.*

Respekt muss zu etwas werden, das für und von jeder Person in einer Organisation tief empfunden wird. Respekt für jeden Einzelnen schliesst natürlich Respekt für Kunden, Lieferanten, die Gemeinschaft und die Gesellschaft im Allgemeinen mit ein. Individuen werden bestärkt, wenn diese Art von Respekt gezeigt wird. Die meisten Mitarbeitenden werden sagen, dass Respekt das Wichtigste ist, was sie von ihrer Beschäftigung erwarten. Wenn Menschen sich respektiert fühlen, geben sie weit mehr als ihre Tatkraft – sie geben auch ihre Seele und ihr Herz.»

Es ist über jeden Zweifel erhaben, dass Demut ein Wegbereiter für Glück und Erfolg ist. Die folgenden Erläuterungen zeigen, dass Logik auch ein Wegbereiter und eine treibende Kraft ist. Für Demut und Logik in Kombination gibt es keine Aufgabe, die zu schwer zu meistern ist... Aber selbst jeder für sich hat eine bessere Erfolgsbilanz, als Anmassung und Nachlässigkeit jemals haben werden.

«Gegen Logik gibt es keinen besseren Schutz wie Unwissenheit» – sagte Laurence J. Peter, der kanadische Erzieher und Erfinder des *Peter-Prinzips,* so treffend.

Logik ist bei weitem der grösste Feind hochtrabender Ideen und Ideologien wie Religion, Politik, Wirtschaft, Philosophie und Psychologie. Zum grossen Ärgernis religiöser Anführer, linksliberaler Ökonomen und deren Verfechter in der Politik, Wolkenkuckucksheim-Philosophen und Absolutions-Psychologen ist die Logik ungeschlagener und unschlagbarer Sieger. Wer hat zum Beispiel nicht gehört, dass Politiker behaupten, die Steuern zu senken und die staatlichen Sozialleistungen zu erhöhen, wenn sie gewählt werden? Oder die Behauptung linker Ökonomen wie Karl Marx, dass der Kollektivismus der Weg zum Himmel auf Erden ist, nur um von der Geschichte Lügner gestraft zu werden? Die Logik stellt blasphemisch die Existenz von Gottheiten in Frage. Da religiöse Anführer (wie auch die Mitglieder der spanischen Inquisition) Schwierigkeiten hatten, eine logische Antwort zu geben, landeten Menschen, die Dogmen hinterfragten auf dem Scheiterhaufen. Heute werden sie von der pseudo-*woke* Bewegung gecancelt...

Logik ist auch ein Hindernis für einige Unternehmer und Kaderleute in ihrer täglichen Verwaltung eines Unternehmens. Wie erstaunlich niedrig eine logische Hürde sein kann, zeigt das Unverständnis einiger dieser Menschen, dass die Gesamteinnahmen des Unternehmens nicht vollumfänglich für die Finanzierung von Lieblingsprojekten verwendet werden können. Der Einkauf neigt sehr dazu, Opfer unlogischer Entscheidungen zu werden, wie z. B. *«Suchen Sie weiter nach den Lieferanten mit den billigsten Waren!»*, wobei die Folgen minderwertiger Materialien bei der Herstellung und Montage und deren Auswirkungen auf die Qualität des Endprodukts ausser Acht gelassen werden. Das Vertriebsteam verteidigt standhaft ihren Irrglauben, dass der Gesamtumsatz wichtiger ist als die Gewinnmargen. Dies sind jedoch nur die Ergebnisse der Personalpolitik des Personalchefs, der auf Grundlage einiger pseudowissenschaftlicher Massnahmen Mitarbeitende einstellt und befördert und damit den Wahrheitsgehalt der Peter- und Dilbert-Prinzipien untermauert.

Das Peter-Prinzip besagt, dass Mitarbeitende, die gute Arbeit leisten in eine Position befördert werden, die andere Fähigkeiten erfordert, als sie bisher für ihre Arbeit nötig waren. Sollte der frisch gebackene Manager nicht in der Lage sein, die notwendigen Fähigkeiten durch Ausbildung oder andere Mittel zu erwerben, wird er auf der neuen Ebene inkompetent sein und nicht wieder befördert. Laut einer von *Gallup* veröffentlichten Studie scheitern 84 % der Beförderten, was viel über den Zustand der heutigen Welt erklärt, nicht wahr? Basierend auf diesen Statistiken haben 16 % die Chance, wieder befördert zu werden, bis ihre Fähigkeiten (oder ihr Glück oder beides) auf einem Niveau, auf dem sie inkompetent sind, versiegen (Wortspiel beabsichtigt). Daher werden sie auf dieser Kader-Ebene bleiben, die *Peter-Plateau* genannt wird. Zusammenfassend lässt sich sagen, dass die Hauptaussage des Peter-Prinzips darin besteht, dass «*in einer Hierarchie jeder Mitarbeitende dazu neigt, auf sein Niveau der Inkompetenz aufzusteigen*». Dies führt zu *Peters-Korrelation*, indem es heisst: «*Mit der Zeit wird jeder Posten mit einer inkompetenten Person besetzt sein.*»

Das *Dilbert-Prinzip* ist weniger akademisch, sondern eher etwas ironisch, weil es besagt, dass inkompetente Mitarbeitende in Führungspositionen befördert werden, um sie aus dem Weg zu räumen, damit kompetente Mitarbeitende die anstehenden Arbeiten unbelastet erledigen können. Dies entspricht vollumfänglich dem Funktionsprinzip der Europäischen Union: Alle ehemaligen, abgetakelten Politiker und Top-Bürokraten aus den Mitgliedstaaten werden nach Brüssel bzw. Strassburg geschickt, um den EU-Apparatschiks dabei zu helfen sowohl das Geld der Steuerzahler als auch das bei der EZB frisch und fleissig gedruckte Geld zu verschwenden. Sie dürfen auch fleissig in der Zerstörung der Volkswirtschaften der einzelnen Mitgliedsstaaten mit immer sinnloseren Regeln und Vorschriften assistieren. Im Ernst, die Peter-und-Dilbert-Prinzipien scheinen das Markenzeichen der HR-Strategie der EU zu sein. Darum muss sich die Schweiz so weit wie möglich von diesem bürokratischen Moloch fernhalten!

Um zu verhindern, dass ihr Unternehmen sich in eine Chaos GmbH wandelt, müssen sich Gesellschafter an die Regeln der Logik halten. Es gibt Beispiele, die ich während meiner Karriere gesehen habe, wo sich die Gesellschafter, die Geschäftsleitung und/oder der Personalchef hartnäckig an die Prinzipien der Logik gehalten haben, und es gab Gesellschafter, Geschäftsführer und Personalchefs, die sich in ihren Geschäften von so etwas Unwichtigem wie der Logik weder haben beirren noch einschränken lassen. Erstere schnitten viel besser ab, denn wenn sie einen Mitarbeitenden in eine höhere Position beförderten, wurde diesem ein neuer Vertrag mit einer entsprechenden Probezeit vorgelegt. Beide Parteien konnten sich aus dem neuen Vertrag zurückziehen und zum alten zurückkehren. Die frisch nominierten Manager mussten sich einmal pro Woche für eine Besprechung mit dem Personalchef und/oder dem Geschäftsführer melden, um ihre Fortschritte in ihren jeweiligen Abteilungen und der des Unternehmens zu überwachen. Natürlich wurden auch die Mitarbeitenden über ihren neuen Chef befragt. Alles in allem war das Festhalten an einer sehr grundlegenden Form der Logik, wie «*er kann seinen neuen Job machen/er kann seinen neuen Job nicht machen*», eine sehr erfolgreiche Methode, um Mitarbeitende aus der Organisation in höhere Positionen zu befördern, anstatt externe Überflieger einzustellen. Die Gesellschafter, Personalchefs, Geschäftsführer, die sich durch Logik nicht beirren liessen und ihre Mitarbeitenden aufgrund ihrer Intuition, der «Linientreue» der Mitarbeitenden etc. beförderten, erlitten mit ihren Nominierungen mittel- und langfristig Schiffbruch. Inkompetente Manager belasteten ihre ihnen unterstellten Mitarbeitenden mit mehr Arbeit und delegierten Verantwortung und verteidigten ihre neuen Positionen mit allen Mitteln (einschliesslich Verleumdung und Rufmord) gegen Kritiker.

Den Prinzipien der Logik zu folgen, zahlt sich auch in anderen Abteilungen als HR aus: Der Einkauf wurde angewiesen, nach Lieferanten mit preiswerten Waren zu suchen. Man beachte den Unterschied zwischen «billig» und «preiswert». Die Produktion wurde angewiesen nur Produktionsanlagen mit einer OEE von 85 % zu kaufen (was für originäre Hersteller als Weltklasse gilt). F&E wurde angewiesen, während des Entwicklungs- und Designprozesses eines neuen Produkts mit dem Einkauf und der Produktion zusammenzuarbeiten. Finanzen, Rechnungswesen und Controlling wurden gebeten, Finanzberichte einfach und leicht verständlich zu halten und sich bei der Erläuterung der Unternehmensleistung im Allgemeinen und der Leistung der jeweiligen Abteilungen im Besonderen einer einfachen, leicht verständlichen Sprache zu befleissigen. Solche Berichte wurden von den Verantwortlichen nicht nur durchgelesen, sondern auch mit den Abteilungsleitern und den Mitarbeitenden durchgesprochen.

Die Gesellschafter müssen sicherstellen, dass die Abteilungsleiter, der Geschäftsführer und die Mitglieder des Beirats nicht nach den Grundsätzen des *sayreschen Gesetzes* arbeiten, welches besagt, dass «*die Intensität der Emotionen in jedem Streit umgekehrt proportional zur Wichtigkeit der Streitfragen sind*». Einfacher formuliert: «*Je kleiner das Übel, umso grösser die Aufregung.*» – Gesellschafter und Kaderleute müssen zu jederzeit erkennen, dass es bei ihrem Denken und Handeln nur um das Unternehmen und nicht um sich selbst gehen muss. Sie werden die Früchte der Arbeit, die sie zum Wohle des Unternehmens leisten, geniessen können. Sie sollten niemals egoistisch handeln, sondern immer im besten Interesse des Unternehmens. Es ist einfacher, im besten Interesse eines Unternehmens zu handeln, wenn alle Beteiligten ihr Unternehmen als lebenden Organismus betrachten, also als «Körperschaft» oder als «Personen»-Gesellschaft. Strategien sind ein ganzes stückweit Wünsche. Folglich kann man auch den Begriff «Wunsch ist der Vater des Gedankens» verwenden, um eine persönliche Nähe zum Unternehmen und dessen Schicksal aufzubauen. Denn Eltern, die bei klarem Verstand sind, tun alles Menschenmögliche für ihren Nachwuchs – manchmal auch zu viel des Guten…– Wenn Sie sich als Kadermitglied gefühlsmässig eher zu anderen Lebewesen hinzugezogen fühlen, so können Sie natürlich ein Unternehmen auch als wehrloses Geschöpf betrachten. Hauptsache ist, dass Sie dem Unternehmen gegenüber Mitgefühl entgegenbringen.

Mit ein wenig Selbstdisziplin, einem Mindestmass an Logik, einer Prise Demut, ein bisschen Wachsamkeit und dem nötigsten Informationsaustausch ist es ziemlich einfach, ein Unternehmen zu führen. Wenn aber auch nur eine dieser Zutaten des nachhaltigen Erfolgs fehlt, ist der Untergang nur eine Frage der Zeit. Selbst wenn die Gesellschafter, Mitglieder des Beirats und Mitglieder des Managementteams der Meinung sind, dass sie in Übereinstimmung mit dem agieren, was ich oben geschrieben habe, müssen sie dies von ihren Mitarbeitenden und externen Stakeholdern bestätigen lassen. Diese Bestätigung muss nicht aufwendiger sein als einfaches, regelmässiges Feedback von den oben genannten Parteien. Nach oben sind fast keine Grenzen gesetzt, d. h. es kann natürlich mit einem Peer-to-Peer-Review getoppt werden. Mit einem *Shingo*-Preis lässt sich die Feedback-Kultur gar auf ein exorbitantes Niveau bringen. Feedback muss deshalb eingeholt und gegeben werden, damit jeder in der Organisation weiss, ob er auf dem richtigen Weg ist. Eine solche (Unternehmens)Kultur muss von allen Mitarbeitenden, Kadermitgliedern und Gesellschaftern individuell erworben und ganzheitlich mitgetragen werden. Für die Erkenntnis der Wichtigkeit von Selbstdisziplin, Logik, Demut, Wachsamkeit und Kommunikation sollte niemand externe Hilfe in Anspruch nehmen müssen, sondern es sollte eine Selbstverständlichkeit sein, oder?

Nachhaltig erfolgreiche Unternehmen wachsen langsam und stetig, denn Kultur braucht Zeit, um sich zu entwickeln. Schnell wachsende KMU laufen Gefahr, zu einem Strohfeuer zu werden, weil sich in kurzer Zeit keine Substanz entwickelt kann. Etwas aufzubauen braucht immer mehr Zeit, als etwas zu zerstören. Aus diesem Grund können auch Unternehmen mit einer langen Geschichte in null Komma nichts pleitegehen. Nur ständige Wachsamkeit und ein gesundes Mass an Konservatismus können einem Unternehmen helfen, geschäftliche Modeerscheinungen, Scharlatan-Berater und sprichwörtliche Gesellschafter der dritten Generation zu überleben. Nichts, ausser vielleicht kommunistische Revolutionen (und Ampel-Koalitionen …), in denen alle Privatgüter kollektiviert werden, kann Sie zwingen, Ihr Vermögen an jemand anderen zu übergeben. Wenn Sie Ihre Kinder nicht für geeignet halten, das Unternehmen zu leiten, das Sie und Ihre Vorfahren aufgebaut haben, dann übergeben Sie es doch um Himmelswillen einem Treuhänder, anstatt es vor die Hunde gehen zu lassen.

Die Gesellschafter der Chaos GmbH lieferten sich epische und erbitterte Kämpfe um die Kontrolle über ihr Unternehmen. Das *Pendel der Verdammnis* (zweihändige Streitaxt in *World of Warcraft*) zwischen den beiden Konfliktparteien pendelte hin und her, trennte Familienbande und Freundschaften und verletzte auch Unbeteiligte unter den Gesellschaftern. Die eigentliche Tragödie der riesigen Ego-Kämpfe war das Leiden der unbeteiligten Mitarbeitenden des Unternehmens. Die Feindseligkeiten zwischen den Gesellschaftern endeten mit einem Pyrrhussieg (ähnlich wie der kadmeische Sieg, bei dem maximal ein Einziger die Schlacht überlebt). Obwohl der Share Deal den Saldo der Bankkonten der Gesellschafter erheblich erhöhte, waren es doch im Vergleich zu den zukünftigen Jahresgewinnen eines gut funktionierenden Unternehmens lediglich Almosen.

Werte und Vermögen (im ganzheitlichen Sinne dieser Begriffe) verpflichten zur Verantwortung, diese so lange wie möglich zu bewahren. Sei es auch nur aus Respekt für die Menschen, denen es gelungen ist, Wohlstand und Werte zu erschaffen. Sollten Sie Zweifel an den Errungenschaften Ihrer Vorfahren haben, so dürfte es ja für Sie ein Klacks sein, es ihnen gleich zu tun, oder? Sie werden bald erkennen, wie schwierig die Erschaffung von Werten und Vermögen sein kann.

Ich schliesse dieses Buch mit einem meiner Lieblingszitate über privatwirtschaftliche Unternehmen:

> «*Einige betrachten private Unternehmen als ob es ein räuberischer Tiger wäre, der erschossen werden muss. Andere betrachten es als eine Kuh, die sie melken können. Nur eine Handvoll sieht es als das, was es wirklich ist: das starke Pferd, das den ganzen Karren zieht*» – Winston Churchill

Glossar/Quellen

6W Fragen

Wer?	Was?
1) Wer machte es? 2) Wer sollte es machen? 3) Wer sonst kann es machen? 4) Wer sonst sollte es noch machen?	1) Was ist zu machen? 2) Was wird gemacht? 3) Was sollte gemacht werden? 4) Was ist sonst noch zu machen?
Wann?	**Wo?**
1) Wann muss es gemacht werden? 2) Wann wird es gemacht? 3) Wann sollte es gemacht werden? 4) Wann kann es noch gemacht werden?	1) Wo muss es gemacht werden? 2) Wo wird es gemacht? 3) Wo sollte es gemacht werden? 4) Wo sonst kann es noch gemacht werden?
Warum?	**Wie?**
1) Warum wird es gemacht? 2) Warum wird es dort gemacht? 3) Warum wird es dann gemacht? 4) Warum wird es so gemacht?	1) Wie wird es gemacht? 2) Wie sollte es gemacht werden? 3) Wie sonst kann man es machen? 4) Wie kann es verbessert werden?

Alleinlieferant: ist der einzige verfügbare. Daher ist dieser Lieferant ein Monopolist

Anachronistisches Verhalten: alles was im falschen Zeitraum erscheint (Objekte, umgangssprachliche Ausdrücke, soziale Bräuche etc.)

Anarchie: «*Der schlimmste Feind des Lebens, der Freiheit und des gemeinsamen Anstands ist die Anarchie. Der zweitschlimmste Feind ist die totale Effizienz.*» Aldous Huxley und «*Tyrannei und Anarchie liegen nie weit auseinander.*» Jeremy Bentham und «*Anarchie als politisches Konzept ist eine naive Abstraktion: Eine Gesellschaft ohne eine organisierte Regierung wäre der Gnade des ersten Kriminellen ausgeliefert der auftauchte und der sie in das Chaos des Bandenkrieges stürzen würde.*» – Ayn Rand

Beirat: Rollen und Verantwortlichkeiten der Beiräte sind

1) Entwicklung eines Verständnisses für die Geschäfts-, Markt- und Branchentrends;
2) umfassende Beratung zu von den Gesellschaftern und Kadermitgliedern aufgeworfenen Fragen;
3) unvoreingenommene Meinungen und Ideen aus der Sicht Dritter zu geben;
4) neue Geschäftsideen zu fordern, zu fördern und zu unterstützen;
5) als Berater der Kadermitglieder fungieren;
6) Bereitstellung einer Networking-Plattform für das Kader und das Unternehmen;
7) Förderung der Entwicklung eines Führungsansatzes, der ein nachhaltiges Wachstum der Firma ermöglicht;
8) Überwachung der Geschäftsentwicklung;
9) dem Kader Herausforderungen stellen, die Geschäftsentwicklung verbessern könnten.

Body Mass Index (gemäss der Weltgesundheitsorganisation Europa):

<18,5	Untergewichtig
18,5-24,9	Normalgewicht
25,0-29,9	Prä-Adipositas
30,0-34,9	Adipositas Grad 1
35,0-39,9	Adipositas Grad 2
>40,0	Adipositas Grad 3

CKD: steht für *Completely-Knocked-Down* wie z.B. Modellbausätze von Autos, Flugzeugen etc. oder Möbel von IKEA

DAP (Incoterm): Die DAP-Regeln verlangen vom Verkäufer, Waren für den Export zu verzollen, ohne verpflichtet zu sein, die Waren für die Einfuhr abzufertigen, Einfuhrabgaben zu zahlen oder Einfuhrzollformalitäten zu erledigen

Die zehn Gebote eines Betrügers:

1) Seien Sie ein geduldiger Zuhörer (dies bringt den Erfolg, nicht schnelles Reden);
2) Erscheinen Sie nie gelangweilt;
3) Warten Sie bis Ihr Gegenüber seine politische Meinungen preisgibt und stimmen Sie ihm dann zu;
4) Lassen Sie Ihr Gegenüber seine religiösen Ansichten offenbaren und stimmen Sie ihm dann zu;
5) Deuten Sie Sexgespräche an, verfolgen Sie es aber erst wenn Ihr Gegenüber ein starkes Interesse zeigt;
6) Diskutieren Sie niemals über Krankheiten, es sei denn Ihr Gegenüber zeigt besonderes Interesse;

7) Fragen Sie niemals nach den persönlichen Umständen Ihres Gegenübers (er wird es Ihnen irgendwann alles erzählen);
8) Prahlen Sie niemals – lassen Sie Ihre Wichtigkeit einfach offensichtlich sein;
9) Seien Sie niemals unordentlich und schlecht gekleidet;
10) Seien Sie niemals betrunken

Disziplin: «*Selbstdisziplin ist eine Form der Freiheit. Freiheit von Faulheit und Lethargie, Freiheit von den Erwartungen und Forderungen anderer, Freiheit von Schwäche und Angst und Zweifel. Selbstdisziplin ermöglicht es einem Menschen, seine Individualität, seine innere Stärke, sein Talent zu spüren. Er ist der Herr und nicht der Sklave seiner Gedanken und Emotionen.*» – Harvey A. Dorfman

Drucker, Peter: war ein österreichisch-amerikanischer Unternehmensberater, Pädagoge und Autor, dessen Schriften zur philosophischen und praktischen Ausgestaltung des modernen Wirtschaftskonzerns beitrugen. – Bemerkenswerte Zitate, auf die ich mich in diesem Buch beziehe: «*Rang verleiht weder Privilegien noch Macht. Sie verpflichtet zur Verantwortung*»; «*Unternehmenskulturen sind wie Länderkulturen. Versuchen Sie niemals sie zu ändern. Versuchen Sie stattdessen mit dem zu arbeiten was Sie haben.*»; «*Wir benutzen das Wort* Guru *nur, weil* Scharlatan *für eine Überschrift zu lang ist*»; «*Journalisten nennen uns* Gurus, *weil sie* Scharlatane *nicht buchstabieren können.*»

Dunning-Kruger-Effekt: ist eine kognitive Verzerrung bei der Menschen mit begrenztem Wissen oder geringen Kompetenz ihre Fähigkeit übermässig positiv einschätzen. Einfacher formuliert: Vollpfosten halten sich für Genies.

Ego: «*Dein Ego kann zu einem Hindernis für deine Arbeit werden. Wenn du anfängst, an deine Grossartigkeit zu glauben, ist es der Tod deiner Kreativität.*» – Marina Ambramović und «*Ego ist wahrscheinlich eines der grössten Gifte, die wir haben können – es ist Gift für jede Umgebung.*» Jimmy Kim und «*Was ich bei meinen Recherchen herausgefunden habe, ist, dass Realismus und Selbstehrlichkeit das Gegenmittel zu Ego, Anmassung und Täuschung sind.*» – Ryan Holiday

ERP-Systemimplementierungshavarien: (1) *Hersheys* gescheiterte ERP-Implementierung kostete über 100 Millionen US-Dollar; (2) *Waste Management Inc.* machte nach einem ERP-Ausfall Verluste in Höhe von über 500 Millionen US-Dollar geltend; (3) *Lidl* kündigte seinen Vertrag mit SAP zur Implementierung eines ERP-Systems, nachdem es in 7 Jahren 500 Millionen US-Dollar versenkt hatte. (4) Die US-Luftwaffe hat ihr ERP-Projekt verworfen, nachdem sie Kosten in Höhe von 1 Milliarde US-Dollar verursacht hatte. (5) Die ERP-Implementierungskatastrophe von *Nike* führte zu Umsatzeinbussen in Höhe von 500 Millionen US-Dollar; und auch IT-Giganten kann es treffen (6) Die ERP-Migration von *Hewlett-Packard* verursachte Umsatzeinbussen in Höhe von 160 Millionen US-Dollar.

FMEA: *Failure Mode and Effect Analyses* ist ein Verfahren zur Vorhersage und Beseitigung potenzieller Konstruktionsfehler oder Ineffizienzen in einem neuen Produkt durch Simulation seiner Leistung entweder in einem Computerprogramm oder mit einem Mock-up/Prototyp.

Gemba Walk: «*Ein Blick ist hundert Berichte wert.*» (japanisches Sprichwort) Ein langsamer Spaziergang durch die Werkstatt, bei dem sehenden Auges das Geschehen erfasst und Dinge mit sofortigen *stop-and-fix*-Massnahmen verbessert werden. Das Qualitätsmanagement ist aufzufordern die Transformation dieser Sofortmassnahmen in langfristige Lösungen zu überwachen.

Gesellschaftliches Paradigma: ist die grundsätzliche Denkweise einer Gesellschaft und ist damit die Gesamtheit der Grundauffassungen einer geschichtlichen Zeitperiode. Beispiele: (1) während der Zeit der Hexenjagden war die vorherrschende Meinung, dass es Hexen gibt; (2) Apartheit in Südafrika war während ihres Bestehens für Schwarze und Weisse etwas Normales; etc. – Paradigmenwechsel sind deshalb extrem schwierig und langwierig in der Umsetzung.

Gesunder Menschenverstand: «*Gesunder Menschenverstand ist wie Deodorant. Die Leute, die es brauchen benutzen es nie.*» Anonymus und «*Gesunder Menschenverstand ist etwas, das jeder braucht, nur wenige haben und keiner denkt, dass es ihm fehlt.*» – Benjamin Franklin

Hansei: ist das ständige Überdenken dessen, was man falsch gemacht hat und wie man es beim nächsten Mal besser machen kann. Es beinhaltet Selbstreflexion über Fehlverhalten, Unzulänglichkeiten und andere Fehler, die man lieber auf dem Weg durch das Leben hinter sich lassen möchte

In Blut unterschrieben: Wenn Sie einen Vertrag mit Ihrem Blut unterschreiben, verpflichten Sie sich unwiderruflich und bedingungslos die stipulierten Vertragsbedingungen zu erfüllen.

Historisch gesehen bedeuteten in Blut geleistete Unterschriften Pakte mit dem Teufel, Satan und anderen ähnlich finsteren Gestalten. Ihr Name in Blut repräsentiert Ihre Seele. Mit der Unterschrift in Blut wird die Seele ein bisschen kleiner. – Sie sollten es sich zweimal überlegen, bevor Sie etwas mit Ihrem Blut unterschreiben.

IQ (Intelligenzquotient): Klassifikation Levine/Marks 1928

>175	Frühreif
150-174	Sehr überlegen
125-149	Überlegen
115-124	Sehr hell
105-114	Hell
95-104	Durchschnitt
85-94	Dumpf
75-84	Grenzwertig
50-74	Trottel
25-49	Schwachköpfe
0-24	Idioten

Irrationalität: Sachverhalte und Ideen die der menschlichen Vernunft widersprechen. – Einfacher ausgedrückt: Unvernunft.

ISO (*International Organisation for Standardisation*): ist ein internationales Normungsgremium, das sich aus Vertretern verschiedener nationaler Normungsorganisationen zusammensetzt. Die Organisation wurde am 23. Februar 1947 gegründet und fördert weltweit industrielle und kommerzielle Standards.

Kaizen (kontinuierlicher Verbesserungsprozess) Kernüberzeugungen:

1) Demut, die sich in dienender Führung zeigt, Paradigmen loslässt, von anderen Organisationen lernt, keine Ausreden findet, Experimentierbereitschaft und Reflexion (*Hansei*);
2) Ausrichtung auf das Engagement für kontinuierliche Verbesserung und Service-Exzellenz, langfristige Investitionen in Menschen und Gemeinschaft, totales Engagement in der Transformation und *Hoshin Kanri* (japanisch für «Kompassnadel-Management», steht für die ganzheitliche Planung und Strategieumsetzung im Unternehmen);
3) Sicherheit, d.h. s*afety-first*-Praktiken, s*top-and-fix*-Massnahmen, visuelle Kontrollen, 5S, keine Entlassungspolitik für Kaizen, *Andon*-System, bidirektionale Kommunikation und vor allem: Standardisierung;
4) Respekt für alle Menschen: Förderung der Mitarbeitenden; das Kader fungiert als Lehrer; Job-Rotation; Cross-Training; totales Engagement; familiärer Atmosphäre; etc.;
5) Service, d.h. interne und externe Kundenorientierung, *Pull*-Strategie (es wird nur bestellt/gefertigt was benötigt wird), Wertstromdesign;
6) Prozesse müssen durch Wertstromabbildungen, kostengünstige Automatisierungen, nivellierte Arbeitsbelastungen, prozessorientiertes Frontline-Management, «weniger-ist-mehr»-Ansatz, mit kontinuierlichen Problemlösungsprozessen überwacht werden;

7) Dringlichkeit, zeigt sich in Unzufriedenheit mit dem Status quo, *stop-and-fix*-Massnahmen, 5W;
8) Verbindung, bedeutet Wertstromdenken, funktionsübergreifende Teams, visualisiertes Management;
9) Konsens, durch *catchball*, *everyone-speaks*-Sessions, teambasierte *Kaizen*-Aktivitäten und tägliche Schichtbeginn-Meetings (Morgenmarkt)
10) *Yokoten (Best Practice Sharing)*, durch *Benchmark*-Touren, Kunden-Lieferanten-Kooperation und freiwillige *Kaizen* bei gemeinnützigen Organisationen.

Kapitalismus: «*Der Kapitalismus ist ein Gesellschaftssystem, das auf der Anerkennung individueller Rechte, einschliesslich Eigentumsrechte, basiert, in dem alles Eigentum in Privatbesitz ist*» und «*In einer kapitalistischen Gesellschaft sind alle menschlichen Beziehungen freiwillig. Den Menschen steht es frei, zu kooperieren oder nicht, miteinander umzugehen oder nicht, wie es ihre eigenen individuellen Urteile, Überzeugungen und Interessen vorschreiben.*» – Ayn Rand – und «*Das inhärente Laster des Kapitalismus ist die ungleiche Verteilung des Wohlstands. Die dem Sozialismus innewohnende Tugend ist die gleichmässige Verteilung des Elends.*» – Winston Churchill

Kata: Verbesserungs-Katas ist eine sich wiederholende dreistufige Routine, durch die sich eine Organisation verbessert und anpasst. Es macht kontinuierliche Verbesserungen durch die wissenschaftliche Problemlösungsmethode des *Plan-Do-Check-Act* zu einer täglichen Gewohnheit. Die drei Schritte:

1) eine Richtung bestimmen;
2) Definition der nächsten Zielbedingungen; und

3) Speditive Zielerreichung mit Hilfe des iterativen PDCA, die Hindernisse aufdecken und beseitigen.

Kata: Coaching Kata ist die sich wiederholende Routine, mit der Lean-Manager die Verbesserungs-Katas jedem in der Organisation beibringen. Der Coach gibt dem Lernenden eher verfahrenstechnische Anleitungen als Lösungen, die dem Lernenden beim Problemlösungsprozess helfen sollten.

KMU: Kleine und mittlere Unternehmen

Länder der 1. Welt: Ist ein Begriff, der während des Kalten Krieges (1945-1990) geprägt wurde; wobei 1. Welt Länder der freien Marktwirtschaft zugerechnet wurden wie z.b. die USA, Australien, Japan, Grossbritannien, Deutschland, die Schweiz usw.; 2. Welt waren Planwirtschaftsländer wie die UdSSR, die Volksrepublik China, Nordkorea, Kuba usw.; 3. Welt waren Länder mit natürlichen Ressourcen (Öl, Gas, Gold etc.) aber ohne nennenswerte Industrie; 4. Welt waren Länder, die weder natürliche Ressourcen noch Industrie hatten.

Leakage-Meeting: An *Leakage-Meetings* nehmen alle Abteilungsleiter unter dem Vorsitz des Geschäftsführers teil. Ziel des Meetings ist die Besprechung der Nachkalkulation der ausgelieferten Kundenbestellungen in einem vordefinierten Zeitraum (z.B. wöchentlich, monatlich, quartalsweise). Die Teilnehmer vereinbaren Sofortmassnahmen zur Gewinnspannenverbesserung. – Einfacher formuliert gilt es die Frage zu beantworten «*Wo läuft's Blut raus?*» («*Mit welchen Produkten machen wir wo Verluste?*»)

Lehman Sisters Hypothese: von Irene van Staveren; *Cambridge Journal of Economics*, Bd. 38, Nr. 5 (September 2014) – und *The Guardian*, 5. September 2018

Leitlicht (*Guiding Light*): gilt als die am längsten laufende Serie in Radio und Fernsehen. Es begann 1937 im Radio und wurde nach 72 Jahren zuletzt im Fernsehen ausgestrahlt.

Mandela-Effekt: falsche Erinnerungen an vergangene Ereignisse. Der Name kommt von einer Falschmeldung über den Tod von Nelson Mandela.

MCS (*Management Control System*): sammelt und untersucht Leistungsdaten aus den Abteilungen eines Unternehmens. Basierend auf diesen Erkenntnissen werden Berichte erstellt, in denen das Top-Management bei Bedarf Massnahmen zur Leistungsverbesserung ergreifen kann.

Muda (Japanisch für Nutzlosigkeit, Verschwendung), *Muri* (Unvernunft, Strapaze, Stress) und *Mura* (fehlende Einheitlichkeit, Abweichung) Analysen sind periodisch durchzuführen und die Ergebnisse sofort umzusetzen.

Muda in	Aktion	Muri in	Aktion	Mura in	Aktion
Mitarbeitende		Mitarbeitende		Mitarbeitende	
Techniken		Techniken		Techniken	
Methoden		Methoden		Methoden	
Zeit		Zeit		Zeit	
Anlagen		Anlagen		Anlagen	
Werkzeuge		Werkzeuge		Werkzeuge	
Materialien		Materialien		Materialien	
Losgrössen		Losgrössen		Losgrössen	
Inventur		Inventur		Inventur	
Ort		Ort		Ort	
Mindset		Mindset		Mindset	

OEE (*Overall Equipment Efficiency*): Die Gesamtanlageneffizienz ist eine Kennzahl, die den Prozentsatz der geplanten Produktionszeit identifiziert, der wirklich produktiv ist. Es wurde entwickelt, um TPM-Initiativen (*Total Productive Maintenance*) zu unterstützen, indem der Fortschritt auf dem Weg zu einer «perfekten Produktion» genau verfolgt wird. Ein OEE-Score von 100% stellt eine perfekte Produktion dar.

OEM (*Original Equipment Manufacturer*): Erstausrüster

Parkinsons Gesetz der Trivialität: Hiermit argumentiert C. Northcote Parkinson (britischer Historiker, Soziologe und Publizist), dass Menschen innerhalb einer Organisation trivialen Problemen häufig ein unverhältnismässig grosses Gewicht beimessen. Parkinson liefert das Beispiel eines fiktiven Komitees, dessen Aufgabe es ist die Pläne für ein Kernkraftwerk zu genehmigen. Die meiste Zeit verbringen die Mitglieder des Komitees mit Diskussionen über relativ kleine, aber leicht verständliche Fragen wie z.B. welche Materialien für den Personalfahrradschuppen verwendet werden sollten. Für die Hauptaufgabe des Komitees, die Freigabe der Pläne für das Kernkraftwerk, bleibt somit keine Zeit. Das Gesetz der Trivialität wird durch die Verhaltensforschung bestätigt: Menschen neigen dazu, mehr Zeit mit kleinen Entscheidungen zu verbringen als sie sollten und weniger Zeit mit grossen Entscheidungen als sie müssten.

Professionalität (auch bekannt als Berufsethik): umfasst Sachverstand, Erfahrung, Respekt, Ehrlichkeit, Vertrauenswürdigkeit, Verantwortlichkeit, Objektivität, Loyalität

Qualität: «*Qualität ist kein Schauspiel. Es ist eine Gewohnheit.*» – Aristoteles und «*Qualität ist nie ein Zufall. Es ist immer das Ergebnis intelligenter Anstrengungen*» – John Ruskin und «*Fast alle Qualitätsverbesserungen erfolgen durch Vereinfachung von Design, Fertigung, Layout, Prozessen, Verfahren usw.*» – Tom Peters und «*Qualität ist wenn man es auch dann richtig macht, wenn niemand hinsieht.*» – Henry Ford

Qualitätshelfer: Das Setup der Q-Helfer in drei Phasen:

1) die Q-Helfer sammeln in ihren jeweiligen Abteilungen pro Woche drei To-dos, initiiert von ihren Kollegen oder sich selbst. Kein To-Do darf mehr Zeit in Anspruch nehmen als eine Stunde, weil sie die reguläre Arbeit und den Tagesablauf nicht stören. – Länger dauernde To-Dos werden entsprechend aufgeteilt;
2) die Leiter der jeweiligen Abteilungen stellen drei To-dos pro Woche zur Verfügung. Stufe (2) beginnt, wenn den Q-Helfern die drei To-Dos pro Woche ausgehen;
3) Wenn auch den Abteilungsleitern die drei To-Dos pro Woche ausgehen, so darf der Geschäftsführer drei To-Dos pro Woche in Auftrag geben. Es ist wichtig, dass die drei To-Dos jede Woche erledigt werden. Es ist auch von grosser Bedeutung, dass es zu jeder Zeit drei und nicht fünf oder eine andere Anzahl von To-Dos zu erledigen gibt. – Nachgehalten wird der Prozess von den Mitarbeitenden des Qualitätsmanagements.

Rettungspflicht: «*Jede Person, die es freiwillig versäumt einer gefährdeten Person Hilfe zu leisten, die sie entweder persönlich oder durch Hilferuf hätte leisten können, ohne persönliche Gefahr oder Gefahr für andere, macht sich einer Straftat schuldig und kann mit Freiheitsstrafe von drei Monaten bis zu fünf Jahren bestraft werden»*

Sammelklage: Bei einer Sammelklage (auch bekannt als Verbandsklage) werden die Kläger von einem Mitglied der Gruppe vertreten.

Shingo-Prinzipien: Respekt für jeden Einzelnen, mit Demut führen, streben nach Perfektion, wissenschaftliches Denken, Konzentration auf die Prozesse, Sicherstellung der Qualität an der Quelle, Verbesserung des Materialflusses nach dem Pull-Prinzip, Denken in Systemen, Schaffung von Beständigkeit, Schaffung von Werten für die internen und externen Kunden.

Sozialismus: «*Ein Sozialist ist jemand, der Lenin und Marx gelesen hat. – Ein Anti-Sozialist ist jemand, der Lenin und Marx verstanden hat.*» – Ronald Reagan; «*Das Problem mit dem Sozialismus ist, dass einem irgendwann das Geld anderer Leute ausgeht.*» und «*Konservative zahlen immer ihre Rechnungen. Im Gegensatz zu Sozialisten, die nur die Rechnungen anderer Leute hochfahren.*» – Margaret Thatcher; «*Der Sozialismus im Allgemeinen hat eine Geschichte des Scheiterns, die so eklatant ist, dass nur ein Intellektueller sie ignorieren oder umschiffen könnte.*» – Thomas Sowell

Spontane Ordnung: «*Spontane Ordnung ist ein System, dass sich nicht durch die zentrale Führung oder Schirmherrschaft eines oder weniger Individuen entwickelt hat, sondern durch die unbeabsichtigten Folgen der Entscheidungen unzähliger Individuen, die jeweils ihre eigenen Interessen durch freiwilligen Austausch, Kooperation und Ausprobieren* [trial and error] *verfolgen.*» – F. A. Hayek – Einfacher formuliert ist es das Motto der Schweiz: *unus pro omnibus, omnes pro uno* («Einer für Alle, Alle für Einen») – Die Herkunft dieses Mottos wird der Winkelried-Legende zugeschrieben: Als 1386 die Schlacht in Sempach schon verloren schien stürzte er sich mit den Worten «*Ich will Euch eine Gasse machen*» (und nicht etwa wie böse Zungen behaupten «*Wer hät mi gschupft?!*») ins Lanzenmeer der Habsburger. Sterbend fügte er hinzu «*Sorget für mein Weib und Kinder*».

SPS-Datenprotokollierung: der Prozess der Datenerfassung von Maschinen und Anlagen (z. B. Sensoren) zur späteren und/oder zeitgleichen Analyse durch die Verantwortlichen. SPS steht für SpeicherProgrammierbare Steuerung

Vetternwirtschaft: «*Vetternwirtschaft: Wir fördern Familienwerte hier fast so oft wie wir Familienmitglieder befördern*» – Larry Kersten und «*Institutionelle Vetternwirtschaft könnte in Zeiten des Wohlstands toleriert werden. Rückschläge können jedoch zu Krisen werden, wenn in kritischen Zeiten in Schlüsselpositionen Inkompetenz herrscht.*» Stewart Stamford und «*Die besten Jobs in der Stadt sind den entfernten Cousins der Politiker vorbehalten.*» – Michael Bassey Johnson

Yhprums Gesetz: Natürlich gibt es niemanden, der «Yhprum» heisst. Es ist «Murphy» rückwärts geschrieben, um die entgegengesetzte Bedeutung der Untergangsstimmung des Originals zu signalisieren. – Yhprums Gesetz steht mit Richard Zeckhauser, Professor für politische Ökonomie an der Harvard University, in Verbindung.

Bibliographie

Ask a historian – Greg Jenner (ISBN: 978-1-4746-1861-8)

Atlas shrugged – Ayn Rand (ISBN: 978-0451191144)

Cambridge Journal of Economics, vol. 38, No 5 (Sept. 2014) – and The Guardian, 5 September 2018 by Irene van Staveren

Crucial conversations: Tools for talking when stakes are high. – Kerry Patterson (ISBN: 978-0071771320)

Farsighted: How we make the decisions that matter the most – Steven Johnson (ISBN: 978-1594488214)

Flow: The Psychology of Optimal Experience – Mihály Csíkszentmihályi (ISBN: 978-0061339202)

Good to Great: Why Some Companies Make the Leap... and Others Don't – Jim C. Collins (ISBN: 978-0066620992)

SME Business Owners/Directors The benefits of an advisory board – mentoring for growth. 1st ed. Australian Institute of Company Directors; 2009]

The Chimp Parados: The Acclaimed Mind Management Programme to Help You Achieve Success, Confidence and Happiness – Steve Peters (ISBN: 978-0091935580)

The Psychology of Genocide: Perpetrators, Bystanders, and Rescuers (New York: Cambridge University Press, 2008, quotation on p. 237) Steven K. Baum (ISBN: 978-0521713924)

http://keepcalmtalklaw.co.uk

https://britannica.com/science/Dunning-Kruger-effect

https://business-essay.com/toyota-motors-strategic-supply-chain-management/

https://businessprocessincubator.com/content/how-and-why-kanban-is-used-by-these-3-top-companies/

https://dictionary.cambridge.org/

https://en.wikipedia.org/wiki/Dunning%E2%80%93Kruger_effect

https://en.wikipedia.org/wiki/Gross_negligence

https://en.wikipedia.org/wiki/Hubris

https://en.wikipedia.org/wiki/Law_of_triviality

https://en.wikipedia.org/wiki/Victor_Lustig

https://fastcompany.com/90595756/7-reasons-humility-is-a-highly-desired-leadership-trait

https://harvardpolitics.com/recidivism-american-progress/

https://legacyfamilyoffice.com/

https://openpsychometrics.org/tests/characters/stats/38/

https://poverty.ac.uk/report-wealth-economic-policy/rich-gain-most

https://shingo.org/shingo-model/

https://shingo.org/shingo-model/

https://shingo.org/shingo-model/

https://tharawat-magazine.com/facts/succession-goes-awry-four-famous-examples/

https://toppr.com/guides/business-studies/directing/communication

Danksagung

Alle verbliebenen Tipp- uns sonstige Fehler gehen auf mein Konto. – Mein Dank gilt meinen Mandanten und meinen früheren Arbeitgebern für die Möglichkeit in ihren Unternehmen gearbeitet haben zu dürfen. Ich bin kein *«einfacher Mensch»* (dem pflichtet auch meine Frau bei) darum waren einige Mandanten und Arbeitgeber erleichtert als ich ging. Ich bin auch ihnen dankbar, denn Erfahrung ist auch das, was man falsch gemacht und falsch entschieden hat im Leben. – *«Aus Fehlern wird man klug»* sagt ein altes Sprichwort zurecht, denn Erfolge können Einen schon mal die Bodenhaftung verlieren lassen. Niederlagen hingegen lassen Demut üben und über den Weg, und die Entscheidungen auf diesem Weg, immer und immer wieder nachdenken. Erfolgsgeschichten sind wahre Evergreens. Misserfolge werden totgeschwiegen. Darum geht mein besonderer Dank an die Mandanten und Arbeitgeber, die mich haben Demut üben lassen. – Der grösste Dank gebührt aber meiner Frau und meinen Söhnen, die mich oft vermissen mussten, weil ich mir-nichts-dir-nichts in ferne Länder gereist bin um dort dem einen oder anderen Unternehmen zu helfen eine Krisensituation zu meistern. Dies nur um nach meiner Heimkehr mich ins Auto zusetzen und in Nachbarländern das Gleiche zu tun. – Zu guter Letzt danke ich natürlich auch meinen zufriedenen Mandanten sowie Arbeitgebern und hoffe, dass ich sie wieder in interessanten Projekten, damit meine ich keine Krisen, begleiten darf.